全国百名作家、艺术家走进广平采风活动现场留影 **郭伟摄影**

全国百名作家、艺术家走进广平采风活动现场留影 **王晓峰摄影**

全国百名作家、艺术家走进广平采风活动现场留影

王晓峰摄影

全国百名作家、艺术家走进广平采风活动现场留影

王晓峰摄影

全国百名作家、艺术家走进广平采风活动现场留影

王晓峰摄影

全国百名作家、艺术家走进广平采风活动现场留影

王晓峰摄影

相约鹅城

汪金友　周志鹏　主编

这是一束艺术之花，也是一笔精神财富。我们把它结集成书，留下美好的记忆，滋润广平的沃土。

《相约鹅城》编委会：

编委会主任：单树福
编委会副主任：苏建宇　郑　雷　汪金友　周志鹏　张　韬　贾学志
编委会委员：王新红　王玉廷　邓庆华　周　敬　张耀富　常玉琴
　　　　　　高书鹅　殷常国
主　　　　编：汪金友　周志鹏

中国国际广播出版社

图书在版编目（CIP）数据

相约鹅城 / 汪金友 , 周志鹏主编 . -- 北京 : 中国
国际广播出版社 , 2018.12
ISBN 978-7-5078-4412-2

Ⅰ . ①相… Ⅱ . ①汪… ②周… Ⅲ . ①中国文学—当
代文学—作品综合集 Ⅳ . ① I217.1

中国版本图书馆 CIP 数据核字 (2018) 第 292556 号

相约鹅城

主　编	汪金友　周志鹏
责任编辑	张娟平
装帧设计	有　森
责任校对	吴光利

出版发行	中国国际广播出版社 ［010-83139469　010-83139489（传真）］
社　址	北京市西城区天宁寺前街 2 号北院 A 座一层
	邮编: 100055
网　址	www.chirp.com.cn
经　销	新华书店
印　刷	天津顾彩印刷有限公司

开　本	710×1000　1/16
字　数	325 千字
印　张	20.25
版　次	2019 年 1 月 北京第 1 版
印　次	2019 年 1 月 第 1 次印刷
定　价	68.00 元

前　言

　　全国百名作家、艺术家走进广平采风活动，结下了丰硕的果实。共有89位作家和艺术家，在这里创作了120多篇作品和墨宝。并有35篇（幅）诗歌、散文、杂文、评论、通讯和书画，在采风作品评奖中获奖。这是一束艺术之花，也是一笔精神财富。我们把它结集成书，留下美好的记忆，滋润广平的沃土。

　　2018年4月16日至18日，全国百名作家、艺术家来到河北省邯郸市广平县采风，参观这里的扶贫成果，走访这里的特色建设，研讨新时代乡村振兴的创新之路，并从广平的发展创新中，总结促进乡村振兴的宝贵经验。

　　这次采风活动，由中国网、中国国际文化促进会、中国中央数字电视、中共广平县委、广平县人民政府主办，广平县政协承办，北京点击成金文化传媒有限公司和大鸣鼎鼎艺术剧社协办。邀请了全国20多个省市的散文家、评论家、诗词家、书画家以及新闻记者等120多人，来到美丽的广平。

　　广平县委县政府对这次采风活动非常重视，县委书记董鸣镝、政府县长祁富强、县政协主席单树福等县四套班子领导，带领7个镇的党委书记、乡镇长和20多个县直单位的一把手，邀请来采风的作家、艺术家们，共同观摩了4月17日广平县委县政府举办的人文、生态、景观、产业、党建闭合圈现场开放活动，参加了当日邯郸莱克教育集团在广平县开办的东部国际学校开工仪式。县委书记董鸣镝，详细介绍了近几年广平精准扶贫、特色小镇建设、党建林等经济社会发展情况。接着，作家、艺术家们又参观了广平的环城水系、天鹅湖、牡丹园、嘉瑞生物科技有限公司、冯营特色小镇等重大建设成就和重点项目。

　　这次采风活动，由广平县政协主席单树福主持，广平县县长祁富强在启动仪式中致欢迎词、中国网频道主编郑雷、中国国际文化促进会主席苏建宇、北京点击成金文化传媒公司副主编汪金友、北京住建集团原宣传部长于文岗等同志，分别讲话和发言。

参加这次采风的作家、艺术家们，对广平的村镇建设、扶贫成果等，给予了很高的评价。活动结束以后，创作出了一大批感悟广平美景、推介广平经验的文学作品和书画作品。其中既有反映广平经济建设和扶贫成果的词赋、诗歌、散文、评论，又有描绘广平美景的书法、绘画、摄影等。随着各地报刊、网络和采风公众号文章的连续推出，一时间形成"无人不夸广平美"的热潮。

组织这样的活动和编选这样的作品，也难免会有疏漏和不足之处，敬请各位体谅。

2018 年 8 月 22 日

目录

聚焦广平扶贫

太行山上　脱贫攻坚战犹酣　《人民日报》记者：马晨　杨柳 / 2

广平县脱贫攻坚工作获河北省"五连冠" / 3

邯郸广平扶贫何以获得河北省好成绩 / 6

单树福：把责任扛在肩上　把群众揣在心中 / 8

广平县扶贫办主任郑贵章荣获"燕赵楷模"称号 / 15

倾心扶贫为乡亲 / 16

广平县扶贫办主任郑贵章：一颗扎根于人民的"金种子" / 19

广平县高起点上再启航　赵凤山　李艳庆　黄涛 / 25

脚下沾满泥土　心中充满真情　记者：马彦铭 / 30

通讯、散文、评论

扶贫要先扶志　广平县政协主席、扶贫攻坚指挥部指挥长　单树福 / 36

二进广平遇冯生　雷长风（一等奖）/ 39

广平看水　贾鸿彬（一等奖）/ 41

鹅动广平　刘世芬（二等奖）/ 43

广平赋　王建东（二等奖）/ 47

又临广平观植树　于文岗（二等奖）/ 49

"最慢的船只"加速起航　沈栖（二等奖）/ 52

政协主席抓扶贫　王新红（二等奖）/ 55

由贫困户给扶贫干部当考官看广平治理智慧　陈庆贵（二等奖）/ 58

旱洼托出美丽天鹅湖　邱少梅（三等奖）/ 61

生态价值嵌入下的广平精准扶贫　张韬（三等奖）/ 64

广平记絮　李景阳（三等奖）/ 68

小小赵王　李相峰（三等奖）/ 73

岸边哪个吹新曲——广平印象　雪泥（三等奖）/ 75

如在画中游——广平县美丽乡村冯营侧记　仇进忠（三等奖）/ 79

冯营老党员的家训　刘红娟（三等奖）/ 82

广平打好扶贫教育这张牌　维扬书生（三等奖）/ 84

党建闭合圈：广平县乡村振兴之路越走越宽　王春（三等奖）/ 86

千里之外听广平　毕斯惠（三等奖）/ 88

冯生经济　张魁兴 / 95

28 年再相会　刘奂明 / 97

绿满广平　郑令琼 / 102

遥望广平　王晓菊 / 105

展翅腾飞赞广平　刘鸿儒 / 108

走进广平，遇到邯郸的过去和未来　秦嘉卉 / 112

"沃地聚灵气，活水润鹅城"——好一个绿美广平　王志彬 / 115

东湖之韵　张金丰 / 118

广平美食——膳食纤维　张方 / 120

创业不止，崛起在望　席同琴 / 123

若即若离游东湖　武学福 / 126

妹妹坐船头、美景在岸上走　李兰英 / 129

长联题广平　戴成龙 / 131

广平二题　彭友茂 / 132

东湖游记　赵志广 / 135

遇见　孙贵颂 / 137

遇见广平　风飞扬 / 140

天鹅湖遐思　霍凤杰 / 144

霞光里的东湖　杨子 / 148

回车巷前的遐思　王长宗 / 150

广平的诗意行走　周寿鸿 / 152

回归北地的灯光　蒲田广隶 / 157

"党建闭合圈"推动农村全面振兴　周志鹏 / 162

用心血浇灌的美丽之花——记广平县"美丽乡村"建设　常文凤 / 165

鹅城真的有天鹅　于文岗 / 168

想吃天鹅肉的人　汪金友 / 170

诗　词

天鹅湖　冰洁（一等奖）/ 174

广平精准扶贫赋　刘丽云（一等奖）/ 176

广平走笔（组诗）　高伟（二等奖）/ 178

广平赋　杨子（二等奖）/ 183

自度曲　杨子（二等奖）/ 184

七绝　赞广平天鹅湖　宋领（二等奖）/ 185

喝下这杯赵王酒　书涵（三等奖）/ 186

来了，就舍不得走　田淑伍（三等奖）/ 188

致广平　黄玉龙（三等奖）/ 193

天鹅湖　黄志（三等奖）/ 195

广平采风楹联十六副　杨立欣（三等奖）/ 198

读城　李真理（三等奖）/ 201

辉煌广平　张明银 / 204

放歌广平　穆大伟 / 207

广平环城水　沉鱼 / 209

广平觅情　向翔 / 211

走进广平、走进美丽乡村（组诗）　谢伟 / 214

七律·百位文化艺术家缘至广平　李建东 / 218

鹅城牡丹园　冯东海 / 220

冀南，那一枚枚青铜纽扣　茆卫东 / 222

东湖抒怀　李瑞霞 / 225

诗词三首　谷学华 / 228

忆江南词八首　张跃霞 / 230

鹅城牡丹吟诗六首　常忠魁 / 233

我要去广平　高秀云 / 235

鹅城春景　王连荣 / 237

走进鹅城牡丹园　范晓燕 / 239

题广平环城水系　邵志强 / 241

东湖雪景二首　尹志安 / 243

颂广平诗三首　王卫军 / 245

鹅城诗两首　盘福 / 247

相约鹅城（歌词）　沉鱼 / 248

谁不夸咱广平美（歌词）　田淑伍 / 250

广平啊，美丽的广平（歌词）　黄志 / 252

相约鹅城　毕斯惠 (歌词) / 253

醉在广平（歌词）　穆大伟 / 255

秀丽鹅城（歌词）　张明银 / 256

书画、摄影

王凤国书画作品（一等奖）/ 258

刘砚军书画作品（二等奖）/ 260

郭锦龙书画作品（三等奖）/ 262

林国福书画作品（三等奖）/ 264

李学普书画作品（三等奖）/ 266

霍凤杰书画作品（三等奖）/ 268

陈金广书画作品 / 270

袁洪智书画作品 / 272

朱福信书画作品 / 275

任和平书画作品 / 278

张福堂书画作品 / 280

孙海波书画作品 / 282

郑龙飞书画作品 / 284

田玉山书画作品 / 286

谷学华书画作品 / 288

王建东书画作品 / 290

李书平书画作品 / 292

周敬书画作品 / 293

刘天翔书画作品 / 295

任富强书画作品 / 297

邱少龙书画作品 / 299

胡松涛书画作品 / 301

于兴海书画作品 / 303

王晓峰摄影作品 / 305

郭伟摄影作品 / 308

聚焦广平扶贫

郭伟摄影

太行山上　脱贫攻坚战犹酣

《人民日报》记者：马晨　杨柳

习近平总书记在视察河北时强调：要原原本本把党的政策落实好，大家拧成一股绳，心往一处想，劲往一处使，汗往一处流，一定要想方设法尽快让乡亲们过上好日子。

习近平总书记指出，没有农村的小康，特别是没有贫困地区的小康，就没有全面建成小康社会。

牢记总书记的殷殷嘱托和谆谆教诲，河北切实把脱贫攻坚作为义不容辞的政治任务和第一民生工程。

近五年来，河北平均每年减贫 100 万人左右，贫困发生率从 2013 年底的 9.84%下降到 2016 年底的 3.89%，下降 5.95 个百分点。其中，燕山—太行山的贫困人口由 218.89 万人减少到 76.85 万人。贫困群众生活水平明显提高，脱贫攻坚成效显著。

一个党员一面旗，脱贫致富主心骨

"只要在扶贫战线上工作一天，我一定会奋战到底，决不让一个贫困人口掉队。"郑贵章，邯郸市广平县扶贫办主任，也是在扶贫一线连续奋战了八年的"老班长"。

2009 年，郑贵章刚上任县扶贫办主任短短几天，便挨了当头一棒：全省通报 2008 年度行风评议结果，广平县扶贫办在社会服务类别中全省倒数第一。贫苦农家出身的郑贵章，当众立下誓言，苦干几年，翻身摘帽！

"广平县基础差、底子薄、发展落后，扶贫工作困难重重。想脱贫必须更新观念谋发展，调整结构促增收。"郑贵章改变了以往粗放扶贫模式，从理念、体制、机制、方法上大胆创新，推行"四个联结"破解贫困户与市场对接难题，使龙头企业、合作社与贫困户之间形成利益共享、风险共担的利益共同体，累计培育省、市级扶贫龙头企业 12 家，辐射带动全县 3.2 万余人发展特色种养业。

八年间，广平县累计减少贫困人口 9.06 万人，56 个贫困村脱贫出列，贫困发生率由 33.2% 下降至 1.62%，农村人均纯收入从 4300 元增长到 9700 元。

（摘自 2017 年 8 月 9 日《人民日报》）

广平县脱贫攻坚工作获河北省"五连冠"

日前，河北省委办公厅下发文件，对2017年市县党委和政府脱贫攻坚工作成效考核情况进行通报，广平县在62个贫困县中位列第一，这已经是该县在这项工作中连续五年获得全省第一。广平县扶贫工作何以获得河北省"五连冠"？

顶层设计构建扶贫格局

该县将涉及扶贫攻坚工作的各条战线、各个部门资源进行整合，成立了产业扶贫、教育扶贫、金融扶贫、电商扶贫、危房改造、美丽乡村等12个分指挥部，并由各单位主管副职带队，抽调4名业务骨干，在县财政局拿出一层楼进行集中办公，负责全县脱贫分战线工作的谋划、实施和督导。12个分指挥部全部按统一色调、统一LOGO、统一格式制定了上墙工作图版，把工作任务细分为小项，以10天为一个单元倒排工期，完成一项销号一项。同时指挥部下设综合指挥、规划设计、工作督查等6个中心，负责全县扶贫和分指挥部的协调管理、督导推进。

此外在全县7个乡镇全部建立了扶贫工作站，由一名乡镇主管副职和3名扶贫专干组成专班，常驻工作站进行办公，对上承接县各个指挥部的任务安排，对下督促村一级工作开展，并且在全县37个贫困村全部建立了扶贫工作室，由村支部书记、村委主任、驻村工作队长、村会计4人组成专班、集中办公，负责完成乡镇扶贫工作站的业务安排和村内各项工作。

机制创新推动高效落实

一是实施"十天工作法"，将各乡镇、各部门落实扶贫工作情况，以每10天为一个考核周期，定期考核排名通报，并将结果与资金拨付、干部选拔任用"两挂钩"；二是建立"微信平台"，让包括县四套班子领导在内的500名党员干部加入微信群，互联互通，实时督导；三是完善"巡查制度"；四是开展"两会一课"，"两会"，就是召开档案评审会和扶贫情况汇报评审会，"一课"，就是为贫困户上好政策宣传课；五是组织脱贫政策会考；六是开展"倒金字塔"式精准帮扶；七是常态开展"走贫日"，将每周六确定为"走贫日"，全县2260名机关干部全部到贫困户家中开展结对帮扶，为贫困户提供致富信息 2000 余条，解决上学、看病等问题 500 余个；八是实行"四级倒查"，县级干部倒查部门一把手分包的贫困户，部门一把手倒查单位副职分包的户，副职倒查科股长分包的户，科股长倒查科员分包的户。

增收减支加快脱贫步伐

增收方面主要采取了七种模式：一是订单式，邯郸富硒农产品科技开发公司与 15000 余户群众签订了富硒小麦种植合同，用高于市场价 10% 的价格回购富硒小麦，辐射带动全县 1.5 万群众发展富硒小麦 10 万亩，亩均增收 300元；二是"三金"式，主要采取"公司 + 基地 + 贫困户"的运作方式，让群众流转土地收租金、入园打工挣薪金、农户入股分股金；三是股份合作式，全县37 个贫困村全部成立农宅旅游合作社，2016 年入股财政扶贫资金 1547.5 万元，已分红 131.45 万元；四是电商扶贫，引入中国电商三大巨头之一的中国网库，将区域电商中心和中国蛋品网、中国缮食纤维网、中国富硒食品等单品产业的全国认证中心、数据中心、网上集散交割中心落户广平；五是旅游扶贫，培树了"微游"品牌，带火了返乡接力游、周末户外休闲游等，衍生了春溢生态园、牡丹文化园、马艺峰庄园等一批新业态、新产业；六是金融扶贫，共发放小额信贷资金 1.1 亿元，涉及 2973 人；七是教育扶贫。规划建设了占地 500 亩、招生规模可达 1 万人的职业教育园区，与国家关工委、中国扶贫协会、团中央合作启动扶贫助困"千人圆梦"计划。中组部和中国扶贫协会在我县职教中心设立"贫困村大学生村官培训基地"，并成功承办 2017 年第 3 期全国贫困村大学生村官培训班。

减支方面采取了四种方式。一是教育减支。2017 年对全县贫困家庭在公办幼儿园或普惠性幼儿园就读的 2976 名幼儿发放资助金 74.4 万元；按照"两免一补"政策对 1530 名义务教育阶段贫困家庭寄宿生发放生活补助 80.4 万元；按照"三免一助"政策资助 210 名普通高中和 131 名职业高中生 71.27 万元。2017 年新入学的 17 名建档立卡贫困家庭大学生，每人获得"泛海助学行动"资助金 5000 元，共计 8.5 万元；为 50 名建档立卡贫困家庭大学生受理了生源地助学贷款，总贷款额度 33.22 万元；二是医疗减支。2017 年底，广平共有 6938 人次建档立卡贫困人口享受到"一站式"报销结算服务，基本医保报销 2462.28 万元，贫困户看病住院费用报销达 100%；三是住房减支。2017 年共投入资金 177.5 万元，改造危房 115 户，其中新建 103 户，修缮加固 12 户，建档立卡贫困户 82 户已全部完工；四是政策兜底。从 2017 年 1 月起，全县农村低保补差标准提高到每年 3660 元，实现了低保线与扶贫线的"两线合一"。

该县实实在在的扶贫举措得到广大群众的认可，为实现贫困人口应脱尽脱，贫困村出列奠定了基础。真正实现帮助村民脱贫攻坚，携手并进，致富奔小康。

（原载 2018 年 5 月 18 日凤凰网河北综合　作者：赵凤山　周俊杰　魏业佳）

邯郸广平扶贫何以获得河北省好成绩

河北新闻网讯（通讯员赵凤山　李艳庆　周俊杰）日前，广平县扶贫工作再传捷报：2016 年度广平县扶贫开发工作同类县考核全省第一，省委、省政府奖励资金 500 万。至此，从 2013 年到 2016 年，广平县扶贫攻坚连续四年在全省蝉联第一。3 年以来，全县贫困人口减少 35745 人；全县农民人均纯收入由 2013 年底的 4956 元，增长至 2016 年底的 10700 元，增长 106.99%。广平扶贫何以获得河北省四连冠？

顶层设计创新　凝聚全县之力

一是顶层设计科学有效。专门成立了县脱贫攻坚会战指挥部，由县委书记任政委、县长为指挥长，按职能划分为产业扶贫、教育扶贫、金融扶贫等 12 个分指挥部，由县级领导任指挥长。12 个分指挥部把工作任务细分为小项，以 10 天为一个单元，倒排工作计划，完成一项销号一项。同时，会战指挥部下设综合指挥、规划设计、工作督查等 6 个中心，负责全县扶贫和分指挥部的协调管理、督导推进。二是责任传导层层有力。统一制定了县乡村三级脱贫攻坚路线图，并将年度减贫目标分解到乡镇、细化到村，乡镇由党委书记、乡镇长向县委、政府签订脱贫攻坚责任书，村党支部书记向乡镇党委、政府签订脱贫攻坚责任书，层层签字背书，压死责任。　三是各方帮扶实效突出。组织了全县 2400 多名机关干部，结对帮扶 11707 户贫困户。组织 37 家民营企业结对帮扶 37 个贫困村，累计投入帮扶资金 80 万元，新增就业岗位 120 余个，30 个社会团体社会团体及时向农民送去销售和致富信息。

工作方式创新　激发干部潜力

一是实施"十天工作法"。对全县各乡镇、各部门落实 12 个分指挥部工作计划的完成情况，以每 10 天为一个考核周期，定期考核排名通报，并将结果与资金拨付、干部选拔任用"两挂钩"。同时，每天下午四点，指挥部召开十二个分指挥部碰头会，调度当天工作情况，协调解决问题，印发《脱贫攻坚快报》，传达最新安排部署。2016 年，共印发《脱贫攻坚快报》100 期。二是建立"微信平台"。采取"互联网＋制度"督导方式，在扶贫攻坚指挥部中心建成"脱贫攻坚广平在行动"微信平台，充分发挥督导、反馈、主体三大功能，让包括县四套班子领导在内的 500 名党员干部加入微信群，互联互通，实时督导。三是完善"巡查制度"。在工作督导上建立了巡查制度，由扶贫攻坚指挥部相关领导，以及县两个督查室采取随时抽、进村入户抽、不打招呼抽等形式，开展不定期的随机抽查，对工作进展慢、成效不明显的单位和干部，通过通报、诫勉谈话等问责手段，倒逼责任落实。

扶贫模式创新　增强工作动力

一是资金整合破解扶贫瓶颈。2014—2016 年，共整合水利、教育、住建、卫生、电力等资金 9.32 亿元，安排县财政配套资金 2.3 亿元。二是把贫困村全部打造成美丽乡村。2016 年，已有东胡堡、丁村、南刘村 3 个贫困村通过省级美丽乡村验收。剩余的 34 个村，正在全力打造。三是因地制宜实现金融扶贫效益最大化。主要是变政府主导为市场运作。目前，担保机构已经注资 1.3 亿元，落实风险补偿金 3600 万元，撬动银行贷款 3.6 亿元。

富民渠道创新　提升产业活力

一是订单式，主要采取"龙头企业 + 贫困户"的运作方式，邯郸富硒农产品科技开发公司，与 15000 余户贫困群众签订了富硒小麦种植合同，用高于市场价10% 的价格回购富硒小麦，带动全县 10 万余亩富硒小麦种植，每亩增收 300 元左右；二是"三金"式，主要采取"公司 + 基地 + 贫困户"的运作方式，由龙头企业推进土地流转，建立产业基地，培育"产业工人"等措施，让群众流转土地收租金、入园打工挣薪金、农户入股分股金；三是股份合作式。

低保兜底创新　持续攻坚发力

一是实现"四重医疗保障"。在"合作医疗、大病保险、医疗救助"三重医疗保障的基础上，扩展到"保险救助"第四种医疗扶贫保障。每人投入 200 元，其中 190 元由政府承担，贫困户自筹 10 元（五保户除外）。贫困户发病后，除了合作医疗等报销外，剩余由保险公司报销，解决因病返贫。今年该县财政安排120 万元，专门用于保障建档立卡贫困人口医疗待遇落实。二是落实教育扶贫政策。与中国扶贫协会会员单位北方汽修集团建立了合作关系，入学的 1500 余名学生，北方汽修将对其中的建档立卡贫困家庭学生，全部减免学杂费和住宿费，免费为其提供技能培训。同时财政兜底对特殊贫困学生救助，去年资助贫困幼儿1780 人，资助金额 89 万元；去年发放贫困寄宿生生活费补助 109.485 万元，受益 1487 人；秋学段发放贫困寄宿生生活费补助 114.51 万元，受益 2344 人。

（原载 2017 年 7 月 17 日河北新闻网）

单树福：把责任扛在肩上　把群众揣在心中

中国网讯（记者　郑武豪）2012年1月，单树福同志开始担任广平县扶贫攻坚指挥部指挥长。几年来，在县委、县政府的统一领导下，单树福同志提出了一系列扶贫工作的新思路和新措施，坚持"产业扶贫"的发展理念、首创"一站一室"工作机制、探索完善"四个联结"扶贫模式、采取多种措施促进群众增收减支，均取得了重大成效。工作干在实处，才能走在前列。连续四年，广平县的扶贫开发工作，都在全省同类县综合考核中名列第一。时任省委书记赵克志到广平县调研时，对于这里的扶贫工作，给予了充分肯定。2018年2月6日，中央电视台财经频道《经济半小时》栏目，专题聚焦该县脱贫攻坚，对该县涌现出的扶贫先进典型进行了深度报道。省内外很多地方，也纷纷到广平县学习考察扶贫工作。

一、把责任扛在肩上

"小康路上一个都不能掉队"，让贫困人口和贫困地区同全国一道进入全面小康社会，是我们党的庄严承诺。为了兑现这个承诺，党的十八大以来，在以习近平同志为核心的党中央的坚强领导下，一场前所未有的脱贫攻坚战在全国范围全面打响。广平县位于河北南部、邯郸东部，地处黑龙港流域，县域面积320平方公里，辖4镇3乡，169个行政村，总人口31万，耕地35万亩，建档立卡重点村37个，总建档立卡户11313户34325人。2016年减少8450户17608人，24个重点村脱贫出列，剩余贫困户2228户4058人，贫困发生率为1.89%（乡村总人口按2014年公安户籍人口数214203人）。2017年减少贫困人口1493户2773人，13个重点村脱贫出列，全县37个贫困村全部脱贫出列，2017年底还有贫困人口975户1870人，综合贫困发生率下降到0.87%。打赢脱贫攻坚战，对于该县来说，是最大的政治、最大的民生，也是最大的责任、最大的挑战。单树福同志2012年1月至2016年1月任广平县政府副县长、政府党组成员，同时兼任县扶贫攻坚指挥部指挥长。该同志始终牢记"把责任扛在肩上，把群众揣在心中，把自己置于脚下"的扶贫工作誓言，并在他的心底深处埋下一个目标——让广平的贫困户早日脱贫、贫困村早日出列，让广平这个贫困县早日摘帽。

二、明确提出"产业扶贫"的发展思路

上任伊始，"广平县脱贫攻坚工作的根本出路在哪里"成了县扶贫攻坚指挥部指挥长单树福同志日夜思考的问题。思路决定出路，2013 年，该同志在扶贫开发工作上，明确提出"产业扶贫"的整体思路，把发展设施果蔬产业作为促进农民增收的一项重要产业。2013 年，该县新发展设施果蔬 1 万余亩，形成了"一带七区二十一个特色村"设施果蔬发展新格局，果蔬规划区里的种植户，人均增收首次突破了万元大关。广平县城西南 8 公里处，有一座过去一直默默无闻的小村庄，她就是胜营镇马宋固村。曾经的马宋固村被贫困紧紧缠绕着，群众的生活面貌始终没有起色，村两委干部常常急在心头，愁在眉头。在该同志"发展设施果蔬产业"扶贫工作思路的指引下，马宋固村支书施振山带领全村贫困群众，依靠温室大棚种植黄瓜等设施农业走上了致富路，生活水平明显得到提高，300 余人实现脱贫致富。经过多年的发展，现在的马宋固村已经成为全县有名的设施蔬菜种植专业村，种植户渐渐有了积余，手头有了闲钱，部分群众翻盖了新房，有的还购置了小汽车，成为村里一道道靓丽的风景线。就在那一年，该县扶贫开发工作在全省综合考核中名列第一。"脱贫，必须要发展产业，产业扶贫才是广平县最持久、最根本的脱贫路径。"作为县扶贫攻坚指挥部指挥长，单树福同志在全县各级扶贫工作会议上多次强调。言必行，行必果。2014 年，该同志继续大力主张和推进"造血式"的产业扶贫，全县以提升贫困群众脱贫致富和可持续发展能力为抓手，以集中连片为重点，按照"政府引导、群众参与、龙头带动、市场运作"的原则，采取"龙头 + 基地 + 农户"、"合作社 + 基地 + 农户"运作模式，取得了明显成效，形成了"县有龙头企业、村有合作组织、户有增收项目"的产业扶贫发展格局。郝全金过去是广平县十里铺乡后堤村地地道道的贫困户，在"产业扶贫"的春风沐浴下，他通过参加县里扶贫部门举办的培训班，在种棚先进地观摩学习，同时看一些大棚种植、育苗等方面的书籍，在掌握一些技术后，他自己带头建起了 1 个温室棚，2 个大拱棚。付出就会有回报，当年就收入了 6 万多元，顺利走上了脱贫致富之路，如今的郝全金成了村里远近闻名的致富带头人，逢人就夸"产业扶贫让我尝到了甜头，致富有了劲头，生活有了奔头"。在郝全金等众多典型户、示范户的带动下，周边越来越多的贫困群众通过发展大棚种植等设施农业，实现了脱贫致富。2014 年，时任省委副书记赵勇对广平县产业扶贫开发工作做出重要批示，广平扶贫经验在全省推广，《平原农业县"造血式"扶贫的新探索》被国务院扶贫开发领导小组办公室《扶贫开发》杂志刊登。2014 年

12月，因扶贫开发工作成绩突出，省政府奖励该县800万元。这一年，该县扶贫开发工作在全省同类县综合考核中继续名列第一。

三、首创"一站一室"工作机制

万夫一力，天下无敌。脱贫路上，社会各界"众人拾柴火焰高"。为整合全县脱贫攻坚力量，建立上下统筹、齐抓共管的大扶贫格局。2015年，在全县已设立扶贫攻坚指挥部的基础上，作为指挥长的单树福同志在扶贫工作领域首创和实施了"一站一室"工作机制，即乡镇设立扶贫工作站、村一级设立扶贫工作室。全县7个乡镇全部建立了扶贫工作站，由一名乡镇主管副职和3名具体人员，组成扶贫专干，对上承接县扶贫攻坚工作指挥部的任务安排、推进实施，对下督促指导村一级扶贫工作推进。全县37个贫困村全部建立扶贫工作室，由村支部书记、村委主任、驻村工作队、村会计4人组成专班、集中办公，负责完成乡镇扶贫工作站的业务安排。通过这种模式，广平县打通了扶贫工作的"最后一公里"，畅通了工作渠道，有效整合了一线工作力量。这一经验做法被新华社《国内动态清样》刊登。2015年该县的扶贫开发工作在全省同类县综合考核中继续位居第一。

四、探索完善"四个联结"扶贫模式

2016年1月，单树福同志到县政协担任党组书记、主席之后，按照县委安排，继续兼任全县扶贫攻坚指挥部指挥长。该同志一如既往地保持自己对广平县脱贫攻坚工作的初心和夙愿，依旧保持一颗赤子之心，牢记使命，勇挑重担，毫不懈怠地践行着自己的扶贫工作誓言，全力倾注自己的精力和情感，全身心投入到全县脱贫攻坚各项工作中，坚决把脱贫攻坚这场战役进行到底。2016年，县扶贫攻坚指挥部指挥长单树福同志在全县积极推进企业与农户之间的利益联结机制，努力实现让龙头企业串起贫困户，抱团闯市场，风险共担，利益共享，不断探索和完善了"四个联结"扶贫模式：一是合同联结。引导农业产业化龙头企业与贫困户签订产销合同，以订单契约的形式，规定交售农产品的品种、质量、价格及龙头企业承诺的服务内容和项目。例如：邯郸市富硒农产品科技开发有限公司与6500余户农民签订了富硒小麦订单种植合同，农户按订单生产，公司按合同收购，并负责全过程进行技术指导，承诺高于市场价10%的价格回购富硒小麦，带动全县5万余亩富硒小麦、黑小麦种植，每亩增收200—300元。目前，广平县70%以上的贫困户实现了订单式生产。二是合作联结。通过组建农业专业合作社、行业协会等合作组织，吸收农民入社，以团体形式参与农业产业化经营，推进劳动和资本合作。如广平县满秋蔬菜种植专业合作社，在南阳堡镇投资2000多万元，

流转土地 1500 余亩，吸纳群众成为社员，创建了秋赋扶贫果蔬种植基地，同时满秋合作社利用销售网络，统一收购社员生产的农产品，带动周边 3000 余户发展设施果蔬产业。三是股份联结。农民以土地或资金入股，农民既是企业的股东，又是企业的打工者，既能参与股份分红，又能获得打工收入，农民与企业联股联心。例如：艺峰扶贫农业科技示范园区在建设中，大马庄村马运香 3 亩土地，以 1 万元／亩股金入股，每年可分红 3600 元。市场行情好时还可以参与二次分红。还有东张孟乡牛庄村在精准脱贫驻村工作组的帮助下，创建了广平县吉丰食用菌种植专业合作社，一期建成占地 20 亩的双孢菇种植基地，吸纳 28 户贫困户以资金入股，发展股份合作经济。四是劳务联结。农民以产业工人的身份进入现代园区、龙头企业务工，建立雇佣关系，获得劳务收入。2016 年，广平各类龙头企业提供就业岗位 1.5 万个，实现农民就近就业。同时，在务工的过程中，农民解放了思想，转变了观念，学到了技术，由"就业"转为"创业"。大马庄村马千国原来在合作社打工，每天 50 元劳酬，年收入 1.5 万元左右。经过几年学习，自己利用创业贷款支持，自发建起 5 个温室棚和 3 个钢架棚，年收入 10 万元左右。"四个联结"扶贫模式得到了各级领导的充分肯定和一致好评，在全省推广学习。一分耕耘，一分收获，2016 年该县扶贫开发工作在全省同类县综合考核中依然位居第一，扶贫开发工作蝉联全省"四连冠"。

五、采取七种模式促进群众增收

责重山岳，时不我待。2017 年，为了确保广平县在年底省扶贫综合考核中实现"五连冠"，县扶贫攻坚指挥部指挥长单树福同志按照"精准扶贫，不落一人"的工作目标，以产业扶贫为主线，扎实做好脱贫攻坚工作的"加减法"，持续加快贫困户增收致富步伐。一方面，聚焦群众增收，做强富民产业。在群众增收上，主要是采取了七种模式：一是订单式。采取"龙头企业＋贫困户"的运作方式，签订产销合同，带动贫困户增收。比如，邯郸富硒农产品科技开发公司。该公司与 15000 余户群众签订了富硒小麦种植合同，用高于市场价 10% 的价格回购富硒小麦，辐射带动全县 1.5 万群众发展富硒小麦 10 万亩，亩均增收 300 元。二是"三金"式。主要采取"公司＋基地＋贫困户"的运作方式，让群众流转土地收租金、入园打工挣薪金、农户入股分股金。比如，成功争列国务院扶贫办与德青源合作推动的国家金鸡产业扶贫项目，建设亚洲单体规模最大的 360 万只蛋鸡养殖园区，打造融养殖、饲料、屠宰、蛋肉加工、发电、有机肥于一体的大型一二三产综合体。同时，在全国率先创建金鸡产业扶贫项目 60 万只分散式养殖小区的第一个

2.0 版本，打造集开放性、体验性、互动性、景区性于一体的 3.0 版本金鸡产业主题生态文化产业景区。项目建成后，可直接带动 1500 余人就业，1 万余名群众长期稳定脱贫。三是股份合作式。一种是"村集体＋合作社＋贫困户"的模式，比如牛庄村 2016 年建起了 10 个双孢菇大棚，40 个贫困户用土地和驻村帮扶工作队筹集的每户 2000 元资金入股，签订入股协议进行分红。2017 年，又新建了 23 个大棚，三年时间从无到有将贫困村牛庄村打造成邯郸市最大的食用菌种植、加工、销售基地，实现了全村贫困户全覆盖。另一种是"龙头企业＋合作社＋贫困户"，以财政扶贫资金入股合作社，合作社和龙头企业签约，实行保底收益，入股贫困户年分红不低于入股资金的 10%，变资金到户为资产到户。广平县 37 个贫困村全部成立农宅旅游合作社，2016 年入股财政扶贫资金 1547.5 万元，已分红 131.45 万元，2017 年入股广平县三农生态有限公司财政扶贫资金 531 万元，主要用于发展菌草种植项目，覆盖贫困户 3062 户，户均分红 500 元，已发展 1500 亩，每亩收入 4000 元。四是电商扶贫。引入中国电商三大巨头之一的中国网库，将区域电商中心和中国蛋品网、中国缮食纤维网、中国富硒食品等单品产业的全国认证中心、数据中心、网上集散交割中心落户广平。五是旅游扶贫，培树了"微游"品牌，精准施力广平籍在外先富人群，带火了返乡接力游、周末户外休闲游等，衍生了春溢生态园、牡丹文化园、马艺峰庄园等一批新业态、新产业，成功规划实施了南、北、中 3 条精品一日游线路，有力带动了群众增收。六是金融扶贫。改变之前的政府包揽行为，以市场化的融资性担保公司注资资金池和风险补偿金，由政府依据扶贫成效予以不同比例贴息，成功解决了传统模式扶贫资金的安全性、效率不高的问题。共发放小额信贷资金 1.1 亿元，涉及 2973 人，用于支持贫困户产业发展和龙头企业发展，有贷款意愿的贫困户贷款覆盖率达到 98%。七是教育扶贫。建设了规划占地 500 亩、招生规模可达 1 万人的职业教育园区，与国内顶尖职业培育机构—中国北方教育集团和钓鱼台国宾馆实现合作办学，并与国家关工委、中国扶贫协会、团中央合作启动扶贫助困"千人圆梦"计划。中组部和中国扶贫协会在广平县职教中心设立"贫困村大学生村官培训基地"，并成功承办 2017 年第 3 期全国贫困村大学生村官培训班。

六、聚焦群众减支，做强社会保障

此外，在单树福同志的提议下，广平县在做好贫困群众增收的同时，全面做好减法，以减支促增收。首先是教育减支。对全县建档立卡的贫困家庭义务教育阶段、高中教育阶段学生和贫困大学生全部进行资助，建档立卡贫困学生享受教育救助政策比率达到 100%。2017 年对全县贫困家庭在公办幼儿园或普惠性幼儿园就读的 2976 名幼儿，共发放资助金 74.4 万元。对义务教育阶段贫困家庭寄宿生，按照"两免一补"政策对 1530 名中小学生发放生活补助 80.4 万元，按照"三免一助"政策资助 210 名普通高中和 131 名职业高中生 71.27 万元。对 2017 年新入学的 17 名建档立卡贫困家庭大学生，每人获得"泛海助学行动"资助金 5000 元，共计 8.5 万元；为 50 名建档立卡贫困家庭大学生受理了生源地助学贷款，总贷款额度 33.22 万元。其次是医疗减支。在基本医疗、大病保险、大病救助"三重医疗保障基础上，在全市 6 个贫困县率先拓展第四重商业医疗保险，并实现了医养结合、"先诊疗后付费"、"两优先一服务"、"一站式"结算、家庭医生签约全覆盖。截止 2017 年底，广平共有 6938 人次建档立卡贫困人口享受到"一站式"报销结算服务，基本医保报销 2462.28 万元，贫困户看病住院费用报销达 100%，因病致贫、返贫得到很好控制。《邯郸晚报》对该县"一站式"报销给予刊登报道。还有住房减支。对全县建档立卡贫困户巡查走访，出具等级鉴定报告，按照统筹规划、群众自愿和公开公正的原则，对符合危房条件的实施改造，确保全县建档立卡户无危房。2017 年共投入资金 177.5 万元，改造危房 115 户，其中新建 103 户，修缮加固 12 户，建档立卡贫困户 82 户已全部完工。四是政策兜底。开展了精准低保专项行动，民主评议低保户，共清理不合格低保人口 1573 人，推进低保政策与扶贫政策"四个衔接"。2017 年农村低保标准调整为 3660 元，高于国家扶贫标准 3200 元。

七、扶贫路上不忘老父亲的教诲

单树福同志的父亲是广平县一位退休乡村教师，从教期间师德高尚、热爱学生、忘我工作、无私奉献，辛勤耕耘数十载换来了桃李满天下，被授予"河北省第一批优秀园丁"，为广平县的乡村教育事业发展做出了重大贡献。但是近几年，他父亲的年纪越来越大，身体也是每况愈下，经常需要住院治疗。2017 年，他父亲因为糖尿病、冠心病先后在邯郸市中心医院住院 25 天、在邯郸市第一医院住院 17 天，在北京市安贞医院住院 7 天。单树福同志作为家里的长子，这个时候本应该全心全意守候照顾病重的老父亲，但是面对全县繁重艰巨的脱贫攻坚任务，他没有请过一天假，都是他家里的兄弟姐妹们在医院轮流照顾。因为他时刻谨记自己老父亲的谆谆教诲："孩子，现在广平的董书记、祁县长都是好书记、好县长，你一定要全力以赴辅佐好他们，为广平县三十万儿女造福，就像我给你起的名字一样'建树功业，造福于民'。要堂堂正正做人，踏踏实实做事，做一个高尚的、让人感到舒服的人。"2018 年初，单树福同志的老父亲病情恶化，住进了邯郸市第一医院的重症监护室，此时感觉父亲危在旦夕的他，不得不向县委请假，因为他害怕如果老父亲这次真的去世了，他将痛苦一辈子。就是在这种情形下，单树福同志在医院陪伴照顾老父亲的同时，还每天都坚持用电话听取和调度吕恩成副县长、扶贫办等关于全县脱贫攻坚各项工作的具体进展情况，并根据工作中存在的问题，做出相应的安排和部署。也许，单树福同志不是一个非常称职的儿子，但是他是党和人民一名非常忠诚的"战士"。

惟其艰难，才更显勇毅；惟其笃行，才弥足珍贵。六年来，作为县扶贫攻坚指挥部指挥长，单树福同志用自己的实际行动，书写了什么是奉献，回答了什么叫担当，他用一颗为公的心，为广平扶贫事业无私奉献了自己的热情与心血；他用一片爱民的情，春风化雨般滋润了全县脱贫路上的贫困百姓。坚守是为情怀，坚持就是"诗和远方"。前路漫漫，他将砥砺前行；未来可期，他必欣然铿锵。因为他心底里始终有一个梦想：惟愿广平不再有贫困，不再有苦难，惟愿广平三十万儿女携手奔小康。

（原载 2018 年 3 月 20 日中国网）

广平县扶贫办主任郑贵章荣获"燕赵楷模"称号

　　5月16日，广平县扶贫和开发办公室主任郑贵章获"燕赵楷模"称号。省委宣传部给郑贵章同志的颁奖词是这样的：用奉献做针，用拼搏做线，一针针，一线线，绣出脱贫致富的动人花朵；以信念为底色，以血汗为颜料，一滴滴，一行行，挥洒在脱贫攻坚主战场。"绿我涓滴，会它千顷澄碧。"这位普普通通的基层扶贫干部，没有惊天动地的英雄壮举，也没有激动人心的豪言壮语，然而他却始终用敬业奉献的精神，用尽全力、不停不歇，用精致、细致、极致的作风，引导、帮助全县近十万农民群众脱贫致富，迈向全面小康。一个又一个贫困群众富了，郑贵章却累倒在工作岗位上，至今昏迷。

　　郑贵章的儿子郑俊杰来到现场，代替父亲领取了荣誉证书。

　　郑贵章虽躺在病床上，但获得的成绩是一座丰碑。八年时间，全县累计减少贫困人口9.06万人；2013年、2014年在全省扶贫开发工作考核中荣列第一，2015年在全省扶贫开发工作考核中位居同类县第一；乡（镇）扶贫工作站、农村扶贫工作室的做法被新华社《国内动态清样》刊登，《平原农业县"造血式"扶贫的新探索》被国务院扶贫开发领导小组办公室创办的《扶贫开发》杂志刊登；"四个联结"扶贫模式（合同联结、合作联结、股份联结、劳务联结）在全省推广学习。

　　日前，市委决定在全市开展向郑贵章同志学习活动。

　　据悉，"燕赵楷模"由省委宣传部授予荣誉称号，颁发证书和奖章。（记者谢国英）

（原载2017年5月18日《邯郸日报》）

倾心扶贫为乡亲

"贵章，马宋固村村民打电话说大棚建好了，想让你去看看呢！""贵章，我知道你累，可是睡了这么长时间，也该醒了……"12月20日，河北省广平县中医院，郑贵章的妻子赵文华在病床前一遍遍地呼唤，希望他能从昏迷中醒来，但郑贵章始终没有反应。

在扶贫一线奋战了8年的郑贵章，2016年11月16日，因长期过度劳累倒在了办公室，脑干大面积出血，至今昏迷不醒。

53岁的郑贵章是河北省广平县扶贫和农业开发办公室主任。他刚到广平县扶贫办时，广平县在全省行风评议（包括扶贫系统）中排名倒数第一。经过几年的不懈努力，2013年至2016年，广平县在全省扶贫开发工作考核中连续排名第一；2014年至2017年，全县贫困人口从3.96万人减少到1887人。

"扶贫工作日志他记了8年，有600多页"

广平是农业小县，4镇3乡169个行政村30万人，主要依靠35万亩耕地生活，扶贫工作非常艰巨。

胜营镇马宋固村是郑贵章接手的第一批扶贫村之一。2011年时，村里人均收入只有700多元。

村里老党员施振山回忆，2012年麦收刚过，郑贵章就带队来村开动员会，要求每户来个"当家人"。"他从'一亩园顶十亩田'的道理开始，给我们讲政策，为解除我们顾虑，他给我们'打包票'：'赚了钱是你们的，赔了钱用我的工资顶。'"在郑贵章的推动下，当年年底，马宋固村就建起60多个大棚。

为帮贫困户转变"等靠要"的思想观念，郑贵章先后组织两万多名贫困群众到外地取经，调整种植结构。施振山记得，"大棚刚建起时，一天晚上忽降大雪，一大早，郑主任就踩着雪步行来到村里，组织村民清扫积雪，避免大雪压塌大棚。扫了一上午雪，他连村都没进就赶回去了。""俺们的事，不论大小，他都上心。"提起郑贵章，村民们有说不尽的感激。

在郑贵章办公桌上，一个塑封开裂的文件夹里，一张张A4纸上记录着他的工作日志。广平县扶贫办工作人员周俊杰说，"他每周都要将扶贫的事一一列出，办结一件就勾掉一件；没有办结的，则累积到下周，并写明原因。这样的扶贫工作日志，他记了 8 年，共有 600 多页。这是郑主任 8 年来工作的写照，也是全县扶贫 8 年来的奋进足迹。"

"没问题，你的事包在我身上"

30 岁的郭强彬是十里铺乡南小留村的农民，也是郑贵章一手帮扶下走出贫困的大棚专业户。

2013 年春节，郭强彬发现新鲜草莓价格昂贵，却颇受青睐，便动了种草莓的心思，可不懂技术，也没多少本钱。"当时，我听说县里新来了一位扶贫办主任，是个帮大家伙儿办实事儿的人，就抱着试试看的心态找到他，希望可以得到政策帮扶。"郭强彬回忆，"听了我的话，郑主任盯着我问：'你是想踏实干，还是想套取国家两个钱儿？''我是实打实地干，郑主任，请你相信我！'看我态度坚决，郑主任说，'好，我支持你！'"

有了扶贫资金和技术支撑，郭强彬便联络几户贫困农民，拿出全部家底，很快建起 9 座长 88 米、宽 12 米的大棚，种植牛奶草莓。大棚建起来后，郑贵章几乎每天都来查看指导。

2013 年 11 月中旬，气温骤降，正值草莓开花时节，娇嫩无比的草莓在单薄的塑料大棚里冻得不轻。"如果不能及时给大棚披上棉被，不仅将错过销售的黄金期，还可能颗粒无收。但当时找银行贷款已经来不及了。"郭强彬心急如焚，就又找到了郑贵章，"他低头沉思了片刻，跟我说，'没问题，你的事包在我身上。'第二天，就给我拿来了 5 万块钱。正是因为有了这笔钱，我的两个大棚才没有蒙受损失。事后我才知道，这些钱是他向亲戚朋友借来的。"

在脱贫户的带动下，南小留村慢慢成了远近闻名的大棚种植村。"如今，我们村不仅培养起来一批有经验的大棚种植户，还涌现了一批头脑灵活的蔬菜经纪人。全村人均收入近万元，还建起了漂亮的文化广场。"郭强彬说。

"我是公家人，要把更多的关心给需要帮助的乡亲们"

扶贫办曾是人们眼中的"小部门"，"人少、力量弱，干不成啥事"。郑贵章十分注重创新扶贫办法和工作机制，为了使全部贫困村齐头并进，集体脱贫，他率先探索在 7 个乡镇设立扶贫工作站，37 个贫困村设立扶贫工作室，做到扶贫工作有人员、有阵地、有设备，专职扶贫人员由 9 人扩充到 200 多人，确保扶贫政策精准到户，脱贫成效精准到人。

几年来，他们走遍了全县各个贫困村，对全县贫困户进行精准识别，分三批筛选出 96 个村、两万多户进行重点帮扶。

　　发放扶贫款，郑贵章有个"三步工作法"：墙垛子建起来了，发放第一笔；竹竿立起来了，发放第二笔；塑料薄膜盖上了，发放第三笔。每次都拍照存档。

　　郑贵章还设计推行了"合同联结、合作联结、股份联结、劳务联结"的产业扶贫模式。合同联结，引导企业与贫困户签订产销合同，企业原料来源有了稳定保障，农户扩大了农产品销路。合作联结，通过组建合作社、行业协会等推进劳动和资本合作，实现产、加、销一体化。股份联结，农民出土地和劳动力，龙头企业出资本，实行按劳分配和按股分红相结合。劳务联结，龙头企业提供就业岗位，群众到设施果蔬种植基地打工按天计酬，增加群众工资性收入。

　　在郑贵章县城的家里，老式楼房十分简陋。昏暗的客厅里，有一台普通电视机，一组老式沙发。赵文华哽咽着告诉记者，"我患腰椎间盘突出住院治疗时，他扶贫的事太忙，没有时间在医院照顾我。他虽然很愧疚，但总对我说，咱不是贫穷户，不缺少关爱，更不需要扶贫，我是公家人，要把更多的关心给需要帮助的乡亲们……"

　　"这些年，郑贵章每年经手的扶贫资金都在1000万元以上，但他把每一分钱和所有的心血都用在了扶贫项目上。"周俊杰说。（记者徐运平　杨柳）

（原载2017年12月30日光明网）

广平县扶贫办主任郑贵章：一颗扎根于人民的"金种子"

"共产党人好比种子，人民好比土地。我们到了一个地方，就要同那里的人民结合起来，在人民中间生根、开花。"对于共产党员和人民的关系，毛泽东常如是作比。

郑贵章，就是这样一颗深深扎根于人民，并结出了累累硕果的"金种子"。担任广平县扶贫和农业开发办公室主任八年间，他矢志带领全县群众脱贫致富，让9万多人扔掉了穷帽，56个贫困村脱贫出列，农村人均收入实现翻番……几组看似简单的数字背后，凝聚着郑贵章的巨大心血和汗水。

呕心沥血，殚精竭虑，用这八个字形容郑贵章的扶贫之路绝不为过。然而，也正是由于这种长年高强度地自我加压，让他在去年11月16日突发脑溢血，倒在了扶贫第一线。如今，54岁的郑贵章已昏迷了近四个月。其间，省市县有关领导以及爱戴郑贵章的父老乡亲曾多次入院看望，他们都有一个共同心愿："贵章，快点醒来吧！"

领导的深切关怀，百姓的声声呼唤，皆源于郑贵章的忠诚担当和民生情怀。

一句誓言换来九万人脱贫

广平县地处黑龙港流域，4镇3乡169个行政村30万人主要靠35万亩耕地生活，扶贫任务艰巨而繁重。

2009年10月，党委、政府将扶贫重任交给了郑贵章，在广平县委督查室领导岗位上工作了十多年的他调任县扶贫办主任。"群众的困难就是自己的困难，只要我在扶贫战线上工作一天，就一定不负党委和政府的重托，坚决奋战到底，在全县人民同奔小康的路上，绝不让一个贫困人口掉队！"郑贵章上任之初立下誓言。

"广平是农业小县，地下无资源，地上无优势，想在扶贫开发上干出一番事业，必须更新观念谋发展，调整结构促增收。"基于这样的认识，郑贵章改变了以往粗放扶贫模式，从理念、体制、机制、方法上加强创新，以攻坚之举推进精准扶贫。

郑贵章在鼓励农民种植转型的同时，坚持用工业化理念统筹扶贫开发工作，大力扶持产业关联度强、市场竞争力强、带动辐射面广的产业化龙头企业,推行"四个联结"破解贫困户与市场对接难题,使龙头企业、合作社与贫困户之间形成利益共享、风险共担的利益共同体。累计培育省、市级扶贫龙头企业12家,辐射带动全县3.2万余人发展特色种养业,产业化经营率达到了65.41%。

"四个联结"是指:合同联结,引导企业与贫困户签订产销合同,企业原料来源有了稳定保障,农户扩大了农产品销路;合作联结,通过组建合作社、行业协会等推进劳动和资本合作,实现产、加、销一体化;股份联结,农民出土地和劳动力,龙头企业出资本,实行按劳分配和按股分红相结合;劳务联结,龙头企业提供就业岗位,或群众到设施果蔬种植基地打工按天计酬,增加群众工资性收入。

政策对路,效果立竿见影。郑贵章上任两年后,广平摘掉了带了七年的国家级贫困县帽子。随后,在广平县委、县政府地大力支持下,郑贵章带领县扶贫办建立了乡镇扶贫工作站和村扶贫工作室,将扶贫窗口前移,并通过实施科技、金融、教育等精准扶贫模式,有效激发了贫困村、贫困户的发展动力,扭转了该县扶贫开发工作的落后局面。这一经验做法被新华社《国内动态清样》刊登,"四个联结"扶贫模式也在全省推广。

2016年是广平精准脱贫的关键年。该县成立了脱贫攻坚会战指挥部和扶贫增收攻坚指挥部,所有乡镇全部成立扶贫工作站,37个贫困村建起扶贫工作室,实现了县乡村三级联动;全县2400多名参与扶贫工作的机关干部进驻贫困村结对帮扶;按美丽乡村标准推进贫困村软硬件建设……扶贫办是全县脱贫攻坚的牵总部门,郑贵章不仅要与县领导和各部门沟通协调,还要到每个贫困村走访调研,既要做好上级的参谋,更要一件一件抓落实,背后的辛苦常人难以体会。

绳锯木断,滴水穿石。八年间,广平扶贫工作步步为营,稳步推进,累计减少贫困人口9.06万人,贫困发生率降至1.62%,农村人均纯收入从2009年的4338元增长到2015年农村人均可支配收入9684元。目前,全县37个贫困村中已有24个达到退出标准,有望实现全县脱贫摘帽。

六百页笔记写满民生情怀

郑贵章办公室内,三个省级扶贫考核第一的奖杯熠熠生辉,几条绶带静静地垂在衣架上。这里虽然已经空了四个月,但依然被工作人员打扫得整洁如初,郑贵章伏案办公的身影仿佛就在眼前。

办公桌上一个文件盒里,一张张A4纸上记录着他每周工作事项。"这样的工作周志,郑主任从走马扶贫办之初就开始写,共600多页,装满了9个文件盒。

他将每周要办的事情一一列出，办结后就画条横线勾掉；没办结的，就累积到下周，并写明原因。"广平县扶贫办工作人员周俊杰将郑贵章的部分工作笔记递给了记者。

这些工作笔记上的字迹力透纸背，走访慰问贫困户、大棚验收摸底、谋划扶贫政策、落实资金拨付等内容满是民生情怀。"1.最美帮扶人材料报市扶贫办；2.整合涉农资金表报市扶贫办；3.2013—2016中央财政扶贫资金报市办；4.市扶贫和农业开发办指导贫困退出工作。"这是郑贵章病倒那一周要办的事项，标注时间为"11月14日至18日"。

"这4项工作已全部办结，被画线勾掉。就在昏迷前的最后一刻，他还下乡入户。"周俊杰言语哽咽。2016年11月16日，郑贵章连续走访三个村查看贫困退出工作进展情况。下午5点，他回到办公室后感觉头疼欲裂，就打电话给儿子郑俊杰。郑俊杰急忙赶来，将父亲送往县医院。途中，郑贵章昏迷。经诊断，郑贵章脑血管破裂，出血严重。此后，转院至市中心医院的郑贵章连续做了两次开颅手术，至今仍处于昏迷状态。

郑贵章病倒后，省市县各级有关部门多方筹资，广大干部职工主动捐款。为保障郑贵章的后期治疗费用，广平县还将视具体情况采取爱心捐助等有针对性的救助措施。

在市中心医院东区，记者见到了郑贵章的妻子赵文华。她不断宽慰自己，"贵章没事，只是太累了！那天早上出门还好好的，他睡够了就会好起来的。"

"自从他到扶贫办后，经常很晚才回家，节假日也基本没怎么休过。"郑贵章的儿子郑俊杰说，他甚至还不如扶贫办的工作人员和父亲在一起的时间多。在单位，郑贵章严格执行各项规章制度，每天第一个到单位上班，最后一个离开，加班更是家常便饭。

医生告诉记者，郑贵章脑部出血严重，与其长期工作压力过大、长期过度劳累、精力严重透支、神经中枢一直处于高度紧张状态有直接关系。

为了唤醒父亲，郑俊杰每天都会贴在父亲耳边读"扶贫快报"。"有时候，父亲听到有关扶贫的工作后，嘴唇会蠕动几下，流出两行热泪……"郑俊杰告诉记者，父亲在扶贫工作上几乎倾注了自己的全部心血，他还有很多工作没有做完，不会就这样倒下！

尽职担当得百姓真心爱戴

郑贵章突发脑病昏迷的噩耗传来，父老乡亲们不敢相信，也不愿接受这个事实。"贵章是为俺们脱贫的事儿操心，累病的……"采访中，南阳堡镇后大寨村村民高奉彬潸然泪下。

今年 63 岁高奉彬过了大半辈子穷日子。前些年，为了给四个儿子结婚，他更是倾其所有，债台高筑。扶贫走访中，郑贵章得知此事后主动登门，鼓励高奉彬建大棚、种葡萄致富，并带他到山东寿光、河北饶阳等大棚基地考察学习。

当时，家里所有人都反对高奉彬"瞎折腾"，认为他一把年纪了还想创业发家，简直痴人说梦。听了家人的话，高奉彬有点儿打退堂鼓。这时，郑贵章拍着胸脯对他说，"你只管种，赚了钱归你，我分文不要；赔了钱算我的，我工资给你顶上！"听到这句话，高奉彬十分感动，也倍受鼓舞，当即下定决心好好干。

在郑贵章的帮助协调下，高奉彬请来农技专家学艺，并从银行贷款建起了大棚。如今，高奉彬一家人经营着 4 个大棚，共计 15 亩地，主种葡萄，间种蔬菜，年收入达 30 多万元，是过去靠种地收入的 50 多倍。高家以前的低矮破瓦房也翻盖成了二层洋楼。不仅如此，高奉彬还熟练掌握了大棚种植技术，村村们都抢着请他传授技艺。

如今，高奉彬在村里创办了扶勤合作社，吸纳 37 个贫困户入股，组织困难群众上大棚、做箱包、编手套。"我也要像郑主任那样，带领大家一起致富。"高奉彬言语坚定。

发生在高奉彬身上的致富奇迹，只是郑贵章履职尽责、勇于担当的一个缩影。上任县扶贫办主任之初，郑贵章便走乡进村搞调研，几乎全县每个村都留下了他的足迹。他发现，个别贫困户存在"恋贫"思想，认为戴着贫困帽"放心"；更有部分贫困户存在"等靠要"思想，蹲在墙根儿晒太阳，等着政府送小康。

"阳光普照在大地上，你白白地浪费掉，没有充分地让无机能转换成有机能，这就是贫困落后的根本原因！"这是郑贵章动员各村贫困户建大棚时，常说的一句开场白。动员会后，他会召集村里的党员和贫困户，给大家一笔一笔地算种粮食和种设施蔬菜的差别，并帮着想办法、找贷款、签收购合同。

2012 年冬，胜营镇马宋固村 60 多个蔬菜大棚刚刚建起便遇大雪。担心村民没有经验，郑贵章在齐膝积雪中蹒跚步行 3 里路赶到村里，提醒村民及时清扫积雪，不要让雪压塌了大棚。那一天，他和村民们在地里清了一上午雪。

十里铺乡南小留村郭强彬有了家庭农场，建起草莓大棚 20 个，年收入近二百万；马宋固村 8 名蔬菜经纪人年上缴村集体过万元……8 年间，郑贵章先后组织 2 万多贫困群众外出参观学习，解决了大量资金、技术难题。全县设施农业，从零零散散的几十亩发展到了 2.9 万亩，一年两茬变一年四茬，亩均增收 8000 元。

对每一分扶贫款"锱铢必较"

近年来，国家持续加大扶贫攻坚力度，扶贫部门涉及的资金也越来越多。面对每年过千万扶贫款，郑贵章坚持把党风廉政建设摆在首位，始终绷紧反腐倡廉这根弦。

凡遇重大项目，郑贵章必会召开班子会、支部会进行研究。所有扶贫工程公开招标，并邀请纪委、审计、检察等部门全程参与，确保每一分钱都用在扶贫上。下基层搞调研，郑贵章绝不吃群众一口饭，从没拿过群众一分钱，即便是群众送来表示感谢的大棚菜，他也会婉言谢绝。

"郑主任这两年到我们村不下百趟，但从来没有在我们村吃过一顿饭。"南阳堡镇后大寨村村支部书记郭兴海告诉记者，全村没有人不认识郑贵章，都愿意和他拉拉家常，但叫他帮忙可以，请他吃饭不行。

对于扶贫款的使用，郑贵章"锱铢必较"。2012年，他到胜营镇马宋固村开"建大棚"动员会，当场就有人报名。会后，郑贵章拿着名单入户拜访，三言两语，就知道哪户是真心想干，哪户是想套资金。结果，3户村民打了"退堂鼓"。发放扶贫款时，郑贵章有个"三步工作法"：墙垛子建起来了，发第一笔；竹竿立起来了，发第二笔；塑料薄膜盖上了，发第三笔，每次都拍照存档。

马宋固村老党员施振山曾打趣道："贵章是个'小心眼'干部。"2012年冬，郑贵章见马宋固村的60多个大棚用人工卷草帘费时费力，就安排购买了电动卷帘机，但第一批只运来了28台。郑贵章担心分配不公，便开车来到地头，拿着名单逐一比对。

郑贵章在扶贫款项的使用上虽然斤斤计较，但对于老百姓的求助，他总会慷慨解囊。2014年冬，十里铺乡南小留村郭强彬新建的9个草莓大棚还没有"穿"上棉衣，而银行贷款一时还下不来。"如果不及时给大棚建好保暖设施越冬，草莓幼苗可都冻死了，前期贷款18万建大棚的钱可就打了水漂了。"抱着试试看的态度，郭强彬到县扶贫办找到了郑贵章。听完眼前这个陌生人的讲述，郑贵章实地调查核实后，自掏腰包5万元给了郭强彬，帮他解了燃眉之急。

八年来，郑贵章经手办理的上亿元项目资金，每一笔都用在了"刀刃"上，且有据可查。由于业绩突出，近年来，郑贵章相继荣膺省扶贫开发工作先进个人、市优秀共产党员、市扶贫开发工作标兵、市政府二等功、市劳动模范、县优秀人民公仆等。面对荣誉，郑贵章常说："扶贫开发是全县重点工作，论成绩是大家一起干的，我只是做了点儿分内事而已。"

如今，郑贵章虽然病倒了，但他的崇高精神却感染、激励着广大干部职工凝心聚力、开拓奋进，在全县形成了一股脱贫攻坚的强大合力。目前，广平正大力推广现代农业、家庭手工业、旅游、科技、电商和龙头带动等扶贫模式，全县37个贫困村中已有24个达到退出标准，戴在广平头上长达22年之久的"贫困县"帽子即将摘掉。

"我决心自觉用党员的标准严格要求自己，勤奋学习、努力工作，为共产主义事业奉献自己的全部力量！"1994年9月12日，郑贵章在入党申请书中这样写道。从那时起，他时刻牢记共产党人的"种子"使命，把自己"种"在了广平这片热土上，更"种"到了父老乡亲的心中，用实际行动完美诠释了一名共产党员履职尽忠、勇于担当、无私奉献的真情大爱。（记者 李海涛）

（原载2017年3月8日邯郸新闻网）

广平县高起点上再启航

赵凤山　李艳庆　黄涛

2018 年 1 月 11 日，中共广平县委十四次全会召开。"过去一年，我们在思想政治建设、县域经济发展、城乡建设、社会事业、政治生态建设等方面取得了优异成绩；新的一年，我们将全面贯彻党的十九大精神，按照党中央和省市委决策部署，全面落实高质量发展要求，坚持以供给侧结构性改革为主线，坚持以改革创新为引领，以加快发展为核心，以城乡统筹为路径，以改善民生为目标，推进开放水平、综合实力、城乡面貌、群众幸福指数，实现大提升，奋力谱写新时代二次创业、广平再起新篇章。"县委书记董鸣镝在大会上激情满怀！

刚刚过去的 2017 年，广平县各项事业取得了优异成绩

思想政治建设持续加强。开展党的十九大精神"六进"活动 86 场，打造了"百姓说唱宣讲"品牌，举办了为期一周的"通读细研党的十九大精神夜校"，通过微信矩阵、公益广告、专题专栏等形式推动党的十九大宣传工作出新出彩。

县域经济发展持续提速。项目引进实现大突破，坚持专业招商、精准招商，建立招商引资周安排、周供职制度，通过连续开展"大招商、大对接、大走访""五一"乡贤返乡接力游、服务世界冀商、推动协同发展广平日、京津冀协同发展暨县域经济发展研讨会走进广平等系列活动，促成了天津大通集团国际智能家居产业园、北京万旗集团房屋装配、安踏运动产品、雄广纸塑包装材料产业园等一大批大项目、好项目落户广平。项目推进实现大提速，建立项目推进专班机制，实行四色管理法，开展定期巡查，建立"广平月起基准开放日"，全市第一个 5A 级工业景区嘉瑞生物二期项目主体竣工，国梁集团北方医药中试生产基地迈亚生物实现试生产，全国最大的 PVC 板材生产基地康飞塑业建成投产，聚乾电动车基地健全"四大工艺"实现整车下线，极度科技电动车产量突破 1 万辆。项目质量实现大提升。持续开展纾困暖企、化僵解困，颐通管业、同和生物、永和化工等 16 家亏困企业顺利激活，做法得到市委市政府主要领导批示肯定，经验全市推广。特别是成功促成了文安钢铁与江苏卡威集团、京威股份的合作，重启新宇康汽车产业园建设，不仅实现了资产盘活，更使广平汽车产业再度焕发了活力。大力推进商事制度改革，2017 年新增市场主体 6392 户，万人拥有市场主体数量达到 688 个，增长率全市第三。2017 年全部财政收入完成 6.46 亿元，增长 29%；一般公共预算收入完成 4.35 亿元，增长 28%，GDP 预计完成 85 亿元，增长 8.5%。

城乡建设步伐持续加快。县城功能品位和承载力明显提升。西部新城基本框架拉开，邯广快速路列入全省干线路网规划，广安路西延基础工程全面完工，和圣路、伯仁东路、伯仁西路建成通车，"三馆两中心"、市民中心、群众工作中心竣工启用，盛世名门、鹅城首府、格林春天等高档住宅小区建成投用，文化艺术中心、和圣书院等加速推进。成功争创全省首届省级文明县城，建成迎宾公园、邯济文化广场、鹅文化主题公园等精品公园游园 11 个，县城主要街道、建筑和公园游园亮化实现全覆盖，新增绿地面积 93 万平方米，主城区绿化覆盖率 48.2%，全市第二。乡村环境面貌和吸引力明显增强。坚持路网、林网、水网一体打造，景观、旅游、产业、党建四带同建，全力推进人文生态景观产业党建闭合圈建设。2017 年两个闭合圈建设任务圆满收官，建成美丽乡村精品村 35 个，新增绿化面积 1.6 万亩，全面打通七干八支农村水网 142 公里，均创历史新高。李庄 CS 基地、丁村春溢生态园、唐庄水上餐厅等新业态蓬勃发展，宋任穷故居、抗日大队旧址、十四烈士陵园等爱国主义教育精品基地建成投用，美丽乡村实现了串点成线、连线成面，勾勒出了美丽广平的乡村新貌。

人民生活持续改善，社会事业发展蒸蒸日上。办好了一批民生实事。实行了精准低保，推进了撤乡建镇和村改居，社会救助工作经验全省推广。刘贵芳爱心敬老院医养结合模式更加完善，时任省委书记赵克志现场调研并充分肯定。职教事业蓬勃崛起，初高中教育稳步提升，县妇幼保健院、广平镇卫生院、中医院病房楼顺利迁新，县医院与北大方正医管、天津民生医管合作成效显著。斩获全省扶贫开发"四连冠"。亚洲单体养殖规模最大的 360 万只德青源金鸡产业扶贫项目落户广平、全面开工，中国网库广平基地、万亩菌草等重大产业扶贫项目全面实施。与中国扶贫协会、国家关工委、共青团中央合作启动"扶贫助困千人圆梦计划"，脱贫攻坚指挥部、十天工作法、微信抽点、倒金字塔、走贫日等机制高效运行，脱贫攻坚好榜样郑贵章同志事迹得到了国务院副总理汪洋、时任省委书记赵克志、时任省长张庆伟等领导批示肯定。打响"关键决心蓝天大气攻坚战"。扎实推进散煤治理等 16 个专项行动，彻底取缔 3754 户农村地火，持续开展"洁城蓝天 ing"行动，建立 34 个大气质量监测点，常态化开展重型载货车执法检查，实行大数据昼夜动态管理,空气质量持续好转。2017 年空气质量优良天数 162 天,PM2.5 浓度均值 81 微克 / 立方米,大气质量同比改善率全市领先。做好宣传思想文化工作。牢牢把握意识形态主动权,深入践行社会主义核心价值观,建立了微信新闻信息统筹协调中心,完善了三级微信矩阵,培育了全国道德模范刘贵芳、河北好人、燕赵楷模、河北新闻人物郑贵章,其事迹在《人民日报》大篇幅刊登。持续开展欢乐乡村等群众文化活动,扎实推进移风易俗工作,"微爱留守·为爱圆梦"被评为河北省志愿服务创新项目。维护了和谐安定的社会局面。

全面从严治党持续强化,风清气正的干事创业政治生态不断巩固、持续提升。队伍建设明显增强。深入开展以"去三补二""两个清单""一项机制"为主题的机关建设年活动,全面推行负面清单反向激励制度,激发了各级干部干事创业的积极性。相关做法得到省委组织部长梁田庚、市纪委书记刘立著等领导批示肯定,省作风办、省改革办、中国改革报专题到广平调研,总结经验。以党建闭合圈打造为载体,大力实施"双五双四"工程,扎实推进农村"两委"换届,26 个软弱涣散农村党组织顺利转化,新建 14 个村级组织活动场所,全市基层党建现场会在广平召开。反腐倡廉成效明显。严格落实"两个责任",大力推进"一问责八清理"和基层"微腐败"专项整治,推行乡村干部"六步监督法",打造了一批廉政教育阵地。

面对 2018 年,广平县在高起点上再启航

具体要求是在四个方面实现大提升:深化改革创新,推进开放水平实现大提升。深入实施创新驱动战略,制定科技型中小企业成长计划,突出抓好孵化、创办、引进、转型、提升、壮大六个一批,推动科技型中小企业集群式发展。重点发展高新技术企业,引导鼓励企业增加研发投入,发展自主产权,掌握核心技术,占领市场和行业制高点。加强人才队伍建设,完善高端人才、专业人才的引进培育和管理制度。要以改革激活力。在巩固既有改革成果的基础上,全面梳理 2018 年改革任务,拿出改革事项清单,重点围绕中央和省市改革试点任务落实,围绕经济发展、生态建设、民生改善、维护稳定、党的建设等方面,创新思维、开阔思路,探索一批具有广平特色的办法。特别是在优化营商环境、提高行政审批效率、强化乡镇职能、深化投融资体制等方面,进行探索和突破,制定行之有效、简便易行的制度措施。

强化项目支撑,推进综合实力实现大提升。重点是做好"破、立、降"三篇文章。一是破,就是破除无效供给,提高质量效益。一方面要持续开展"化僵解困"、

纾困暖企、扶工助企专项行动，做好新颐通、威泽化工、大自然家居、同和生物等复活企业的后续工作，确保全面产生效益。另一方面要以联大引强为抓手，推进骨干企业做大做强，实现资源充分利用。重点是抓好力尔与中建材的合作、极度科技与恒天集团的合作。特别是要盯死抓牢文安钢铁与江苏卡威集团、京威股份合作重启的新宇康汽车产业园项目，明确专人对接、跑办，年内确保实质性进展，实现全面复工建设。二是立，就是培育新的动能，做大规模总量。在招引项目上，要充分发挥3个驻外专业招商分局作用，每个招商分局年内确保引进1个以上投资2亿元项目。要发挥商务、发改和开发区主体作用，确保年内分别引进1个投资5亿元以上项目。要继续开展全民招商，培养一批"招商书记""招商局长"，特别是在引进重大项目上要持续用力，力争在引进投资上百亿、超50亿的项目上能见到实效。在项目推进上，健全完善专班推进、指挥部推进工作机制，持续开展"广平月起基准开放日"活动，促进国际智能家居产业园、雄安纸塑包装材料产业园、安踏体育用品、万旗集团装配房屋等项目全面开工建设，加快嘉瑞生物二期、迈亚生物、德青源金鸡产业扶贫、恒天新能源汽车等项目全面竣工投产，年内至少完成6家以上企业入统。在产业培育上，要聚焦新能源汽车、新型装备制造、绿色食品、家居制造、生物科技等现有优势产业，着力引进产业链项目，聚集产业规模，提升产业层次。三是降，就是降低企业成本，优化营商环境。要加强资源要素和服务保障，严格落实县级领导和部门分包帮扶项目、企业制度、现场办公、解决问题。要大力推进"放管服"改革，降低制度性交易成本，抓好减费降税各项政策举措落地，继续清理涉企收费，实现行政事业性涉企收费清零。大力开展"双创双服"活动，推进商事制度改革，加快推进个转企、小升规，充分激发市场主体发展活力。

坚持统筹协调，推进城乡面貌实现大提升。大力实施县城突破和乡村振兴战略，全面做强县乡村三级支撑。加快县城突破。以扩容提质为重点，坚定不移实施"小县大县城"战略，进一步拓展空间、完善设施、提升品质、聚集产业、吸纳人口，把广平打造成为人人向往的生态宜居之城。要加快西部新城建设，坚持大手笔规划、高标准设计，率先推进一期5.56平方公里核心区建设，统筹推进行政办公、公共服务、滨河商业、教育园区、住宅小区等板块开发，尽快拉开"两核两轴"框架，打开城市发展新空间。坚持产城融合，加快城南特色家居小镇、城北食品工业小镇建设步伐，形成县城发展的两翼支撑。要完善基础设施，邯广快速路年内要实现开工、新区"七纵六横"路网等道路建设要有序启动，城市供水、供暖、供气、教育、医疗、文化等设施要更加完善。要推进老城改造，逐步开展美丽城中村建设，全面改善城中村环境设施。要塑造城市形象，把鹅城文化、名城文化、水城文化融入城市建设每一个节点，丰富城市文化内涵，展现广平历史底蕴，进一步提升县城的特色和品位。强化乡镇职能，推进乡村振兴。重点是进一步巩固第一、第二闭合圈建设成果，在长效维持、做强产业、丰富业态、聚集人气、产生效益上见实效。第三、第四闭合圈要抓好垃圾处理、污水处理、绿化和改厕等项基础工作，补齐农村短板，提升农村面貌。特别是农村环境卫生整治必须常态坚持、长效运行，绝不能出现反弹。要大力开展移风易俗，探索建立制止农村婚丧喜事大操大办长效机制，提高农村治理能力。把产业作为核心支撑，依托第二轮土地承包期到期后再延长三十年等政策，加快推进土地流转，培育新型农业经营主体，盘活农村资产，激发农村活力，建设全省一流的省级现代农业园区，实施"村联网"工程暨村级商业连锁网点开发建设，年内消灭集体经济收入空白村。

持续保障改善民生，推进群众幸福指数实现大提升。提高群众获得感。以打赢精准脱贫攻坚战为重点，全面发挥产业扶贫主导作用，加快促进金鸡产业扶贫、中国网库、万亩菌草等重大扶贫项目产生效益，进一步提升牛庄菌业、安居农庄、富硒果品等扶贫产业基地规模层次，37个贫困村要全部建立扶贫"微工厂"。深化县职教中心和国家关工委、中国扶贫协会、共青团中央的合作，2018年实现整体减贫1000人以上，实现整县脱贫摘帽。精心组织好扶贫开发考核和脱贫退出核查验收，持续开展每周六"走贫日"活动，确保实现扶贫开发考核全省"五连冠"。提高群众幸福感。持续开展"关键决心蓝天大气攻坚战"，巩固农村地火整治、"洁城蓝天ing"、油烟治理等工作成果，加大综合执法力度，严控重型载货车进入县城，大力开展绿美广平攻坚，为群众创造良好的空气环境。持续推进教育腾飞，加快推进第四实验小学、教师发展中心、职教中心二期建设。实施"健康广平"战略，深化公立医院综合改革，推广刘贵芳爱心敬老院医养结合新型养老模式，争创省级卫生县城。持续巩固文明县城创建成果，加快文化艺术中心、和圣书院等公共文化设施建设，落实意识形态责任制，大力开展群众文化活动，丰富群众文化生活。提高群众安全感。全力做好安全生产、信访稳定和社会面管控等工作，确保不发生重大安全事故。

（原载2018年1月6日《邯郸日报》）

脚下沾满泥土　心中充满真情

——记广平县扶贫和农业开发办公室主任郑贵章

记者：马彦铭

10月17日，在全国脱贫攻坚奖表彰大会上，广平县扶贫和农业开发办公室主任郑贵章荣获全国脱贫攻坚奖贡献奖。

9月29日，省政府发出通知，广平县退出贫困县序列。

本该去北京领奖的郑贵章，得知家乡退出贫困县序列一定会喜笑颜开的郑贵章，却静静地躺在广平县中医院的病床上。因多年超负荷工作，2016年11月16日，郑贵章脑干大面积出血，病倒在工作岗位上，昏迷至今。

"只要在扶贫战线上工作一天，我就一定会奋战到底。"这是郑贵章为脱贫攻坚事业许下的铮铮誓言。人们都说，广平脱贫，离不开郑贵章做出的辛勤努力。

走遍全县每个村子，从实践中总结脱贫良方

郑贵章倒下近两年了。

2016年11月16日病倒那天，他还在东胡堡村、大寨村、丁村检查脱贫攻坚工作。"在走村串户时，他说感觉有点头疼。因没有检查完，他就没当回事。"广平县扶贫办主持工作的主任科员郑金国说，当天傍晚，郑贵章因脑出血被紧急送到医院重症监护室。

其实，从2009年出任广平县扶贫办主任时起，郑贵章就把脱贫攻坚当做工作生活中的头等大事，几乎每天都在为脱贫攻坚工作而奔波。

广平是典型的平原农业县，长期以来，很多农民只能依靠种地获取微薄收入，乡亲们的日子过得紧巴巴的。

脚下沾有多少泥土，心中就沉淀多少真情。刚就任扶贫办主任，郑贵章就表示，只有到贫困群众中去，才能从实践中得到脱贫良方。在扶贫办工作的7年多时间，他走遍了全县每个贫困村，访遍了每个贫困户。"贵章到我们村不下百趟，全村没有不认识他的。"南阳堡镇后大寨村党支部书记郭兴海说。

有一天下着雨，郑贵章来到马宋固村。他发现，由于路况差，路上全是泥坑，外地拉菜的车进不了村，村民只好用三马子车往外运菜。顶花带刺的黄瓜经这么一折腾，价格降了不少。"不能眼睁睁看着村民受损失。"郑贵章很快跑来了项目，修了一条环村路。

为让贫困户开阔视野，郑贵章先后组织2万多名贫困群众外出参观学习，解决了许多实际难题。经过多方探索，郑贵章与同事总结出许多符合广平实际、行之有效的脱贫攻坚方法。

面对基层扶贫力量不足状况，在郑贵章建议下，2013年，广平县建立乡镇扶贫工作站，2014年又建立村扶贫工作室，做到了扶贫工作有人员、有阵地、有设备。设立"一站一室"后，广平县专职扶贫人员由县扶贫办的9人扩充到全县的200多人，保证了扶贫政策精准到户，脱贫成效精准到人。

郑贵章还积极推行合同联结、合作联结、股份联结、劳务联结的"四个联结"扶贫模式，破解贫困户与市场对接难题，使扶贫龙头企业、合作社与贫困户之间形成利益共享、风险共担的利益共同体。

郑金国说，目前广平县又推行了扶贫专班制度，31个县级干部组成31个扶贫专班，分包7个乡镇、37个驻村工作队、169个行政村、2260个帮扶责任人和34325名贫困人口，扶贫力量不足问题得到彻底解决。

对群众冷暖感同身受，贫困户在他心中地位很高

郑贵章出身农家，父亲早逝，家境贫寒。乡亲们对贫穷的无奈和对富裕生活的向往，他感同身受。

"贵章对贫困群众有真感情，贫困户在他心中地位很高。"广平县主管农业的副县长吕恩成说，有一件小事他印象很深。一次他正跟郑贵章谈工作，一个贫困户找来咨询补助的事情，郑贵章就暂时中断汇报去处理贫困户的事情了。

在广平县扶贫办，郑贵章的办公室一直保留着。走进他的办公室，面积不大的屋子靠门口处摆了4把椅子。"这是为了让前来办事的群众有个坐的地方。"郑金国介绍，为方便群众，郑贵章把办公室临时休息用的床撤掉了。这样，加班累了，郑贵章只能靠在椅子上休息。

"大棚里的草莓长势不错，真希望郑主任能过来看看。"10月18日，十里铺乡南小留村村民郭强彬说。在郑贵章鼓励下，2013年，郭强彬建起了草莓大棚。当年冬天天气很冷，草莓有被冻坏的危险。可建大棚花光了积蓄，亲戚朋友也借遍了，郭强彬拿不出给新建的9个草莓大棚加盖棉被的钱。这时，郑贵章从家里拿出5万元，解了郭强彬的燃眉之急。第二年，郭强彬就获得收益20多万元，积累了发展特色种植的资金。此后，他建起了家庭农场，流转土地140亩，建起20个大棚，并引种错季桃树4000株。目前，郭强彬已成了村里的致富带头人。

对贫困户充满真情，对亲朋好友却有些"不近人情"。

郑贵章的哥哥搞了个建筑施工队，指望着他在扶贫项目上给予关照。但郑贵章却一口回绝："扶贫项目要公开招标，我帮不了你。"

一个老朋友的孩子上学想申请雨露计划，因不符合规定被郑贵章拒绝了："雨露计划只能安排贫困户。我个人可以资助你3000元。"

老家亲戚想在村里打口井，找到郑贵章想要点扶贫资金。他却说："咱村不是贫困村，不能申请扶贫资金，这个口子，我不能开。"

每件工作都实打实地干，扶贫开发综合考核连续5年全省第一

郑贵章就任县扶贫办主任后不久，全省有关会议通报2008年度行风评议结果，广平县扶贫办在社会服务类别中位居末位。散会时已是中午，郑贵章心情很沉重，他没吃午饭就从石家庄赶回县里，立下了苦干几年、甩掉落后尾巴的誓言。

"贵章是个要好的人，也是个不服输的人。"广平县委书记董鸣镝说，面对县委县政府安排的工作，郑贵章从来不讲任何条件，不谈任何困难，说干就干。在郑贵章和全县的努力下，广平的脱贫攻坚工作一改被动局面，从落后县变成了先进县。

工作中，每件事郑贵章都实打实地干。发放扶贫款，郑贵章坚持"三步工作法"：墙垛子建起来了，发放第一笔；竹竿立起来了，发放第二笔；塑料薄膜盖上了，发放第三笔；每次都拍照存档。

为把工作做得更实，郑贵章养成了记工作周志的习惯。他把每周要做的事情一项项列出来，办结后就画线勾掉；没办结的转到下周，并写明原因。

他的办公室放着一个半旧的文件盒，里面是他的工作周志。一页一页翻过，每一张都写得密密麻麻。病倒那一周，他要办的事项清清楚楚：1.最美帮扶人材料报市扶贫办；2.整合涉农资金情况报市扶贫办；3.2013-2016年中央财政扶贫资金落实情况报市扶贫办；4.市扶贫办指导贫困退出工作；5.……前四项已完成被勾掉，工作序号最终定格在了5。这样的工作周志，从就任县扶贫办主任到病倒在工作岗位上，郑贵章写了600多页，装满了9个文件盒。

郑贵章上任一年后，广平县扶贫办在全县行风评议中获得第一。上任第三年，广平县扶贫办再夺全县行风评议第一，并在全省扶贫系统中名列第三。

全省扶贫开发综合考核中，广平县自2013-2017年连续5年位居全省第一，实现五连冠。"贵章醒来时，我们可以对他说，工作没落下，我们还是第一。"广平县扶贫办办公室主任周俊杰说。

（原载 2018 年 10 月 23 日《河北日报》）

通讯、散文、评论

郭伟摄影

扶贫要先扶志

广平县政协主席、扶贫攻坚指挥部指挥长 单树福

人穷不能志短，扶贫先要扶志，这是打赢脱贫攻坚战的一个重要基础。党的十九大报告中提出了"注重扶贫同扶志相结合"的思想，将经济民生意义上的扶贫和精神层面的脱贫有机结合，极大丰富和拓展了中国特色扶贫理论和实践。近几年来，广平县坚持做到扶贫同扶志相结合，不仅仅带来了贫困群众精神世界的丰富、充实和改变，而且也有力构建了上下联动、多管齐下、综合发力的脱贫攻坚工作新格局，促进全县脱贫攻坚工作不断深入，步伐加快，从根子上彻底斩断穷根。

加强教育扶志，摆脱意识贫困，扶出脱贫信心

天雨不润无根之苗。精神贫困往往比物质贫困更可怕，没有脱贫志向，投入再多扶贫资金也只能是"管得了一时，管不了一世"。对于如何脱贫致富，广平县有些贫困群众不仅没办法，也没想法，穷惯了，等靠要；穷怕了，不敢想。脱贫致富奔小康，内生动力是关键。广平县通过全面加强贫困群众的思想教育，努力帮助贫困群众摆脱"意识贫困"，激发出贫困群众不服输、不认命的态度；激发出贫困群众对美好生活的渴望和奋斗动力。郝全金过去是广平县十里铺乡后堤村地地道道的贫困户，他和很多贫困群众一样，存在着不愿劳作、不求脱贫致富的思想问题和"等人送小康"的不良心态。后来在乡、村干部思想教育的春风沐浴下，他通过参加县里扶贫部门举办的培训班，到种棚先进地观摩学习，同时看一些大棚种植、育苗等方面的书籍，在掌握一些技术后，他自己带头建起了1个温室棚，2个大拱棚。付出就会有回报，当年就收入了6万多元，顺利走上了脱贫致富之路，如今的郝全金成了村里远近闻名的致富带头人，逢人就夸"感谢乡、村干部的思想扶志，让我致富有了劲头，生活有了奔头"。

丰富教育内容，创新宣传方式，提升扶志质量

目前，在一些贫困地区，封建迷信、好逸恶劳、大操大办等不良风气还不同程度地存在，影响了脱贫攻坚的成效和进度。扶贫扶精神，要有针对性地组织积极向上的文化活动，引导贫困群众崇尚科学、抵制迷信、破除陋习，促使形成"扶

贫不扶懒"的正确舆论导向和良好社会风气。广平县能够利用电视、报纸、干部入户、村喇叭广播等各种有效形式，宣传党的扶贫惠农政策，让广大贫困群众感受到"勤劳致富光荣、好逸恶劳可耻"，鼓励他们通过自己的努力，改变贫困现状。广平县城西南8公里处，有一座过去一直默默无闻的小村庄，它就是胜营镇马宋固村。曾经的马宋固村，被贫困紧紧缠绕着，群众"等、靠、要"思想和好逸恶劳心态严重，甚至把党的扶贫好政策错误地当成了养懒人的政策，争着当贫困户、低保户。村两委干部常常急在心头，愁在眉头。在广平县扶贫部门的带领下，马宋固村两委干部到设施蔬菜种植先进地区考察，回来后，他们与贫困群众交流思想，把有种植意向的贫困群众组织起来，统一乘车到山东寿光参观学习。同时，村两委干部坚定决心，通过村喇叭广播各种扶贫产业政策，并采取分包入户的方式，苦口婆心地去做贫困群众的教育动员工作，这些贫困群众全面树立了脱贫信心，增强了致富勇气，逐步认识到"幸福都是奋斗出来的"。后来，全村贫困群众，依靠温室大棚种植黄瓜等设施农业走上了致富路，生活水平明显得到提高，300余人实现脱贫致富。经过多年的发展，现在的马宋固村已经成为全县有名的设施蔬菜种植专业村，种植户渐渐有了积余，手头有了闲钱，部分群众翻盖了新房，有的还购置了小汽车，成为村里一道道靓丽的风景线。

做好思想工作，树立集体观念，全面彻底脱贫

在当前的市场经济环境下，贫困落后地区的产业优势不够明显，特别是以家庭为单位的种养殖产业、手工业等，因为规模小、附加值低等原因，抵御市场风险能力弱，生存能力不够强。而存续多年的一家一户生产经营模式，在一定程度上削弱了贫困群众的集体主义观念。这就需要各级扶贫干部通过做思想工作，摆事实、讲道理，鼓励贫困群众抱团发展，依靠发展集体经济，让贫困群众融入到集体经济中来，树立集体主义观念，避免各行其是和无序竞争，为全面彻底脱贫打下思想基础。广平县十里铺乡民风淳朴，但很多贫困群众有一种安于现状、不求进取、怕担风险的小农意识。在村集体经济发展的起步阶段，贫困群众观望情绪严重，对乡党委、政府制定的政策、发展的措施持有怀疑的态度。为取得贫困群众的认可，化解贫困群众疑虑，乡党委、政府从根本抓起，启动了"换脑工程"。十里铺乡党委带领乡、村干部挨家挨户做工作，讲政策，苦口婆心宣传集体种植大棚的效益和管理的要点。经过一段时间工作后，很多贫困群众"动了心"，有的开始种植，有的跃跃欲试。为进一步消除贫困群众畏难情绪，十里铺乡党委、政府开展"百名干部、千名党员大示范"活动，即每一名乡村党员干部都要建起一个果蔬大棚，为群众做示范，树典型。在有一定的风险情况下，党员干部自己先种，还取得了很好的效益，贫困群众看到了希望，士气鼓动了起来，主动到乡政府报名发展大棚，由"让我建大棚"转变为"我要建大棚"，各村集体经济发展实现了新跨越。

内生动力是摆脱贫困的第一动力。要彻底摆脱贫困，首先就是精神脱贫，只有解决好精神层面的问题，才能真正激发贫困群众摆脱贫困的内生动力，变被动救济为主动脱贫，提升自主脱贫能力。一勤天下无难事，一懒世间万事休。说到底，扶起贫穷的人们，最终是要让他们自己站立，让"没想法"的贫困群众脑子转起来、心热起来、身子动起来，唤醒点燃他们内心的意志。

二进广平遇冯生

雷长风（一等奖）

邯郸情浓，广平缘足，半年之内，两进两出。一进见天鹅，二进遇冯生。二者情景交融，让人心悦诚服。

去年深秋，邯郸色彩斑斓，广平旷朗无尘。我们一行十余人，在邯郸市第二中学作过《文学与人生》演讲之后，应邀去邯郸下辖县广平观光。陪同者周志鹏先生温文尔雅，谦和朴诚，一路上娓娓道来："广平"始于西汉，别名叫作"鹅城"。鹅城天鹅多，东湖迎宾客。他似乎并未察觉，这是多么吸引人的广告语！

到广平县城后，我们直奔东湖，在暖阳中亲近天鹅。沿着湖边，经过仙人指路、湖心岛、橘子洲、单孔桥等景点，多角度欣赏了白天鹅、黑天鹅翩翩起舞、温情亲吻等各种美姿之后，来到北门广场，一下子就被广场上的 9 根浮雕石柱吸引了。9 根石柱，9 种颜色，横纵成阵，分别记载着宾王咏鹅、羲之爱鹅、李白赋鹅、杜甫题鹅、千里送鹅、小鸭变鹅、广平观鹅、葛鹅戍乡、承恩画鹅等 9 个关于天鹅的典故，用这些典故将广平县"鹅城"这一美丽传说，托得结结实实；把广平的浓厚文化底蕴，渲染得密不透风。这种艺术的感染力很能打动人心，使我对这座县城肃然起敬。

今年暮春，阳光明丽，花木葳蕤。我再次来到广平，在该县政协单主席和诸多文化名流引领下，与百名文化艺术家一起，调研了精准扶贫点，探访了科技创新园。意料之外，在这里看到了冯生故里。聊斋人物冯生与辛十四娘的唯美的爱情故事，早已在民间广为流传，尤其是心地善良、勤俭持家的十四娘，更是广大农村妇女追捧的偶像。在这里遇到风度翩翩的冯生，遇到红衣女子十四娘，实在令人兴奋。

或许不经意间，蒲松龄在小说《辛十四娘》中写下一句"广平冯生，正德间人"，却被聪明的赵武灵王的后裔们，在城南冯营村，准确地找到了明朝正德年间广平府冯生的故居，他们完美地复原了古老的院落、私塾、水井、辘轳，让人走进冯营，浮想联翩。大街小巷的粉白墙上，一个个冯生的故事栩栩如生，与村子内外随处可见的花草，交相辉映，美轮美奂。一个普通的乡村，从此便有了内涵与噱头，便有了看点与回味。

广平县在打造美丽乡村的战略中，将冯营村定位为"城南花园，冯生故里"。这个主题，用花卉、雕塑、壁画来诠释，呈现出了一步一花，一步一画，一步一个故事。俯仰之间，尽是美丽。美丽的田园风光，美丽的文化艺术，锻造出一个精品的美丽村庄，便成了乡村建设的典范，使游客们流连忘返。

两看广平，留在脑子里两处难忘的记忆：一个是城市环境建设，一个是美丽乡村建设；一个是自然景观，一个是人文景观。二者浑然天成，自然中饱含人文，人文中流露自然，肥而不腻，艳而不俗，让你分不清到底是人文还是自然。城市的湖水与天鹅，因文化而灵动；农村的典故与传说，因花草而多姿。广平人的创新在于：把景色的点，画得很圆润，如羊脂玉；把文化的线，拉得很悠长，如绕梁音。点与线经过精心编织，让城市不再喧嚣与烦躁，让农村不再单调与冷清。

谢谢广平，奉献了一个人性化的创意。

作者简介：雷长风，新乡市杂文学会会长，河南省作家协会会员。其散文、杂文、小小说等体裁作品曾发《人民日报》《中国青年报》《解放日报》《大公报》等180多家著名报刊。多次被《读者》《特别关注》《文化博览》《青年博览》《青年文摘》《微型小说选刊》《杂文选刊》等杂志选载。多次入选全国杂文年度精选版本。曾获中国新闻报纸副刊好作品奖、江苏省报纸副刊好作品奖、《齐鲁晚报》和《北京青年报》征文奖等20多次。

广平看水

贾鸿彬（一等奖）

华北贫水，河北尤甚，其水资源人均占有量，仅为全国人均值的 1/8。所以，到了广平凌霄雁塔码头，看到春波荡漾的北环河水，我惊讶非常。上了轩窗游船，在夹岸的绿树繁花间向前，清碧的水面不时有游鱼跳跃，机灵的野鸭浮在远处，有几分慵懒。游船驶过，犁起的波浪欢快地涌向堤岸，匆忙亲吻一下妩媚的春草，随即又害羞地甩回头，藏身于碧绿的春波中。野鸭随着涌浪，在水面上起起伏伏，尽情享受着水的摇摆。风很细，没有雨，我还是想起了韦庄的"春水碧于天，画船听雨眠"。设若有雨，驾一叶扁舟，摇桨声欸乃，这广平之春，哪里又会输给杏花烟雨的江南？

原以为，广平环状水系，和家乡古城一样，是历史上曾经的护城河，听了广平县政协的同志介绍，才知所臆为非。

广平为平原农业县，前些年地下水超采严重，生态形势严峻。2013 年，县委、县政府抓住"引黄入邯"的有利机遇，无中生有，科学谋划，高标准规划实施了全长 12.64 公里、宽 30—60 米的环城水系工程。工程总投资 1.7 亿元，于 2014 年初开工建设，开挖了南环河、北环河，扩挖了西环河，修建南环河扬水站、北环河扬水站和退水闸。两年后通水，形成环城水面 1500 亩，一次蓄水量可达 210 万立方。环城河水是动态的，通过东风渠引水，充分利用"引黄入邯"和卫河、岳城水库的水源优势，每年通水可达 200 天以上，年过境水量 1 亿立方。

这一举措使广平的防洪标准由 5 年一遇，提升到 20 年一遇，不仅创造了宜居宜业的环境，提升了城市品位，使干旱缺水的广平变得钟灵毓秀，而且解决了沿线 2 个乡镇 12 个村 2 万余亩农田灌溉，缓解了地下水位下降，使生态效益、社会效益和经济效益同步显现。

广平环城河工程，将历史上的八大景观巧妙融入，景点即码头。辘轳明沙、逸丽金堤、紫荆毓秀、漳江烟雨、拳壮朝宗、千佛凌空、凌霄雁塔、鹅浦秋声，八处码头，亦是八个具有现代创意的景点，游人无论从哪里上船，还是下船，都会穿过历史的隧道，感悟广平的昨天，体会广平的今天。

　　连绵环城河，将城市和乡村分隔开了？不要紧，建设者精心打造了11座风格各异、奇特鲜明的跨河景观桥，广泛地勾连起广平的城市和乡村。每到夜晚，华灯璀璨，桥梁和环河的灯带交相辉映，美轮美奂。逸丽金堤不夜天，千佛凌空舞翩跹。漳江烟雨恋春风，鹅浦秋声不管弦。口占小诗一首，采撷四景，献给春风；剩下四景，留给你，留给秋声，让我们硕果枝头再相约？

　　环城水系融合起来的还有三座风情万种的园。中央公园有历史传奇人物葛鹅的青铜塑像，高达7米，系著名雕塑家李庆芳历时四个月精心打造而成。东湖公园140亩的宽阔水面栖息着黑、白天鹅，公园入口处巍然屹立着9根关于天鹅故事的浮雕石柱，蕴含了广平鹅城这一古老传说的深厚文化底蕴。位于西环水系西岸的鹅城牡丹园，占地面积100余亩，园内培育种植了300余种牡丹20余万株，是目前全国品种最齐全的牡丹园。人间四月天，赵粉魏紫摇曳，姹紫嫣红开遍，徜徉花海，忘记洛阳，忘记菏泽，记取的，是蜂飞蝶舞间的一抹新红。

　　"一水环城、三园辉映、八景点缀、十桥飞架"，水，给广平带来了无限妩媚！广平看水，可惜太匆匆，掬了一捧清水，闲了两岸蔷薇。

　　作者简介：贾鸿彬，笔名白希，现任安徽省滁州市文联副主席。中国作家协会会员，安徽省作家协会理事。自1986年以来，先后在《青年文学》《清明》《中国作家》《百花洲》《安徽文学》等报刊杂志发表中短篇小说数十部（篇）；出版过长篇小说、纪实文学《380万军人之死》《上海教父》《天津教父》《东北教父》《宁波商帮》等10余部，作品总计500余万字。有多部（篇）作品被报刊、电台等连载、选载、连播。

鹅动广平

刘世芬（二等奖）

从广平回来，我问北京朋友，北京有天鹅吗？答：可能有，但不常见。我又问在上海工作的女儿，上海有天鹅吗？答：有，在公园里。

天鹅带给人类太多令人窒息的美："四小天鹅"的优美舞姿惊艳世界，杜甫"鹅儿黄似酒，对酒爱新鹅"，王羲之"换尽山阴道士鹅"，小儿女们咿呀学语时就会"鹅鹅鹅，曲项向天歌"……但我们在影视诗文里见过的，往往都是清一色的白天鹅。即使如此，现实生活中，那样的幸运与福祉，除了养殖专业户，谁能时常伴之？或者，谁真正见过在身边悠哉游哉的白天鹅？

黑天鹅呢？很惭愧，对于天鹅里的"黑家族"，我的经验只来自"黑天鹅定律"。在生物界，曾经一度，人们普遍认为"所有的天鹅都是白色的"，这是为经验所证明的无可争议的信条。黑天鹅的被发现成为一件有趣的惊人之事，揭示了人类从观察或经验中学习的巨大局限性以及知识的脆弱性。我站党校讲台多年，在众多国际国内重大事件中深切体验了"黑天鹅定律"："当我们发现一百只白天鹅时，不能定义所有天鹅都是白的。相反，当我们见到一只黑天鹅时，却可以这样命题——并非所有的天鹅都是白的。"这就是一只黑天鹅与一百只白天鹅的逻辑命题。它使人们的思维从狭窄胡同豁然开朗，其意义类比于人类征服太空。

一个中原腹地的小县城里，竟然有一个天鹅的天堂——天鹅湖，近百只黑白天鹅怡然水上，这无论如何不属寻常。正是在广平，我更加服膺黑天鹅哲思，并学会用它隐喻我们所面临的生活。广袤的华北平原，祖先习惯了"重复"，周而复始地用谚语预测农忙耕种的天气，周而复始地日出而作、日落而息。大抵上，中国一千多个县域都沉浸于对平淡生活的习惯里，平畴无垠，青纱帐幔，黄昏时炊烟四起，曾经的先人即使在最饥荒的年代也不知如何让自己改变。

时光荏苒，聪慧的广平人成功地做成了那只不安于周而复始的"黑天鹅"。他们不再简单耕种祖上留下的那几亩薄田，而是选择了一种多元化发展模式。当我们走进广平2018年的春天，"黑天鹅"正在这片热土之上酝酿一场华丽丽的变革：三馆两中心，美丽乡村，科技先行，建设工地悄然四起……是否，这几年，最"出格”的事情，该是从江苏省引进的近百只天鹅？居然还有大部分的黑天鹅！

一个北方小县，省际边缘，更别提一、二线之利，亦无南国水草气候之宜，却做起高贵如天鹅的文章，特别是珍稀的黑天鹅。没点“不羁”的思维，简直不可想象。我有时暗想，莫非广平的父母官骨子里流淌着魏晋文人的洒脱旷达？不拘泥，不按常理出牌。幸有这片古老神奇的大地，祖先为他们留下“广平八景”。原来，清朝顺治年间，广平境内河流纵横，苇荡丛生，更有时任广平知县高爽的“八景诗”为广平留下不可多得的文化资源。其中尤以“鹅浦秋声”为胜：低徊无那送客愁，欲洗劳心赋达游。入年秋声非是雁，鹅城何日不闻秋。彼时的漳河分为四个支流过广平境内，丽日沛霖，水草丰美，天鹅、野鸭等众多水鸟焉有不栖之理！每当夏秋之际，当地人便在河边的叉荡口，看风行草偃，听天鹅啼鸣。

真要感谢这位知县大人，他为广平挣得“鹅城”的美誉。丰厚的天鹅文化底蕴泽及后人，使新时代的广平将天鹅重新“唤出”，重现昔日“鹅浦秋声”。只有置身于那块镌有“鹅浦秋声”的巨石浮雕周围，徜徉天鹅的主题景观群，才能深刻感知天鹅为广平带来怎样的意韵悠长的美。音乐喷泉主题广场，韵律生态岸线；天鹅湖里众天鹅悠然怡然，美态迭出；天鹅桥凌空欲飞，湖心岛玲珑别致；青枫浦上，蒹葭苍苍……众景联手烘托出“鹅浦秋声”的场景氛围。独到的设计理念，令人思绪悠悠，美韵绵长，入选“河北省第二批水利风景区”绝不意外。

其实也不仅仅这个“天鹅主题”的广场，在广平，随处可见“鹅文化”。我们入住的宾馆叫作“天鹅湖大酒店”，有些路段的路灯造型也有了优美的“鹅颈”，地砖上“躺”着天鹅，天上“飘”着天鹅，雕塑上“立”着天鹅，文化墙上“飞”着天鹅……仿佛整个广平县域无处不游弋着鹅影鹅踪，忽尔翩若惊鸿，回首又缥缈无迹，纵使一夜风吹去，只在芦花浅水边……

这个世界上，有多少人像静水一潭，时刻沉迷于一种定势的风平浪静，日复一日消磨着有限的光阴。广平这只“黑天鹅”撞击到的是乡村生活中的听天由命和固步自封，让世世代代生活在这里的广平人将祖辈们一向依赖的耕作生活与现代理念巧妙偶合。我相信，现在的他们已经触摸到了那只梦想中的“黑天鹅”，他们渴望目睹天鹅优美的飞翔，渴望听到天鹅的翅膀拥抱天空的声响。因为这样的飞翔定将今日广平带进一个风清月明的境界。

《论语》子路篇有云：子适卫，冉有仆。子曰：“庶矣哉！”冉有曰：“既庶矣，又何加焉？”曰：“富之。”曰：“既富矣，又何加焉？”曰：“教之。”

这段话无须翻译，说的就是执政者对国民“庶”后富之、教之的过程。今天，我们的人口"庶"了不知多少倍，而"富"与"教"的道路，似乎并不那么轻松。"鹅浦秋声"的教化功能让我们耳濡目染广平的新气象。在广平的三天，热情的警察诗人李建东告诉我们，曾有一位游客试图强行抱起天鹅拍照，被众人群起攻之。显然，他们像爱惜自己的眼睛一样保护着身边的天鹅美景和乡野文明。他们更是骄傲于"鹅城"的"吸附"功能：小桥流水、游廊亭榭算什么，美丽的广场算什么，如今的美丽乡村、精准扶贫带给几乎所有的乡村空前的福利，也都具备了以上功能。他们骄傲的是，纵使繁华如都市者，有谁天天能见到黑白天鹅呢？

天鹅，让广平如插双翅。人们不远千里来到"鹅城"，惊讶于这偏僻一隅那些婀娜水上的身影，而当地百姓更以鹅为美，以鹅为荣。劳作之余，人们集聚天鹅身边，歌之，舞之，徜之，徉之，一幅盛世光景。曾有一位研究宗教的朋友告诉我，他统计过县域天主、基督教的信众，已是一个相当惊人的数字。其实那些教民并非多么虔诚地信仰上帝，甚至未必精通教义，只是，不再奔波生计的乡民终归需要文化的"教化"。"阵地"总要有人占领，就看谁去"教之"了。

一只天鹅，撬动一个平原县域。广平这篇妩媚的"天鹅文章"，花团锦簇的北上广却未必写得出。

翻阅马克思的《资本论》不难发现，农业问题始终是马克思、恩格斯所关注的重点经济问题之一。恩格斯在《法德农民问题》中深刻阐述了农民的重要地位和作用，他说："在欧洲……农民是人口、生产和政治力量的非常重要的因素"。

春云不变，桑叶先知。历史很特别，它只对贡献和福祉做选择性记忆。远的，我想到了韩愈，1300多年前，韩愈在潮州八月为民兴四利，赢得江山尽姓韩；近的，广平这片高天厚土之上，致力于造福一方的地方官员们，他们的身影辗转于乡野、高甍之间，正在专注于从投入产出至文以载道。在这片曾经贫瘠的土地上，"二次创业，广平再起"，亦稼亦穑，亦工亦商，亦文亦武，但，终归，县域经济里的稼穑主题依然生生不息。而提升躬耕之质，稼穑之品，则使得"富之""教之"的道路，既远且长。城市越来越日新月异、光怪陆离，而乡野更需要全社会给予脚踏实地的观照。当我们走过广平的一片片党建林，一个个旌旗飞舞的工地，美丽乡村，科技产业，特别是风情旖旎的东湖公园、应时怒放的牡丹园……不得不承认，某种嬗变正在这里悄悄进行。

广平不大，亦无甚威名。但因了天鹅，倘若你再到广平，恭喜你——你遇到的，是一只特立独行、胆识兼备的"黑天鹅"。

作者简介：刘世芬，笔名水云媒，祖籍河北沧州，现居石家庄。党校教职，业余写作，现兼任石家庄市文联《太行文学》评论版编辑。作品散见于《中国作家》《读者》《文学自由谈》等报刊，同时被多家媒体转载，多次入选中小学课本读物。著有散文集《潮来天地青》《下一个航班》等多部。

广平赋

王建东（二等奖）

夫广平者，皇天后土，源远流长。风雅并集，腾骥跃骧。得上天之造化，地灵人杰；倚太行之伟岸，物阜书香。连晋冀而勾鲁豫，望京津而接深广。广袤平原，展古风之荦荦；厚重汗青，述胜迹之泱泱。乃文乃武，俊才星驰；亦真亦幻，胜迹琳琅。煌煌史册，文脉汩汩，润斯土之前朝今世；滚滚长河，英才济济，铸斯地之博大雄强。地处虽偏，亦是神奇之地；幅员非广，却是闻名之乡。

历史绵亘延续，事业开来继往。燕赵文化福荫胜土；赵武灵王德滋厚壤。西汉置县，记述广平之历史悠远；区划嬗变，铸就斯土之意志刚强。冯生故事，流传亘古不变之浪漫；鹅城别名，播撒毓秀钟灵之异芳。八景一传说，彰历史之神韵；三馆两中心，筑今世之辉煌。三十几万生民，一心一德，图煌煌之崛起；三十五万亩土地，植金植玉，生郁郁之馨香。

时序交割，寒来暑往，物换星移，岁月流淌。算而今，县委县府，扶贫攻坚飞鸣镝，创新发展图富强。审时度势，二次创业，擎大笔而绘蓝图；迎难而上，广平再起，挺铁肩以承担当。扶贫攻坚屡获殊荣；生态党建总树楷样。城乡和谐奏凯，终呈万千气象。天鹅湖著画境之况味，牡丹园发高贵之馨香。八景辉映，各尽其美，美美与共；取长补短，各扬其长。看今日之广平，村乡人和政通，四处溢彩流芳。上下同德，夙兴夜寐，生实干之瑞气；官民一心，激情工作，奏和谐之华章。乡间路网林网交织，助民小康，春来匝地敷绿色，秋至阡陌摇金黄；城里高楼广厦林矗，几可拿云，昼间马龙车水，夜来灯火辉煌。工业园区，彰发展之绿色；中央公园，舞和谐之景象。整齐黉宇，出朗朗书声；葳蕤草木，放缕缕花香。春夏之时，风景如诗如画，碧翠婆娑复依依；秋冬之季，景色呈金呈玉，广平壮美而泱泱。一年四时，大美广平，人间天上。

噫嘻，广平其地，灵气紫绛；广平其人，群情激昂。人文鼎盛，必当顺势而为；山河形胜，好写大块文章。抚今追昔，春秋已入史诗；仰天浩歌，前程更似朝阳。当赋琛丽之瑞气，铸和谐之域邦。踏石留印，魂魄铿锵；抓铁有痕，当仁不让。天朗气清，人欢马壮，万象趋新，百业兴旺。广平正以慷慨之态，别样之姿，炳焕钟灵毓秀，酬谢高朋嘉宾也。

噫嘻！国祚昌隆，风正气醇。大美广平，忠勇坚贞。步贤怀德，赤胆壮襟。继往开来，惟盛惟新。歌之赋之，小子驽钝，西爪东鳞，难表万一也。

作者简介：王建东，自署仁者瘦。男，1962年生。现任河北乐亭县教师进修学校校长，乐亭县文联副主席，乐亭县诗词协会会长。出版诗词集《野调无腔》。辞赋作品多次在海内外征文中获奖。其中《中国梨乡赋》获全国征文一等奖，《唐山陶瓷赋》获全国文二等奖，《茅台酒赋》获海内外征文优秀奖。

又临广平观植树

于文岗（二等奖）

　　喜文的人大都喜欢历史文化名城，因而邯郸一直是我的向往。可正如书柜里的书，邯郸太近了，一次次的过往却不曾涉足，直到退休后的翌年，才随河北杂文学会十数位文友，一起来到这座三千年古城，凭吊遗迹，踏访古物，寻梦黄粱，学步桥头，睹古城风采，得超值收获。最大的超值就是涉足广平，领略邯郸域内历史人文和自然风光新天地，始知广平曾广平府，曾葛鹅城，曾"鹅浦秋声"……现今又"环城水系"，又"天鹅湖"等新貌新奇。但毕竟晚秋时分，仰天空旷寂寥，俯地金叶些许，心，也蒙上了一层凉意。

　　今年暮春，有幸参加"全国百名作家、艺术家采风"，半年后又临广平。这回是春风和煦，大地葱绿，去秋的空旷寂寥一扫而去，绿苗绿植鲜花碧波彩绘出一派生机。两天半光景，重游"水系""天鹅湖"，初赏鹅城牡丹园，观嘉瑞生物公司膳食纤维生产，访冯营美丽乡村建设，还观摩了县委县政府举办的"人文、生态、景观、产业、党建闭合圈"活动，目不暇接，收获满满。

　　又临广平，最有冲击的是"二次创业，广平再起"，最有新意的是"人文、生态、景观、产业、党建闭合圈"以及水网、路网、林网"三网合一"和旅游带、景观带、产业带"三带共建"，印象最深的是生态建设，尤其是植树，特别是植树之认真、细腻，深深地刻在了脑子里。

　　我生来与树有缘。高中毕业，即在村林场的苗圃里育苗，育苗多多，栽树无数；后来采访报道过植树，批评过"一年绿，二年黄，三年进了灶火堂"的只管栽、不管管；后来工作后参加单位植树活动，栽树时认真过也敷衍过；还写过杂文，讥讽"浩浩荡荡一车人，半天栽树16棵"的植树秀，而像广平这样绣花般地植树的情形，我还是第一次见过。

　　植树，是人类与春秋不变的约定。听县委书记董鸣镝介绍，与县政协单树福主席细聊，得知 2018 年，广平县将通过路林、城林、村林等六大工程，植树近百万余株，新增绿化面积万余亩，净增森林覆盖率 1.9%，将是新增绿量最多的一年。

在广平，党团员、老百姓有无数的植树由头，上学考学、婚丧嫁娶、生儿育女、庆生祝寿，等等，都有专门的植树林地。让我最惊讶的是植树像生孩子，栽了就挂牌登记，终极负责制，管栽管护管活一管到底。我看到挂牌广平县食品药品监督管理局党支部党员李忠、王学文领养的树，除了领养树名、领养人、领养时间外，还有爱心承诺："我们将跟这些树息息相关、视若己出，定期呵护，保证它们成活、成长，直到它们成为栋梁之材。"看看，是不是像生孩子、养孩子、育孩子？树刚栽上，还是枯枝，但察看树栽得垂直度、横竖斜成行以及浇水后树坑的沉淀，我以为树栽得是极其认真的！同行者中有担心"活不了"等说法，我只能说不知者不怪了！

林木俗称"绿色银行"。植树，自古就是发经济、优生态、美环境、泽后世、传佳话、留美名的德政。陶渊明爱植柳，不仅在田园水边植，还在堂前栽了 5 棵鹅黄柳，得"五柳先生"雅号。苏东坡任杭州刺史时，浚西湖，筑长堤，"植芙蓉、杨柳其上，望之如画图"，"苏堤"以及"苏堤春晓"，正是对苏老师的褒奖和纪念。左宗棠收复新疆时，动员湘军沿途遍栽柳树，后人称其为"左公柳"。兵部尚书杨昌浚见到连绵不断的"左公柳"，情不自禁赋诗称赞："大将筹边尚未还，湖湘子弟满天山。新栽杨柳三千里，引得春风度玉关。"我曾想，为政一方，若实在没项目，没事干，你就植树。树寿命长于人，还会说话，多好的事！广平的政者，产业发展项目多，政务忙，依然倾心植树，且以"十年树木，功成不必在我"的胸襟，发扬"塞罕坝精神"，狠狠地植，多多地植，广广地植，终于植出了一个"国家级生态建设试点县"，就冲这，就得给广平的政者和父老乡亲们点一个大大的"赞"！

我还想，过些年再临广平，看看村在林中的乡镇，看看林在城中的县城，看看参天大树掩映的路网、河道，也看看是不是天更蓝，地更绿，水更清，空气更洁净，人们笑得更好看！

作者简介：于文岗，男，汉族，1956年生，河北黄骅市人，中共党员；记者，高级政工师，一级企业文化师；北京住总集团党委宣传部原部长，北京市杂文学会理事。两获中共北京市委颁授"丹柯杯"。业余，于文岗潜心文学创作，撰杂文等千余篇。数十篇被《作家文摘》《报刊文摘》《文摘报》《经典杂文》等摘转，入文库、年选，50余篇获奖。《"好看不结实"刨根儿》获全国首届"鲁迅杂文奖"银奖。

"最慢的船只" 加速起航

沈栖（二等奖）

广平是邯郸市最穷的四个县之一，30万人口的县城戴了22年的贫困帽子。
1994—2010年属于国家级贫困县，2011年后是省级贫困县。县委书记董鸣镝说：
"这些年，县委、县政府考虑最多的是，那些仍然生活在扶贫标准线下的老乡，
怎么与全国同步进入全面小康？"

"向贫困宣战！"这已然成为全县同心同德、万众一心、矢志不渝追求的目标。
该县创立的以"合同联结、合作联结、股份联结、劳务联结"为内容的扶贫模式
赢得了连续四年名列全省扶贫开发综合考核榜首的殊荣。截止2016年底，全县
169个行政村中的37个贫困村有24个完成了贫困退出10项指标，达到退出标准，
其中5个贫困村被列为全省美丽乡村创建示范村。近日，该县已通过了省扶贫办
关于"退出省级贫困县序列"的公示，提前3年实现了脱贫目标，目前正在掀起
"二次创业，广平再起"的热潮。

如果我们把全国人民昂首迈进全面小康的征程喻为"舰队远航"的话，那么，
那些贫困县堪为"最慢的船只"。党的十八大以来，以习近平总书记为核心的党
中央提出"精准扶贫"的号召，各地积极响应，一批批贫困县"旧貌换新颜"，"最
慢的船只"加速启航，广平县便是一个成功的典范。

现代文明社会首先是一个公平社会。公平社会绝对不可以排斥穷人。行笔于
此，我自然想起了近年来经济学界热议的关于"社会排斥"的理论。这一理论滥
觞于亚当·斯密的《国富论》，他认为：贫困的可怕之处不止是缺少生活必需品，
更可怕的是因此而导致穷人被排斥于社会生活之外。亚当·斯密的"社会排斥"
理论经诺贝尔经济学奖得主、以研究经济学与伦理关系而著称的阿玛蒂亚·森的
发展，日趋完善。阿氏提出：衡量一个社会是否公平，不仅仅应该观察其分配不
平等或贫困问题，更应该看穷人是否被排斥在社会生活之外；倘若一个人均收入
很高的国家仍存在较为普遍的"社会排斥"现象，那么，这个国家就依然存在不
公平的"社会病"。我国致力推进"精准脱贫"，显然是旨于摆脱一部分地区贫穷

落后的困境，根除"社会排斥"的"社会病"。

任何一个社会——按传统说法，现代可分为社会主义社会和资本主义社会——都有不同数量的贫困人群，这并不稀奇，也不可怕。问题是：社会是不是关爱他们？容纳他们？政府是不是在政策方面优先考虑他们脱贫，改善他们的生活？一句话：现代文明社会对那些贫困人群不能被"社会摒弃"。

"社会摒弃"的概念是在1974年由法国学者勒努瓦（H.Lenoir）所创立。他发现上世纪70年代后新自由放任经济成为主流而国家调控角色日益减弱，已造成了贫富差距愈演愈烈，与日俱增的边缘人不仅贫穷不堪，而且更严重的是面临"社会摒弃"——被驱赶出了经济、教育、政治及文化的所有体制之外。中国目前存在的贫富差距是一个毋庸讳言的事实，但党和政府倡导和实施"精准脱贫"乃是一种摒弃"社会摒弃"的有力举措。

恩格斯曾经说过："我们的目的是要建立社会主义制度，这种制度将给所有的人提供健康而有益的工作，给所有的人提供充裕的物质生活和闲暇的时间，给所有的人提供真正的充分的自由。"请读者注意，恩格斯推崇的社会主义制度是让"所有的人"物质充裕、身体健康、精神自由，贫困人群当在其列。在尚未共同富裕的情况下，尽可能多地给他们提供社会救济，并对那些落后地区加大扶贫帮困的力度，这无疑是社会主义制度优越性的体现。

在民族复兴的"舰队远航"中，我们希冀更多的像广平县这样的"最慢船只"加速启航，早日脱贫。——这，也许是"共同富裕"的题中应有之义。

作者简介：沈栖，上海市作家协会会员，中国文明网和上海东方网特约评论员，《上海法治报》高级编辑。早年从事中国现代文学研究，著有《林语堂散文赏析》一书，参与《中外现代文学名著赏析》《20世纪新诗赏析》撰写。1988年进入新闻界，以杂文、时评创作为主，出版了《明天的废话》《告别"病态说谎的社会"》《思想者自白》《无花的蔷薇》《一个公民的闲话》《余墨谈屑》等9本杂文集。

政协主席抓扶贫

王新红（二等奖）

今年 4 月，我到邯郸广平参加了一次全国百名艺术家采风活动。第一次到邯郸，第一次走进广平，给我的直观印象是：这座小县城马路很宽，车辆很少，从建筑上来说，这仅只是一座新兴的小县城。开车接我们的司机师傅说：广平正在二次创业，全面脱贫的任务还很重。

来到广平天鹅湖大酒店，全国百名艺术家采风活动安排有序，接待周到。是日晚上开班仪式上，我见到了这次活动的筹划者，广平县政协主席单树福，同行的还有广平县县长。我当时有些纳闷儿，看起来这项活动的运筹者应该是单主席，县长也来了，这到底打的是哪套"组合拳"。单主席谦卑亲和，一副干事创业的做派。

我心头的疑问在第二天上午参观基层党建过程中迎刃而解。单树福原任职务是政府副县长，分管扶贫工作，因为工作开展有力，两年前改任政协主席后依然是扶贫攻坚工作的指挥长。

对于广平县来说，扶贫攻坚绝对是全县大事要事，然而，就干部使用规律来说，政协主席这个职位属于安置养老的，一般不会安排太年轻有为、太精干的力量去做，即便是安排了，在这个岗位上一般也不会太过精进。做了 8 年组织工作的我，职业病显然又犯了。广平县如此配备使用干部，对扶贫工作到底是个怎样的态度呢？

采风活动当中，广平县委书记、县长及其他县级干部出席，各方面配合良好。无论是我们参观的南阳堡镇党建园、美丽乡村冯营、嘉瑞二期，还是鹅城牡丹园、东湖公园等一系列采风点，无不体现了脱贫攻坚、建设美好广平的精心和细心。虽然这里总体还比较落后，但是这里的干部干劲很足，无论是智力还是体力都处于全速开动的状态。万众一心，众志成城，与美丽的自然风光来比，这种人文的景观带给我们的震撼更多些。

说起政协主席抓扶贫，是有前因后果的。单树福从 2012 年 1 月至 2016 年 1 月任广平县政府副县长、政府党组成员，同时兼任县扶贫攻坚指挥部指挥长。2013 年，他提出了"产业扶贫"的整体思路，把发展设施果蔬产业作为促进农民增收的一项重要产业，新发展设施果蔬1万余亩，形成了"一带七区二十一个特色村"设施果蔬发展新格局。2014年推进"造血式"的产业扶贫，采取"龙头＋基地＋农户"、"合作社＋基地＋农户"运作模式，形成了"县有龙头企业、村有合作组织、户有增收项目"的产业扶贫发展格局。2015年，首创实施"一站一室"工作机制，乡镇设立扶贫工作站、村一级设立扶贫工作室，打通扶贫工作的最后一公里"。一年一个样儿，一茬接着一茬干，看来单树福分管扶贫工作确实干得不错。

2016年1月，单树福调任到广平县政协，任党组书记、主席，按照广平县委安排，继续兼任广平县扶贫攻坚指挥部指挥长。"广平县委识才有术、用才有度。单树福也没有任何卸下担子喘口气的想法，反而他觉得扶贫攻坚就是他精心养育着的一个孩子，广平不彻底脱贫，他的职责就没有尽到位。他服从组织安排，牢记使命，勇挑重担，继续全身心投入到全县脱贫攻坚各项工作中。2016年，他在全县积极推进企业与农户之间的利益联结机制，努力实现让龙头企业串起贫困户，抱团闯市场，风险共担，利益共享，不断探索和完善了合同联结、合作联结、股份联结、劳务联结等"四个联结"扶贫模式。2017年，他在群众增收上，采取订单式、"三金"式、股份合作式、电商扶贫、旅游扶贫、金融扶贫、教育扶贫等七种模式，均取得了显著效果。

从2013年到2017年，广平县在年底省扶贫综合考核中实现了"五连冠"。从政府副县长到政协主席，单树福扶贫初心不改，始终如一。无关于职位，心里有人民，心里记挂着群众的冷暖，就会为人民服务，为群众着想。看来，这广平县政协主席抓扶贫抓得还挺好。

心里装着群众，就会力量倍增，方法百出。邀请到全国20多个省市的百余名艺术家到广平县采风，营销价值不可限量。参与采风的艺术家带去了个人的作品，更有书画艺术家在采风途中现场挥毫泼墨，留下墨宝；诗文作家被看到的听到的信息冲击着灵感，写出了不少诗文篇章，这些作品无论是在讴歌着广平丰厚的文化底蕴，还是赞美着广平美丽的自然风光，无论是在陈述着广平扶贫攻坚的事迹，还是在描绘着广平干群一心奋进的历程，无不都是丰厚的资源和勃发的潜力，必将激励并记录着广平再次腾飞的轨迹。

世上本没有路，走的人多了便也成了路。由无路到有路，由贫穷到富裕，关键是要有一批开路人，以单树福为例的广平干部就是这样的开路人。贫穷只是暂时的困难，办法总比困难要多，只要开动智慧，铺得下身子，吃得了苦，受得住委屈，还有什么事业是做不成的呢？我怀着十二分的希冀，希望不久的将来再去广平，那里已经是一个实现了美丽梦想的新广平，那里的博物馆里还整齐的陈列着我们今春广平采风留下的痕迹。

　　作者简介：王新红，女，河北雄县人，曾用笔名时评梅。自幼爱好诗文，沉溺在诗歌语言无限的张力与瑰幻中，诗文创作伴随着成长历程，诗歌散文作品散见于《保定日报》《组织人事报》等刊物中。因为工作原因，接触时评写作以来，创作了成百上千篇时评作品，发表于人民网、中国共产党新闻网、光明网、凤凰网、荆楚网、中国文明网、长城网、河北新闻网等网络媒体中。时评作品视角独特，针砭时弊，激浊扬清。以文会友，畅意人生。

由贫困户给扶贫干部当考官看广平治理智慧

陈庆贵（二等奖）

在参加"全国百名文艺家进邯郸看广平"采风活动期间，我从媒体上偶悉，日前广平县曾举行一场特殊考试，考试内容是脱贫攻坚应知应会知识，参加考试人员从县级干部到驻村工作队人员共 2620 人，监考考官是从各个贫困村抽取的 100 多名贫困户代表。考试采取集中考试、闭卷答题，对考试情况进行通报，考试成绩不合格的将进行补考。这条消息不胫而走，闻所未闻，完全符合"人咬狗"新闻定义，不禁让我眼前一亮，油生感思。

就方法论范畴表面观照，贫困户监考扶贫干部考试，庶几只算工作方法创意创新，不足为奇；然而，就公共治理层面掘进审视，此举则不可小觑，其折射的却是当地精准扶贫的理性和智慧。管窥其背后，可谓小中见大，堪称别有洞天。

别出心裁地请贫困户给扶贫干部当考官，意外"溢出效应"显而易见。对贫困户而言，可谓取信于民。贫困户给扶贫干部当考官，既增加了他们一分被尊重的获得感，又衍生了扶贫取信于民的"边际效应"，从而一举变扶贫官员单唱"独角戏"为官民共演"二人转"。此其一；其二，可谓授信于民。贫困户给扶贫干部当考官，实质就是请他们监督干部，就是用事实证明干部信任民众；其三，可谓与民信心。"耳听为虚，眼见为实"，贫困户给扶贫干部当考官，藉以全过程参与，让他们现场真切感受扶贫干部们的认真劲头，坚定了他们众志成城脱贫致富的信心和希望。难怪参加监考的一位贫困户当场动情表白："这次监考让我很激动，增强了我脱贫的信心，让我对未来的生活充满希望！"对扶贫干部而言，让扶贫对象监考他们，等于是让他们考试无法作弊蒙混过关，必然迫使他们下真功夫掌握脱贫攻坚应知应会知识，进而促进扶贫工作更专业、更精准、更有效。同时，强化了他们扶贫责任意识。与其说贫困户给扶贫干部当考官是一次监考，毋宁谓之是一次宗旨责任意识教育，藉此促进他们牢记宗旨尽职尽责。没有压力就没有动力，贫困户给扶贫干部当考官相当于一次压力测试，通过现场测试压力，势必传递为日常时不我待认知和自我加压作为，进而转变为勤勉扶贫工作的动力和绩效。作如是观，此举彰显的是当地以人为本公共治理理性的升华，而绝非仅仅是一次工作方法的创意创新。

现代公共治理理论，强调工作方法与治理理性相辅相成，相互促进，同频共振，互动共赢。换言之，没有先进治理理性，就不可能有先进工作方法；没有先进工作方法，就不可能有先进治理业绩。事实上，广平作为受到央媒多次青睐关注的全国精准扶贫样本，有一整套"工作法"已经在面上"授人以渔"。比如：为加大精准扶贫力度，该县推行"倒金字塔"绑死帮扶责任制。31 名县级干部分包全县 169 个行政村建档立卡贫困户，县直部门、乡镇人员为具体帮扶责任人，组成 31 个扶贫专班，形成"倒金字塔"帮扶模式。负责贫困户发展产业、解决困难和"两会一课"、9 句话掌握、乡村户三级档案完善等事项。再比如，该县创新扶贫工作模式，建立"扶贫攻坚指挥部中心"，利用"互联网＋制度"督导方式，建成"脱贫攻坚广平在行动"微信平台，充分发挥督导、反馈、主体三大功能，让包括县四套班子在内的 500 名党员干部加入微信群，互联互通实时督导，随时掌握全县各级各部门工作情况，形成了比学赶超的良性氛围。总而言之，万变不离其宗，任何一种"工作法"都离不开尊重人、重视人、依靠人、调动人、为了人，并奉此为出发点和落脚点的人本治理理性的支撑。实践也为广平治理智慧作了最好注脚和丰厚回报：2014—2017 年，该县投入各类资金 9.6 亿元，累计减少贫困人口 13013 户 35905 万人，全县农民人均纯收入由 2013 年底的 7796 元，增长至 2016 年底的 10691 元，2013—2016 年获得全省扶贫开发综合考核"四连冠"。由是，我们完全可以断言，面对"脱贫攻坚战"大考，广平显然已经先人一步提前交上了一份高分答卷。

脱贫之所以是一场"攻坚战"，是因为扶贫乃系统工程，牵涉方方面面力量，事关千家万户利益，既需要工作思路方法的创新，更需要公共治理智慧的涵养。精准扶贫也好，精准脱贫亦罢，说到底，皆回避不了"为谁扶贫""谁去扶贫"之本初命题。扶贫为民，干部扶贫，说白了就是"为人""靠人"，一言以蔽之，须臾不可或缺以人为本的公共治理理性。《孙子·谋攻》有箴言："上下同欲者胜。"扶贫作为系统工程，需要全局步调一致、全域众志成城和全员齐心协力，换言之，需要凭借贫困户给扶贫干部当考官之类创举，将扶贫客体变成扶贫主体，让"局外人"成为"局内人"，广泛动员全社会力量共同参与扶贫攻坚会战。毋庸讳言，目下少数地方之所以脱贫效果不彰，对比广平，并非缺少精准扶贫创新思维和创意方法，相形见绌的，恰恰正是在公共治理上疏于人本的智慧"短板"。

　　中共十九大报告指出，要动员全党全国全社会力量，坚持精准扶贫、精准脱贫，确保到 2020 年我国现行标准下农村贫困人口实现脱贫，贫困县全部摘帽，解决区域性整体贫困，做到脱真贫、真脱贫。对所有扶贫官员而言，要顺利挺过这场脱贫攻坚大考考验，交上一份让各方满意的高分答卷，当务之急，恐怕既要用心创新精准扶贫思路方法，更需向广平"借一双慧眼"，拿出贫困户给扶贫干部当考官之类的公共治理智慧。

　　作者简介：陈庆贵，江苏扬州人，供职税务机关，高级职称，扬州市杂文学会会长。作品散见《人民日报》《南方周末》《杂文报》《杂文月刊》《经典杂文》《杂文选刊》、香港《大公报》、美国《侨报》等境内外数百家媒体。曾获全国作品奖 18 次。多篇作品入选全国杂文年选，已出版个人杂文集四部。

旱洼托出美丽天鹅湖

邱少梅（三等奖）

仲春时节，乍暖还寒。我乘坐高速列车跨越大半个中国来到邯郸市广平县，应邀参加"全国百名文化艺术家走进广平"采风活动。

列车过了信阳东站后，广阔无垠的华北大平原映入眼帘，一片又一片绿油油的麦田引人注目，连成一片绿色的海洋，麦苗尚短，还不能形成麦浪，却也葱葱茏茏生机盎然。在连片麦田之间有一排白杨树，或者一个村庄。整片麦田的中央时不时冒出一个小土包，定眼一看是先人的坟头。讲究一点的人家，在坟头周围栽上柏树，立上一块高耸的墓碑。初时，我为此等风俗疑惑不解，南方的墓地可都在山上啊。看着广袤的平原，我释然了。但新的疑问又上心头：麦田灌溉用水在哪里？沿途都没有见着水。对于生活在中国南端，见惯了大江大河大海的我，真有点不适应。

来到广平，已是华灯璀璨，路两旁天鹅形状的路灯闪烁摇曳，指引着我一路前行。听广平本地作家朋友侯哥介绍，广平又名"鹅城"，是春秋战国时期赵武灵王的妃子葛鹅的出生地。相传，葛鹅文武双全，支持并协助赵武灵王推动"胡服骑射"政策，自己也带头穿胡服、学骑射，经过一段时间的厉兵秣马，赵国也因此强盛起来，位列战国七雄。葛鹅的美名也因此得以传扬、称颂，广平作为她的出生地，也被称为"鹅城"。

据相关史料记载，古代的广平县是北方的小江南，这里有许多关于鹅的传说，传扬着羲之爱鹅、宾王咏鹅、李白赋鹅、杜甫题鹅等墨迹。早在清顺治年间，漳河分三流过广平县，以至支流众多、河滩密布、沼泽延绵，因而植物葱郁、水草肥美、水鸟栖息。有知府高爽《鹅浦秋声》诗为证："低徊无那送客愁，欲洗劳心赋达游。入年秋声非是雁，鹅城何日不闻秋。"可见"鹅城"之名并非空穴来风。

然而，仅仅数百年，广平县却发生了沧海桑田的变迁，滔滔的漳河水莫名其妙地断流了。据了解，广平人的生产用水和饮用水均来自深达300米地下水。我们在考察广平扶贫林时，汽车在麦田驶过，黄色的土地扬起了浓浓的尘土，麦田仅留下两道浅浅的车辙，下车走了几步，我的衣服鞋袜都覆盖着一层薄薄的黄土，空气实在太干燥，如果在南方，哪怕在田埂上走几步，也会踏出一脚泥泞。现时的广平已成为了名副其实的旱洼。这里的人畜用水都得靠打井得来，想一想，打一口深达三百米的水井多不容易啊！"饮水不忘挖井人"，我这个南方妹子被眼前所见上了深刻的一课。没有水就没有河，没有河就没有湖，水鸟翩飞、天鹅翔集的境况难再重现，广平还能称为"鹅城"吗？

半个世纪以前，毛泽东主席在诗词中曾豪迈地喊出"高峡出平湖"，长江三峡工程的建成把他老人家的愿望成真。1952 年，他在视察黄河时提出："南方水多，北方水少，如有可能，借点水来也是可以的。"这是"南水北调"工程的最初构想。

"上善若水"，水是生命的源头，人类文明的发祥地无一不在水源充沛的大河流域。如我们的华夏文明起源于黄河流域，波斯文明发轫于底格里斯河和幼发拉底河，埃及文明源自尼罗河。面对北方的水源危机，早在 2002 年，国家正式启动"南水北调"工程，搭建起一条关乎国计民生的大命脉。其中的一脉"引黄入冀补淀"工程，于 2017 年 11 月试通水，由河南境内黄河渠村闸引水，利用濮阳市濮清南干渠输水，穿卫河进入河北省，再经东风河、老漳河流入广平，在旱洼中砌出一条环城水道，并蓄起了一座人工湖——广平天鹅湖，当地政府引进了 24 对黑白天鹅，广平又重新恢复"鹅城"的美誉。

天鹅湖如一面明镜镶嵌在广平县城的东部，给苍茫壮阔的华北大平原注入了柔情，增添了灵动，仿如在燕赵悲歌中加入了"杨柳岸，晓风残月"般的江南小调元素，别有一番韵味。我徜徉在美丽的天鹅湖边，缕缕春风拂面，阵阵花香袭人。湖边柳条低垂，在湖面荡涤，间或划出圈圈涟漪，午后的阳光倾洒在湖面，映照出粼粼波光。浅滩处芦苇茂盛，彩蝶翩飞。沐浴在和煦的春风中，看着湖边丝丝柳絮，我恍如置身于大江南，一时间不知身在何方。我念想着天鹅，加快了脚步，跨过石拱桥，沿着湖中小径，往湖的深处探寻。远远看见湖中冒出两个黑色的倒钩，朝天空一伸一缩。"啊！黑天鹅！"我兴奋得一惊一乍，返老还童成了小女孩。走近湖心岛，看到更多的天鹅冒出来，黑的、白的，远观也别有情致。继续向前环湖行走，看到数只天鹅在近岸处嬉戏、觅食。忽见一群人围观一处，发出阵阵惊呼。我凑近一看，只见一对白天鹅面对面地跳起了双鹅舞，硕长的脖子相对应地划出优美的弧线，舞姿是那样的高贵、优雅，天鹅就是大自然天生的舞蹈家。我的耳边仿佛响起了柴可夫斯基的《天鹅湖》乐曲，这是我见过的最好的舞蹈。这对白天鹅最后反弓成一个"心"的形状结束舞蹈，这是自然界最真挚的爱的表达、率真、热烈，天地共鉴。经过短暂接触，我发现广平人也有"鹅性"特征——天生丽质、率直、真诚、热情……

想到此处，我有些羡慕广平人了。

作者简介：邱少梅，出生于广东新会，在广州工作。中国作家协会会员、广州市作家协会理事、广州市青年作家协会副主席、南沙区作家协会副主席。出版纪实性文学专著及报告文学三部，分别是《好想有个孩子》《有一个港区叫南沙》《医魂》。作品散见于《文艺报》《中国文化报》《羊城晚报》《人民文学》《时代报告·中国报告文学》《名家名作》《理论与创新》《家庭》等。获第三届《人民文学》"观音山杯"等各项征文奖。

生态价值嵌入下的广平精准扶贫

张韬（三等奖）

　　2018 年 4 月中旬，笔者有幸受邀参加中国网、中国国际文化促进会等单位联合举办的全国百名文化艺术家进邯郸看广平活动，对该县扶贫攻坚、美丽乡村建设、特色产业发展等进行了采访调研。活动期间，先后参观考察了平固店镇生态园、东张孟乡党建林、生态闭合圈工程、美丽乡村冯营、广平县环城水系建设、鹅城牡丹园、广平县三馆两中心、赵王集团嘉瑞生物科技有限公司等，所到之处给大家留下了深刻难忘的印象。采风团来自全国各地的专业作家、书画家、散文家、杂文家、诗人、媒体记者达百余人，县委、县政府对此次活动高度重视，在 16 日启动仪式上，祁富强县长致欢迎辞，对文化艺术家们走进广平采风调研表示热烈欢迎；17 日上午，县委书记董鸣镝到现场介绍基层党建、风情小镇、美丽乡村建设推进等情况；政协主席单树福一路陪同文化艺术家们调研考察，互动交流。艺术源于生活，许多艺术家现场吟诗作词、挥毫泼墨，从不同角度表达对广平的感受和体会。近年来，广平县县委、县政府认真贯彻落实习近平总书记关于脱贫攻坚战略思想，以党建为引领，以经济强县美丽广平为目标，因地制宜，通过多种渠道扶贫方式，坚持把精准扶贫开发与生态文明建设相结合，大力加强基础设施建设，不断优化生态环境，加快发展生态产业，走出了一条精准扶贫开发与生态文明建设相结合的新路。

　　突出地域特色，聚合力打造美丽乡村生态闭合圈

　　习近平总书记指出"牢固树立保护生态环境就是保护生产力、改善生态环境就是发展生产力的理念"。广平县委、县政府高瞻远瞩，将保护生态环境作为经济欠发达地区发展的基本原则，突出体现了生态文明建设与消除贫困相结合的价值取向，在美丽乡村创建中，探索了一条符合农村发展实际的生态人文景观产业党建闭合圈的思路目标。广平县美丽乡村生态闭合圈由"四区一线"组合而成，贯穿南阳生态大道片区、309 国道片区、环城水系片区、胜营镇片区等四个精品片区，集人文景观、自然生态、乡村民俗为一体，充分涵盖和展示全县美丽乡村、工业园区、生态农业园区、农田水利、林带和绿化景观、历史遗存、红色文化、扶贫攻坚、乡村旅游等建设成果。将按照生态化、本土化、多样化、民生化的要求，建设两个美丽乡村生态人文景观闭合圈，沿途经过的乡镇、村，实现重要节点景观化，沿途村庄特色化，沿线景色生态化，民俗风情多样化。

广平县南阳堡镇美丽乡村南下堡，是广平县美丽乡村建设的一幅缩影。考察中我们了解到，这里有党员"一句话"公开承诺，有党员村民代表联系户制度，更有党员先锋指数考评办法，正是有了坚强的党建保障，才为发展打下坚实基础。这也正是广平县委县政府找准了"党建＋产业培育、生态改善、脱贫攻坚、文化建设和乡村治理"的精准路子，产生出的叠加效应。在随同县委书记董鸣镝指导落实闭合圈建设成果中，他对南阳堡镇南下堡美丽乡村建设的阶段性成果给予肯定，并指出，美丽乡村建设要把规划做细、做实、做美。美丽乡村建设要突出景观之美、产业之美、文化之美，用先进的设计理念，做好现有美丽乡村的后期运营工作，变"输血"为"造血"，以产业带动美丽乡村建设工作向纵深发展。

在这里，广平县因势利导谋划了建设微影小镇项目，并力争打造成中国的"好莱坞"。微影小镇集内容策划、拍摄制作、营销发行及后续衍生品开发的完整的微电影产业链，争创全省乃至全国最优秀的"微电影基地"。广平县乡村的人文之美、环境之美吸引了众多微电影拍摄者目光，成为微电影理想的乡村拍摄地，还隆重举行乡村中国微电影大赛。

生态文明建设与精准扶贫工作虽然任务不同，但是二者目标一致，有着极大的关联性和契合性。

把生态文明建设与精准扶贫有机结合，充分依托贫困地区的生态资源优势，发展生态产业，是消除贫困、实现可持续发展的必然之路。

加大以生态环保为核心的科技兴农力度。为打好扶贫攻坚的硬仗，广平县找准扶贫源头，扎实有效地开展工作。安排专业农技人员进田间访农户，有针对性地开展富硒枣、富硒小麦、无公害蔬菜、健康养殖等专业技术指导，引导贫困群众积极采用现代农业新技术、新成果，提高农产品附加值，把生态产业开发转移到依靠科技进步和提高劳动者素质上来。加强对贫困农民扶贫技能培训，调动贫困农民利用生态建设增收的积极性，努力转变农民种养观念，推广生态农业科技，实行生态种养，以科技服务促进贫困农民增产增收。

采取"龙头企业＋合作社＋贫困户"的扶贫模式。鼓励龙头企业和合作社与贫困村、贫困户建立利益联结机制，对有种植养殖意愿的贫困户，通过龙头企业担保、三户联保、乡镇担保及中国扶贫基金会农户自立服务社"五户联保"模式，为搞种植养殖缺资金的贫困户发放扶贫贴息资金、提供小额贷款等，入驻合作社建设的基地进行种植养殖，合作社负责提供信息、技术、品种、销售等一条龙服务。龙头企业，发展订单农业，拉动粮食生产、蔬菜深加工以及包装制造、商贸物流等产业的发展。三者相加，有效地带动各方的积极性，促进产业链生成。

以党的建设为主，发挥基层党组织战斗堡垒作用，做到精准扶贫。在广平，对于扶贫工作最有发言权的要数县政协主席单树福，在担任广平县政府副县长时，兼任县扶贫攻坚指挥部指挥长，他提出了"产业扶贫"的整体思路，把发展果蔬产业作为促进农民增收的一项重要项目，形成了"一带七区二十一个特色村"设施果蔬发展新格局，首创实施"一站一室"工作机制，乡镇设立扶贫工作站、村一级设立扶贫工作室，打通扶贫工作的最后一公里。2016年单树福调任到广平县政协任党组书记、主席，按照县委安排，继续兼任广平县扶贫攻坚指挥部指挥长。在广平，像单主席这样心系群众抓扶贫的广大党员干部很多，正是他们发挥的先锋模范作用，并把产业培育、生态改善、脱贫攻坚文化，建设和乡村治理五大项目深度融合在一起，从而带领广大群众建设生态文明经济富足的美好家园。

生态文明建设应该充分吸收和利用中国传统文化的优秀成果，努力打造绿色生态。

对于北方地区，少雨缺水有着自然原因和人为原因。在广平期间，县里安排游览环城水系，泛舟在碧波荡漾的河中央，岸上杨柳依依，迎面微风习习，有种远离尘嚣的感觉。环城水系连接着东湖，有着珍稀鸟类白天鹅、黑天鹅，它们或浮水拨波，或在湖中的岛上栖息，一幅自然和谐的美景，给有着鹅城之誉的广平，增添了灵秀之气。在城南花园·冯生故里，记住乡愁的民居，传统文化的宣传，整洁的街道，烂漫的枝头，廉政教育基地里的价值观教育，令大家不时驻足回望。说明广平县从上到下，同心协力，重视生态环境建设，珍视历史文化元素，大力弘扬传统文化，把美丽乡村建设与精准扶贫结合做到了极致。在鹅城牡丹园，艺术家们体验了"春回鹅城赏牡丹、花团锦簇品茗香"诗意人生，书画家们在挥毫泼墨，寄情花鸟，还有的携手牡丹仙子留下难忘的瞬间。

"二次创业，广平再起"，广平县的生态文明建设与扶贫开发协调发展之路，坚持以生态伦理观推进精准扶贫，走绿色环保的生态扶贫之路，其意义深远。

　　作者简介：张韬，男，汉族，1972 年 8 月出生，山东青岛人。1997 年毕业于北京师范大学汉语言文学专业，现任中国管理科学研究院人文科学研究所副所长、《人文科学》杂志副主编兼编辑部主任。数年来，在各类报刊杂志发表杂文、散文近百篇，先后赴韩国首尔大学、日本早稻田大学及京都大学进行学术交流。

广平记絮

李景阳（三等奖）

阳春四月，有幸随"百名艺术家采风团"来到广平，三天驰骋，眼福大饱，思绪万千，只谈些零星感受吧！

邂逅赵王

百人采风团，谁也不像我这样，对酒厂情有独钟。这倒不是因为头天晚餐时，广平政协小贾特意为我要了一瓶赵王酒，品出了好味道，更因为，我有一段特殊经历。说来那是四十多年前的事了。我当时在保定市轻工业局工作，工业局下辖酒厂，我看过酿酒流程，喝过刚出槽的带"酒烧子味儿"的酒，也在局机关的品酒会上品过酒。顺便说，这品酒会一点不带"腐败"气息，就是在局会议室摆上不同酒的品种，以小杯品尝，绝无配菜，上场的都是品酒专家，我因是局里的干部，也就滥竽充数在其中。正因此，我入了赵王酒展示大厅，一下就被那气派蛮大的酿酒设备展示吸引住了。一行人都匆匆走过，我却如"他乡遇故知"，脚步挪不动了。恰好，昨日共饮的小贾在我身后，我赶紧请他为我留念拍照，照完了，他又蛮有兴致地请人为我们俩合照。

眼前这一套酿酒设备，应是酿酒流程的全面展示，设备都是崭新的，与我当年在昏暗灯光下看到的老酒坊不同。那些个形态各异的酒桶、酒槽参差排列，色泽大有黄杨木味道，间有细长的轨道连接，给人感觉成龙配套，浑然一体。我不及细看，特意拍了些"空镜头"，待回京后慢慢品呷。目下的美术展览，除了壁上的挂画之外，都少不得构思奇巧的实物展品，照我的眼光，这一律由实木制作的颇具特色的酿酒设备，堪为一套现代怀旧理念的"视觉艺术"展品。

这高大宽敞、设计精美的展厅，自然也是这些展品的最好"包装"。热烈而不失沉着的深红色做主调，方柱撑顶，柱上有精致古风纹饰，靠外的一侧，一拉溜金黄赵王旗垂吊，上有篆书图样，煞是好看！

再往深处走，临墙展柜接天触地，各样酒品设计简直是"花枝招展"。这一百多个酒品俱出自赵王酒业旗下的十几个系列，赵王、赵王城、赵武灵王、回车巷、圣井冈、全赢、全顺、义信涌等烧坊，不一而足。另一侧，半人高的酱色陶制酒坛一字排开，酒坛上以红布扎口，我不知咋形容这观感，只觉得此刻心的躁动，很像游成都锦里那般，一见这情景，就仿佛身子挪位，潜入远古，用当今的时髦用语说，就是"穿越时空"。

据说，这赵王酒厂原在邯郸市，在广平落脚刚刚一年多。这酒业集团可是广平的大财主，也是广平的大品牌。这企业还特别热心于文化事业，多次赞助摄影、书法、诗歌、楹联大赛。从另一面说，这酒厂落脚广平福地，定会再展宏图。广平是啥地方？是李白醉酒的地方！唐天宝十一年，李白来到广平郡，饮赵王酒小醉一场，而后走马60里，一路观览古赵风光，诗兴大发，作了一首诗，题目特长，曰《自广平乘醉走马六十里至邯郸登城楼览古抒怀》。赵王酒借赵武灵王之威，再借李白诗仙大名，弘扬海内外，那还用说？

那天跟小贾并肩而坐，碰杯细酌，我悄声对他说，河北数十年来都拿衡水老白干当老大，说实在的，赵王酒可是在衡水老白干之上。接着，我简直咬着他的耳朵说：这话别外传，否则得罪"衡水"。我不是虚夸，我只相信我的舌尖，这酒首在口味纯正，另有浓郁芬芳，且底蕴十足，回味悠长。若不是采风团"大兵团作战"，我说啥也得带一箱子回去，偷着喝它俩月！

别样书馆

那天乘大巴车，转了好多景点。只顾跟会友神聊，猛然间进了一处宏伟大厅，还以为是个展览馆。一问才知，这是广平县图书馆。不知为何，我头脑里马上映出威海市图书馆的模样。我立刻向一旁的会友发感慨：威海是地级市，那里的市图书馆可比这差多了。顺便说，我在威海有处小房。自然，我也该为威海图书馆辩解一句：那是建筑的老格局。但从体量说，广平图书馆也比威海的大。一个县，有这么像样的图书馆，足见县政府将眼光盯住了文化建设，何况这只是"冰山一角"，"三馆两中心"还大着呢！我敢说，这"贫困县"的翻身仗打得有水准，起点高！

现在，什么事都讲体验——心理体验。这中心大厅的设计格局，就好像专吊人的读书胃口似的。地面宽阔，三层挑高，全顶采光，红漆读书坐台三面环绕，往上层层递进，那格局，简直是古罗马露天剧场的现代版。登上去，是二层图书室，白墙做展壁，过道成展廊，摄影作品为壁挂，优雅又养眼。细看二层檐下，还有一溜小红灯笼排列着，给这大厅添了些乡土特色和亲切气氛。我又沿阶下去，立在大厅中央，举目环视，好似拍电影来了个"摇镜头"，一时间，魂魄都被这浓浓的文化氛围摄去，不容分说。

正好，这天图书馆好像专为采风团开放，大厅里摆上两张长桌，白布罩台，笔墨纸砚俱全，众位书画家乘兴泼墨，还有众会友在一旁观摩助阵，立时又为图书馆平添一道风景。可惜的是，我平素写杂文、散文，不敢插手，也插不上手，只好抑制那写字的冲动。倒是头一天在凌霄雁塔公园里，我看环城河边露天摆台"献墨宝"，又正值阳光和煦，微风习习，气氛太感人，等众位专业书法家挥洒完毕，又见服务人员还在那里展纸等候，我也按捺不住，来了几笔。

却不知，此时正在图书馆的台子上闲坐，不经意间，两位靓丽姑娘手捏一叠宣纸字幅翩翩来到面前，原是请我盖章。我有点"猝不及防"：当时，我写了字就溜掉，在这泱泱百人采风团里，她们竟然还识得我的相貌！可我哪里带什么印章？只好表示歉意。但虽有几分遗憾，来广平一方土地，情之所至，尽兴挥笔，也是一件终生难忘的事，况且，是在"天苍苍，野茫茫"的特殊情境里！

鹅浦"春声"

接着说那环城河边的写字。有位青年竟求我的臭字。我问，写啥？那青年想了想说——"鹅浦秋声"。哪知，去看天鹅湖，车停在东门，那公园入口处四块并列的方石上，镌刻的正是这四个字。可见天鹅湖公园在当地人心目中的位置。但写到这里，我只好篡改一个字了，春天造访广平，那就伪托为"春声"罢！

一路上，我听当地的艺术家说，这湖中的天鹅是人工饲养的。我一听，就连说"好"。为啥？我去过威海成山头附近的天鹅湖。只因早了半个月，就扫兴而归，11月份，天鹅才从西伯利亚飞来。这广平的天鹅，既然是饲养，那就是"安家落户"、拿了"绿卡"，一年四季，与广平人厮守，广平人真是幸福！

走到湖边，我先见到一只黑颈白身天鹅，正在岸边抖动羽毛，举喙仰头，跟游人咫尺相距，其态悠闲自得。我不得不承认自己的孤陋寡闻了，忙向身边的当地游人打听，怎么还有这样的天鹅？我在莫斯科见过黑天鹅，在圣彼得堡见过白天鹅，还真没见过这黑与白"集于一身"的。再说，电视里，我也无数次看过天鹅，真的没有见过这奇异品种。一个意外发现，就让我心满意足：来广平，不虚此行！

这天鹅湖公园的旖旎风光，更不必说。朝北看，远远的，一座洁白的牵拉式大桥，给这湖镶了一个和田白玉似的花边。我还记得，乘车从那里过时，就见那擎天桥柱正是天鹅的抽象变形，顶端的鹅头轮廓也依稀可辨。

再看西边，一座形似颐和园玉带桥的三孔白桥，横卧于万绿丛中。视线往南移，一座山脊，脊上一座古塔，剪纸似的印在蓝天背景上。这是平湖风光的"立体感"所在，据说这山是由挖湖的土堆积而成。

湖的立体景观，更在湖心岛一个三层挑高的飞檐小楼上。登到顶上，极目四望，一条蔚蓝河道起自身后，流过脚下，又一路向前，隐于前方的浩渺天际，而河的周遭，一马平川，万绿拥簇，真令我心旷神怡！

这边，还有一个汉白玉单孔桥。等我走到它的拱背上，我真的陶醉了。正是初春时节，气候宜人，爽风扑入胸襟，浸透我的全身，舒服快意之极，若不是跟随大队人马，我真想定住脚跟，席地而坐，醉在春风里！

这好大的一片湖，远近各处都点缀着亲水的楼台亭榭，黛檐白墙，线条简括，颇显"新古典主义"风格。这些建筑紧依湖岸，好似浮于水面，让我不由得联想起江南小镇的"枕水人家"。要是我孑身来此，我一定在伸入湖面的台子上呆坐半晌，不享够"天人合一"之乐，誓不罢休！

终于，我的心神定格在那蓝里透绿的缎面似的涟漪上了，那竞相追逐的波纹，竟让我觉得此身恍然置于飘荡的小船。有人喊我了，我才从梦中惊醒。而我，追赶大队伍时，仍然在做梦：要是我也跟大天鹅一样在此落户，购一套房子，带个马扎，天天泡在水边，浴着清风，读一读书，那可真是神仙过的日子！

最后我留下一个疑问：照专业资料，华北属极度缺水地区，这里的盈盈碧水从哪里来，水又为何这样清？我又问同行的当地艺术家。那位青年告诉我，这里引的是黄河水，这水，是花钱买的，我说，黄河的水是黄的。他说，流到这里，就变清了。我心想，广平政府和人民，为了一个"青山绿水"，可真是倾尽心力！况且，这天鹅湖不过是广平环城水系中"膨胀"起来的一段，乘船在环城河上转一圈，那才识得"庐山真面目"！

从广平，又去邯郸，一路匆匆，走马看花，转眼回到京城，不知为何，我的心仍然被牵挂着。德国诗人海涅游过海德堡，说他的心"遗落"在那里，而如今，我的心，却遗落在广平。

作者简介：李景阳，男，北京市杂文学会理事，退休前供职于中国社会科学院，任研究员。作品曾入选《思辨散文选》《暗香中的梦影——散文月刊1996-2001精选集》，并获《散文》月刊"柳泉杯精短散文大赛"奖。《论"雅而不高"》入选粤教版高中语文课本，另有多篇议论文入选中学语文试卷及教辅类书籍。著有散文集《剪口时代》（长江文艺出版社，2017年版）。另从事杂文创作，曾获2016年"首届全国鲁迅杂文奖"银奖。

小小赵王

李相峰（三等奖）

公历的四月中旬，是中国皇历的春二、三月，正是春风和煦，春光明媚的季节，在这春天的明亮里，笔者随赴邯郸广平采风的作家、艺术家队伍走进了赵王集团。才知道集团是借用了燕赵大地上家喻户晓的英雄，在富国强兵中进行过强力改革的叱咤风云的人物——赵武灵王的名字作为集团的名字。从集团注册的名字，就可以知道集团的雄心，"此其志不在小也"。

赵武灵王是中国历史上的"网红"，姓赵名雍，战国中后期赵国君主。他即位时，赵国国力较弱，经常受中原大国欺负，楼烦、林胡等游牧民族经常骚扰，连中山这样的小国也时不时地进犯。赵武灵王即位那年，是公元前326年，他的父亲赵肃侯刚刚去世，看到赵国君主年幼，魏、楚、秦、燕、齐五国各派锐师万人会葬，名为吊唁，实为伺机图赵。哪有带着数万精兵去参加吊唁活动的，明摆着是要趁火打劫。年幼的赵武灵王不愧为一代英主，在大臣们的帮助下，抱定决一死战的决心，又采取离奸拉拢、结盟贿买等外交手段，暂时度过了即位之初的危机。之后，赵武灵王励精图治，巧用政治婚姻，结盟不结盟，不失时机地插手其他国家的事务，使赵国国力日益强盛。公元前302年，又大举推进"胡服骑射"的政治军事改革，既实现了汉族、戎狄的民族融合，又大大增强了军事实力。随后，将林胡、楼烦赶出中原，驱逐到北方沙漠蛮荒地带，并逐长城以御之。公元前296年，又一举灭掉中山国。数年间攻城掠地，使赵国疆域扩大数倍，建立云中、雁门、代郡数郡，奠定赵国霸主地位。由此，赵武灵王成为历史上公认的政治家、改革家，改革变法的历史先驱。被梁启超誉为"黄帝之后第一人"，战国时期的"彼得大帝"。

显然，赵武灵王的历史地位的核心竞争力是改革精神，是改革变法的历史先驱，"胡服骑射"人尽皆知。

今天的赵王集团，恰恰就继承了老赵王的改革精神。他们的膳食纤维产品，走在了现代人饮食观念改变的前沿；集团研制的酒品也以"赵王"命名，显示了他们宏大的志向和传承的精神；同时，他们把美酒、美食又和历史文化紧紧融合在一起，挖掘历史，恢复古建，打出文化旅游的品牌；到企业看产品介绍，每一个项目的资料片头都有一个卡通形象："小小赵王"，这个活泼可爱的赵王贯以"小小"二字，恰恰反映了企业谦逊而又生机勃勃的精神面貌。多位一体，集团发展，以文化彰显产品厚重，以产品膨胀文化效应，他们把改革精神融入血脉，把文化效应发挥到极致。

　　改革、开放、传承、融合，今天的赵王集团完美的演绎和传承了燕赵大地上的历史变革的精神，小小赵王，雄心很大。从他们的精神和文化，可以看到他们美好的前景。这种燕赵大地上涌动的革故鼎新的精神，不也正是我们中华民族生生不息的血脉传承的精神吗？从他们身上，不仅看到了广平的明天，也看到了民族复兴，一定会美梦成真。

　　作者简介：李相峰，男，汉族，1964年10月生人，中共党员，供职于河南省方城县检察院。在坎坷的人生岁月里，是文学让我张开思想的羽翼，仰望精神的星空。作品散见于《检察日报》副刊、《南阳日报》副刊、《龙腾南阳》客户端、《躬耕》等。

岸边哪个吹新曲——广平印象

雪泥（三等奖）

去邯郸广平之时，正是阳春三月好时光。应邀参加"全国百名艺术家进广平"精准扶贫采风活动。

自小生长在太行山冀西地区，抬头见山，山路崎岖，窄而险。对视野广阔，春风一度，满目绿意，秋风送爽，金黄一片的华北平原，十分羡艳。又读王之涣的《宴词》"长堤春水绿悠悠，汱入漳河一道流。莫道声声催去棹，桃花浅处不胜舟"，诗人笔下的广平，河水悠深，绿树倒映，沿岸桃花盛开，让行舟久久不忍起桨。如此景色，让人心生向往。

广平之名始见于《汉书·地理志》："广平，汉置县，县地平衍，无凌峦泉石之胜，辘轳诸山，仅同岗阜，故以'广平'名。"果然，从邯郸下火车去广平的路上，一望无垠的广阔平原，一马平川。道路两旁的柳丝随风飘荡，像是整齐划一的舞蹈。望不到边际的麦田，如一块巨大的碧玉，煞是养眼。

到达广平的第二天，恰逢4月17日。每月17日，正是广平月起"基准开放活动日"，在这一天，县委县政府的领导对重点工作项目，进行实地查验，现场办公。我们跟随着办公车队，一起参观了南阳堡镇党建园和美丽乡村冯营。很久没有在田地里行走，泥土的新鲜味道扑面而来。脱去鞋，双脚踩在土地上，感受阳气穿过身体，将一冬的浊气从头顶排出。

一排排新栽的树苗上，挂着各个分包部门的标志牌。在地头，广平县政府办公室先锋林的宣传牌格外醒目——"先锋林，既是表态，更是誓言。意味着政府办公室，要在新时代二次创业广平再起伟大征程中，自我加压，抬高标准，事事争第一，处处创一流，用实干实绩，描绘新时代广平发展的壮丽诗篇。"

在田间，遇到了几位正在干活的村民，我向其中一位了解当地的精准扶贫情况。

广平地处古漳河和黄河故道的交口，泥沙形成的冲积平原，土地肥沃，是上好的良田。但在当下，农民仅靠种粮，一年到头两季粮，收入微薄，生活水平普遍不高。为了改变现状，广平根据实际情况，推进造血式产业扶贫。把农民手中的土地统筹起来，集中规划，建人文生态经济林。将土地划分地块，由各个机关部门出资购买根苗，并保证成活。日常管理交给村里进行打理。形成规模后，所有的收益都归村里所有。为了保证扶贫工作不走过场，落到实处，让党建工作深入到田间地头，深入到项目中去，以党性保证扶贫工作，做得扎扎实实。这样的党建林在广平还有很多。

"那你们愿意把土地交给村里吗？"我问。他羞涩地笑了笑："当然愿意。政府有规划，有人投资，我们还是自己管自己的地，心里觉得踏实。"和农民签定土地合同租赁，成立农业合作社或股份公司，农民还可以在自己的土地上工作，提供劳务，增加收入。这一系列措施，让农民吃了定心丸。

身处华北平原腹地，说到底，广平的发展必须要立足于"三农"。大规模集约化生产，是农业现代化发展的趋势。他们除了整合土地资源，引进全国最大的蛋品生产企业"德青源"，在广平建立规模最大的蛋鸡养殖基地，形成规模化养殖。他们还引进了嘉瑞生物科技有限公司等项目，开发小麦膳食纤维产品，对小麦等农产品进行深加工，提高农产品的附加值，产品投放市场后，非常受欢迎。嘉瑞二期正在建设中，项目以酿酒、文化产业园为主，树立"小小赵王"的文化品牌。而企业用工，也为农民提供了就业机会，增加了农民收入。

在美丽乡村项目建设上，广平不是简单的拆除或新建，而是坚持不砍树、不填坑、不拆老建筑、不用彩钢瓦、不让垃圾落地的原则，采取与现代农业融合、与旅游产业融合、与艺术创作融合的模式，成功创建了南下堡葫芦村、荷塘民宿南刘村、养生文化西胡堡等一批省级美丽乡村，打造了具有冀南风格、广平风韵的前南堡彩绘村、知青故里谢南留村等一批特色乡村。让游人再返乡里、还触乡景，目睹乡物、记忆乡愁、回味乡趣、重温乡情。

春光正好，我们乘船参观了广平的环城水系。古时，漳河流经广平，让广平成为交通便利、土地肥沃的鱼米之乡。因有舟运之利，广平上通古邺、磁州，下连幽燕、津门，文人骚客汇聚此处，留下许多关于广平的诗作。这些诗作，最著名的当数李白的《赠清漳明府侄聿》。清漳，也就是现在的广平县域。李白子侄李聿，为当时的清漳县令。李白远道而来，叔侄相见，免不了畅饮一番，"白玉壶冰水，壶中见底清。"酒酣之时，李白提笔写下长诗《赠清漳明府侄聿》："心和得天真，风俗犹太古。牛羊散阡陌，夜寝不扃户。……举邑树桃李，垂阴亦流芳。河堤绕绿水，桑柘连青云。"

沧海桑田，古漳河已经消失在广平大地上，但爱水的广平人，引黄河水入城，修建了环城水系和东湖公园。广平又名鹅城，有 2300 年的鹅城史和 851 年的置县史。在东湖公园，一对对天鹅在湖水中自由游弋，姿态优美。一只黑颈白羽的天鹅浑然不怕人，随着我们的呼唤游至河边，引得一众艺术家们纷纷举起手中的相机。天鹅如此与人亲近，想来是广平的人文环境宽厚平和，爱鹅，也爱鹅城的一花一木，才让人与自然如此和谐。面对眼前景色，诗人宋领写下新诗篇："水上轻舟载客还，鹅城柳笛醉长天。岸边哪个吹新曲，荡漾湖心一共传。"

"岸边哪个吹新曲"？我们所到之处，感受到的是一片生机勃发的新气象。回想起在参观过程中，时至中午，为了不耽误原定行程，全面了解广平，让艺术家先行回到宾馆用餐，而县委县政府一班人仍继续驱车前往下一个重点项目，进行检查督导。陪同参观的广平工作人员介绍，领导们一直要工作到下午二点结束，才能吃午饭，而且每个月的"广平月起日"均是如此。闻听此言，我不禁为广平一班领导人的敬业精神，暗暗点赞！李白《赠清漳明府侄隶》诗云："天开清云器，日为苍生忧。……问此何以然？贤人宰吾土。"

吹起前进新号角的，是广平县委县政府的领导们，是广平每一位普通的劳动者。正是这种拼博精神，广平上下团结一心，才有今天的新面貌和新成就。2017 年，继摘掉国家级贫困县的帽子之后，广平又摘掉了省级贫困县的帽子。如今，广平县域内有中国规模最大的高精度特种合金型材生产企业"力尔铝业股份有限公司"、农业产业化省级重点龙头企业"河北香道食品有限公司"、极度科技、中国聚乾新能源电动汽车生产基地等重点企业，大大增加了广平的 GDP 收入。可用财力的提高，让广平有能力投资社会回馈百姓。在发展经济的同时，广平注重文化建设。他们吸引来教育投资，邯郸莱克东部国际学校在广平落户。建设档案图书展览为一体的"三馆两中心"，挖掘和保护"水陆画"和"卢氏太极"两项物质文化遗产，打造和圣书院、水陆画院，建设卢氏太极文化广场，把文化元素渗透到发展项目中，精准定位，让广平的经济建设和精神文明建设，向纵深推进。

《嘉靖广平府志》曰："以古治望于世欤，理斯郡者务其仁惠，平其政邢。"把古汉郡的旧名"广平"作为县名，一是地域广阔平坦，二是希望治理此地的官吏能做到"广其仁惠，平其政邢"。古人尚且能如此，那么"不忘初心，牢记使命"，让百姓过上安宁富足的生活，也是现代的广平现代化建设，及精准扶贫的出发点的终极目标吧。

"荡漾湖心一共传"，让我们期待广平的发展新曲，越来越响亮，在燕赵大地，经久不散！

作者简介：雪泥，原名霍静梅。中华诗词学会会员、河北省作协会员、河北省文艺评论家协会会员，河北省散文学会会员，现任石家庄市矿区作协副主席。作品散见于《星星诗刊》《读者》《女友》《创作与评论》等省内外报刊杂志，曾获第八届河北省文艺评论奖、"河北省散文30年"创作金星奖、第十三届石家庄市文艺繁荣奖。著有诗集《倾诉》散文集《有谁曳杖过烟林》。

如在画中游——广平县美丽乡村冯营侧记

仇进忠（三等奖）

四月深春，万木竞秀。日前，我参加全国百名文化艺术家进邯郸看广平采风活动，被一个叫冯营的小村迷住了。

冯营村地处广平县城南环路附近，有 400 户人家。一年前它还是一个有名的脏乱差贫困村，如今它华丽转身成了广平美丽乡村建设的"样板"。冯营的一草一木，一房一院，一街一巷，做到了精细精致，散发着浓郁的文化味，像一幅画，如一首诗。

冯营村北，有数十米的绿化带，高高的钻天杨浓荫密布，树下是自然生长的花草。林中，有羊肠小道纵横穿行，亭台楼阁、情景雕塑点缀其间。在被称为"冯营花海"的数千平米植物园里鸟语花香，除常见花草，还有万寿菊、孔雀草、美女樱等多个品种，争奇斗艳。这里，俨然是一座别致的乡村公园和天然氧吧。

村中的街道全部水泥硬化，贯通东西南北和各条胡同，两旁米黄色基调的墙壁整齐划一，房前屋后绿树成行，完全没有印象中乡村的泥泞和脏乱。

更让我感到新鲜的是，街道两旁的墙壁上，绘有多姿多彩的油画、国画、漫画、装饰画和雕刻等。这些图画内容丰富，有家长里短的传统文化，有社会主义核心价值观，有冀南一带的风土人情，有英雄人物和革命故事，更有生活方面的科学知识。街道上，或门旁或墙角或广场，因地制宜建有一处处体现怀旧情结的人物雕塑，栩栩如生；构思奇巧的墙雕、影壁、瀑布等景致，令人目不暇接；街头巷尾彩旗风车迎风招展，如同节日一般。漫步街头，三步一画，五步一景，美不胜收。

在村子里有一片低洼地，是村里多年的垃圾沟，每到夏日臭气熏天，但经过他们独具匠心的改造，摇身变成了一个别具风情的公园式池塘。路旁，一组反映乡愁、乡情、乡恋的民俗嫁娶雕塑诙谐幽默、活灵活现。池塘里，曲径通幽，小桥流水，让人犹如置身于江南水乡。池塘边，特意保留下来的几间土坯房，让人触景生情，在今昔对比中感受着时代的变迁。

陪同参观的广平县委书记董鸣镝介绍说：我们根据民间冯营村是冯生故里的

传说，确定了"留住乡愁"的文化内涵，打造一个"城南花园冯生故里"为主题，有历史、有文化、有情怀的美丽乡村。

说话间，我们就来到了村十字路口旁一座开放式的宅院，这就是传说里《聊斋志异》经典凄美爱情故事《辛十四娘》的主人公冯生的故居。古色古香的院落，有后花园、老井、古树、草坪、雕像，室内陈设着老式家具，让人仿佛穿越到了明朝正德年间，看到了冯生和十四娘的身影，如梦如幻。

说起冯生故里，冯营的乡亲们忘不了一个人——年轻的 80 后包村干部单林楠。2017 年 2 月，胜营镇党委给刚刚参加工作不久的单林楠安排了一项重要任务——"包村"，把刚刚摘掉贫困村帽子的冯营村，打造成美丽乡村示范村。

把冯营建成"城南花园冯生故里"，就是单林楠这位年轻小伙子的创意，他的想法得到冯营村群众的赞同和上级领导的支持。说干就干，从设计规划、征求意见、筹措资金、组织施工，到动员村民搬迁祖坟、为家家户户改建厕所，他夙夜在公、争分夺秒，带领乡亲们奋战 180 天，终于把一个美丽梦想变成了现实。

离开冯生故居，穿过蒲松龄广场，我走进一个气派的农家院，在街上玩耍的一位老大娘跟了进来。大娘姓冯，今年 85 岁，这就她的家。院子里收拾得干净整洁，四间大瓦房由她和未成年的孙子居住，儿子外出打工，在村里另有宅院。她身体十分硬朗，家里没事了，就常到街上去逛景。问她生活上有什么困难？不善言谈的她满脸堆笑，连连说："没有、没有，可好哩，可好哩。"

在村委会大院里，"两委"班子各项制度上墙，党支部"堡垒指数"考评、优秀党员标兵张榜公示，村务公开，党建引领脱贫攻坚和美丽乡村建设，一改过去村班子软弱涣散局面。今非昔比。

"人们对美好生活的向往，就是我们的奋斗目标。"美丽乡村建设是一项涉长远的民心工程，冯营村牢记总书记"扶贫要同扶智扶志结合起来"的要求，在"建设好生态宜居的美丽乡村"中，坚持"以人为本"，突出共建共享理念，融入精神文化内涵，大大提升了村民们的"幸福感、获得感"和凝聚力，必将为农村良性发展提供持久动力。

带着不舍的心情，告别冯营。这个美丽如画的村庄，给古老的"鹅城"增添了新的魅力。近日，广平县已经通过省扶贫办关于"退出省级贫困县序列"的公示。乘党的十九大东风，全县掀起"二次创业、广平再起"的热潮。相信，一个个"新冯营"将会如珍珠般在这片神奇的土地上星罗棋布，光彩耀目。

作者简介：仇进忠（忠言），河北晋州人，新闻工作者，正高级职称。历任部队宣传干事、政治教导员，河北日报办公室副主任，《现代护理报》总编，报业集团机关党委专职副书记等职。在军内外报刊、电台和网络媒体发表新闻通讯、杂文时评、理论文章、诗歌散文、报告文学等作品2000多篇，20多篇作品获省级以上奖，编著《当代杰出人物贡献风采录》《党的群众路线教育全书》等。

冯营老党员的家训

刘红娟（三等奖）

四月上旬，我收到了"全国百名文化艺术家进邯郸看广平"的邀请函，当时我非常兴奋，一来是能够和这么多的作家、艺术家相会相聚相见，能学到很多东西；二来是想看看邯郸广平到底是什么样子，因为在这之前我从未到过邯郸广平。只是听说广平是个很美丽的地方，有鹅城的美称，它清水绕城、景美风轻，人民善良淳朴，有景观别致的环城水系，"四星级公园"东湖公园建筑精美，水景怡人，著名的黑白天鹅是公园的一道美丽的风景，每年的四月还会举办牡丹文化节，国色天香的牡丹吸引各地游客，提升鹅城品味。今日的广平已在脱贫攻坚、美丽乡村建设、项目建设、特色产业创新及文化发展中，取得了显著成绩。美丽神奇的广平真是让我心驰神往。

但是快要报到了，车票都买好了，突然单位通知有重要会议，只能非常遗憾地把票退了，遥望广平，感觉非常遗憾。在会议期间，有朋友传来很多关于广平采风活动的照片，其中有一幅拍自广平冯营老党员之家的照片深深地吸引了我，看似一个冀南典型的门楼，不仅整齐干净，而且有两个牌子，一个是老党员之家，一个是老党员的家训，我知道古代人们都有家训，这样的老党员家训我还是第一次听说，赶紧把照片放大一看，家训上写着四句话："不抱怨、不伤害、不依赖、不妨碍。"

我不知道这位老党员姓甚名谁，不知道他长什么模样，但在我的脑海里，很快浮现出一位朴实庄重的典型农民党员形象，他作为老党员一定是有三十年，四十年，或者五十年的党龄。所谓家训，他肯定是子孙满堂，他肯定是要把他的做法传给子孙，不仅自己做到了，而且要子孙们也做到，这也反映出我们共产党员"不忘初心、后继有人"的光荣传统和优良的品质。

这位老党员所在的村是广平县胜营镇冯营村，是紧邻县城的一个自然村，是聊斋故事里冯生故居所在地，以前是有名的脏乱差贫困村，经过广平县委县政府精准扶贫，确定以"城南花园冯生故里"为主题，逐渐把它打造成了有历史、有文化、有情怀的美丽乡村。现在的冯营已是花海中弥漫着淡淡的乡愁，风车在小巷中迎风招展，冯生与辛十四娘的凄美故事跃然墙上，诙谐幽默的雕塑屹立街巷，走进冯营，三步一画，五步一景，让人美不胜收。广平县也连续四年在精准扶贫综合考核中全省第一，冯营村被评为省级美丽乡村。

老党员的 12 字家训："不抱怨、不伤害、不依赖、不妨碍"，简单通俗地表达了这位老党员坚强独立，勤奋进取，不等不靠，不计个人得失，豁达大度的品质，品读这份家训，有了触及心灵的感动。

广平采风系列文章选编的不断发出，时刻牵动着我的心弦，我虽然没去，但是我也想就这位老党员，这位老党员的家训谈谈自己的感触，冯营之所以有这样的巨变，广平之所以有这样的成绩，是与这样的老党员密不可分的。正是有了这样的老党员，这些老农民，这些好干部，大家共同努力，才创造了这样美丽的环境，才有了这样幸福的生活。所以，这样的家训我们需要更多点，传承得更久些……

作者简介：刘红娟，女，供职于河北省唐山市滦南县地方税务局。致力于税收新闻宣传、散文随笔撰写。作品多见于《中国税务报》《河北日报》《河北经济日报》《河北工人报》。她擅长用飘逸的文字，记录生活之美；以洒脱的语言，讲述人性之爱。稿件《记住那些美好的相遇》《难忘那幕乡村电影》《父亲的电话》《婆婆的花园》先后被《散文月刊》《唐山劳动日报》《唐山晚报》刊用。

广平打好扶贫教育这张牌

维扬书生（三等奖）

4月中旬，笔者有幸参加"全国百名文化艺术家进邯郸看广平"活动，所到之处，来自全国各地的文艺家们无不被 30 万广平人民脱贫攻坚、二次创业的热情所感染。作为一名教育工作者，笔者以为，广平继摘掉国家级贫困县的帽子后，又将摘掉省级贫困县的帽子，正朝着"二次创业、广平再起"目标阔步迈进，县政协党组书记、主席单树福自 2012 年至今兼任县扶贫攻坚指挥部指挥长，在扶贫攻坚领域打了一场又一场硬仗、啃下了一块又一块硬骨头，取得了不俗的战绩，但毋庸讳言，比起长三角、珠三角等发达地区，地处燕赵大地的广平要迎头赶上发达地区，还需打好教育扶贫这张牌。

教育是关系到祖国未来的民生工程，贫困地区孩子的教育，关系到我国全面建设小康社会的全面胜利。去年 1 月 24 日，习近平总书记在河北张家口考察工作时指出，要把教育扶贫作为治本之计，确保贫困人口子女都能接受良好的基础教育，具备就业创业能力，切断贫困代际传递。就广平而言，笔者以为可以从三个方面发力：

首先要聚焦教育公平。扶贫先扶智，治贫先治愚，县委县政府要不惜一切代价改善全县特别是乡镇中小学的办学条件，提高教育质量，确保"不让一个义务教育阶段特别是贫困家庭子女因贫失学、因困辍学"，努力使全县所有学校办学指标达到或超过义务教育学校办学基本标准，所有中小学教学仪器设备配备、音体美器材配备、每百名学生拥有计算机台数、生均图书册数四项指标达标。可以说，贫困家庭只要有一个孩子考上大学，毕业后就可能带动一个家庭脱贫，贫困地区和贫困家庭只要有了文化和知识，发展就有了希望。

其次要聚力职业教育。大力发展职业教育，把贫困学生和贫困家庭劳动力技能培训作为促进贫困学生就业、贫困户劳动力创业增收、阻断贫困代际传递的有效手段。事实证明，贫穷就来源于愚昧，安于现状的生活方式、一成不变的思维模式和顽固不化的观念意识成为了农村贫困人口在穷困潦倒中挣扎煎熬的最主要原因。要积极动员未考上高中和大学的学生到职业学校参加劳动技能培训或接受高职教育，学习各种技能。依托职业学校、乡镇农村文化学校，建立乡镇培训班和村社培训基地，采取集中到学校和分散到乡镇培训的办法，广泛开展果树种植、藤编技艺、粮食加工等实用技术培训，提升脱贫致富能力。农村职业教育是提高贫困人口劳动技能、带动贫困地区经济发展的最直接方式，寒门子弟掌握一技之长、就业脱贫之路就更畅通，有利于实现"一人就业，全家脱贫"。

再次，要聚合优质教育资源。广平近临京广、京九铁路干线和京港澳高速公路，境内公路纵横交错，大广高速、青兰高速过境，309 国道、邯大公路横穿东西，省道 234 纵穿南北，邯（郸）济（南）铁路穿城而过，可以利用这一交通便利条件，借鉴江苏的一些城市在本地建立南京高校的分校的成功做法，利用北京、天津两个直辖市高校资源丰富的优势，尝试在广平建立高校新校区。这次采风过程中，文艺家们参加了广平县邯郸莱克东部国际学校开工典礼，如果能成功引进几所北京、天津、石家庄的名牌高校在广平建分校，就可以带动当地上下游许多产业发展，带动农民脱贫致富。

教育是提高自我素质、实现自我突破和阻断贫困代际传递的最重要的途径，是人们挣脱贫困枷锁的有力武器，贫困的人生更需要教育的介入，教育扶贫能让贫困地区的孩子掌握知识、改变命运、造福家庭，是最有效、最直接的精准扶贫。打好教育扶贫这张牌，广平的明天会更美好。

作者简介：维扬书生，本名李健0，1965 年 3 月生，江苏省扬州市人，全国优秀社会科学普及专家，江苏省语言学会、修辞学会会员。发表方言学、语文教学等论文 16 篇，在《中国教育报》《北京青年报》《工人日报》《江苏经济报》《现代快报》人民网等各级媒体发表时评数百篇。

党建闭合圈：广平县乡村振兴之路越走越宽

王春（三等奖）

"闭合圈"本来是电工技术或建筑领域里的专业术语，用在党的建设上还是头一次听说。在这次"全国百名文化艺术家进邯郸看广平"的系列考察采风活动中，我敢肯定地说，由陌生到熟悉，大家听到使用频率最高的一个短语就是"党建闭合圈"了。

初始人们似乎并不理解"党建闭合圈"到底指的是什么，恰巧活动的第一天，作家、艺术家们参观广平县平固店镇南吴村的乡村建设，正赶上县里几大班子的领导也到这里视察调研。县委书记董鸣镝兴致勃勃地为前来采风的全国各地作家、艺术家们简要说明了广平县举全县之力加强"党建闭合圈"建设的一些做法。

去年以来，广平县以打造基层"党建闭合圈"为载体，大力加强基层党建工作，全面推进乡村振兴，以党建引领现代农业产业发展、美丽乡村建设、脱贫攻坚和乡村治理，探索出了一条"区域点面结合、内涵深度融合、资源有效整合"的基层党建与农村发展新路子。打造基层"党建闭合圈"，重点是做好闭合和融合两篇大文章，解决村与村工作不平衡、党建与中心工作融合不到位的问题。总体考虑就是把全县169个村全部"串连"起来，全县域规划、全要素投入、全方位提升，统筹推进基层党建阵地建设、队伍建设，以党建为统领，产业培育、生态改善、脱贫攻坚、文化建设、乡村治理等各项事业"一体化"推进，实现全县域农村工作整体提升，推动农村全面振兴。具体实施主要是制订和推进"党建闭合圈"三年行动计划，每半年打造一个闭合圈，三年覆盖全县169个村。按照全县总体创建规划和乡镇专项规划，每个闭合圈根据地理方位，选定30个村左右，各村连接起来形成一个"闭合线路"，中间不隔村，村村相贯通。每个村突出一个特色主题，依托全县水网、路网、林网"三网合一"和旅游带、景观带、产业带"三带共建"，实现点面结合、全域覆盖。

不怕没出路，就怕没思路。很显然，广平县全力打造基层"党建闭合圈"，就是采用"党建+"的模式，以党的建设为主线，充分发挥基层党组织的战斗堡垒作用和广大党员干部的先锋模范作用，并把产业培育、生态改善、脱贫攻坚、文化建设和乡村治理五大项目深度融合在一起，打造出若干各具特色的"闭合圈"，覆盖全县，带领广大农民脱贫致富，快速发展，一个都不能掉队。

在论述脱贫攻坚问题上，习近平总书记反复强调：脱贫攻坚要取得实实在在的效果，关键是要找准路子，构建好的体制机制，抓重点、解难点、把握着力点。越是进行脱贫攻坚战，越是要加强和改善党的领导。各级党委和政府必须坚定信心、勇于担当，把脱贫职责扛在肩上，把脱贫任务抓在手上。

经过三天的采风和参观学习，来自全国各地百名作家、艺术家们切实感受到，广平县委一班人就是按照习总书记的要求，"把脱贫职责扛在肩上，把脱贫任务抓在手上"，殚精竭虑，勇于创新，构建了"党建闭合圈"这样好的体制机制；找准了"党建+产业培育、生态改善、脱贫攻坚、文化建设和乡村治理"的精准路子。不论在南吴村还是冯生故里，所到之处，高门大脸儿、宽敞明亮的村民住宅，绝不比城里的建筑逊色，村民们的内心充满了实实在在的获得感。微风吹来，远处的麦田掀起绿色的波浪。耳边不禁回响起一首老歌：麦香飘万里，歌声随风传，双脚踏上幸福路，越走心越甜……

作者简介：王春，男，笔名荆山客。高级记者，杂文作家。1962年生于吉林乾安县。现任松原日报社评论部主任，《读书周刊》《观点视界》主编。吉林省作协会员，省杂文学会理事，松原市杂文学会会长。上世纪80年代开始习写杂文、散文、随笔，作品散见《松原日报》《吉林日报》《陕西日报》《杂文报》《杂文选刊》《上海法治报》《燕赵都市报》《北部湾文学》等各地报刊。

千里之外听广平

毕斯惠（三等奖）

我喜欢阅读，又多年从事语文教学工作，所以一见到美文、妙文、酣畅淋漓之文，就朝观夕览，爱不释手。

前些日子，我们唐山的一位文友，说她参加了全国百名作家、艺术家走进广平采风活动。在此之前，我根本就不知道广平在什么地方，更不知道它长的什么样子。于是疑问："广平在哪里？有什么好看的景色？"文友笑曰："广平是邯郸的一个县，那里有天鹅，有牡丹，有《聊斋志异》中冯生与辛十四娘的爱情故事，还有很多新时代的扶贫经验。有兴趣，你可以看看我们《走进广平》的公众号，那里有很多的好作品。"

于是，我便开启了"千里之外听广平"之旅。每天早晨起来的第一件事，就是浏览《走进广平》推送的散文、杂文、诗歌、词赋等作品。不仅彻底爱上了流淌着殷殷深情的那一篇篇靓丽的文字，而且把自己的感受记录下来，与大家共飨。

一、读王建东《广平赋》

王建东老师的《广平赋》，大气磅礴，意境雄浑，铺排捭阖，于广平的历史变迁沿革中，彰显广平曾经之深厚底蕴、当今之盛世繁华！"大美广平，人间天上！"

而任何一次成功和跨越，都饱含了全体广平人不懈的努力和追求！"上下同德，夙兴夜寐，生实干之瑞气；官民一心，激情工作，奏和谐之华章。"广平的日新月异再次向我们宣告了"天道酬勤"的真理，告诉我们：矢志不渝，奋发图强，致力改革，终将奏响"全面脱贫"的时代强音！让我们跟随王老师的妙笔，共同期待广平未来更谱华章。

二、读刘丽云《广平精准扶贫赋》

相形之下，刘丽云老师的《广平精准扶贫赋》娓娓道来，字字珠玑，委婉细腻，向我们讲述了有着三千年灿烂文明的广平，由贫困到崛起的辉煌历程，讲述了在这个历程中，领导者的殚精竭虑、英明决策以及执行者的夙兴夜寐、披荆斩棘；讲述了广平"鹅城八景"从"毓秀"到"无存"，而今"更盛"的绰约丰姿……

刘老师文笔，令人叹服。

而今，恰逢盛世，春风骀荡。正所谓"好风凭借力，送我上青云"。"精准扶贫"政策下，自立自强的广平人万众一心、奋发图强，如刘老师所言："俯首观广平大地，郁郁苍苍。亘古鹅城，堪称燕赵之美丽农乡；现代广平，必将造就中原大地新篇章。"

三、读雷长风《二进广平遇冯生》

雷长风老师的《二进广平遇冯生》，让我看得喜悦，看得感动，看得痴迷。整篇文字酣畅淋漓，于清新自然之中流淌出干净洒脱的情感，可以想见雷老师对广平的情有独钟。

文章结束乃觉有情思绵长、余音绕梁之感。广平人"把景色的点，画得很圆润，如羊脂玉；把文化的线，拉得很悠长，如绕梁音。点与线经过精心编织，让城市不再喧嚣与烦躁，让农村不再单调与冷清"，这是一种浑然天成的圆融。

雷老师两进广平，见到的风景却绝不是单调的重复，广平随时向世人展示着他的蓬勃和生机。作为一个小县城，似乎唯有广平，可有如此深厚堪挖掘的历史文化底蕴；唯有广平，可有如此"一步一花、一步一画"的现实田园风光；唯有广平，才可以做到"文化与天然、历史与现实交相辉映"、恰到好处的配合；唯有广平，才可以诠释文化与美景均"肥而不腻，艳而不俗"的分寸。无须刻意，美不胜收。

雷老师说"感谢广平，奉献了一个人性化的创意"，而我要感谢雷老师，带我们领悟了广平渗入灵魂而非浮于表象的深沉厚重之美！

读文至此，我的"千里之外听广平"之旅，便更加一发而不可收了。

四、读沈栖《"最慢的船只"加速起航》

沈栖老师的《"最慢的船只"加速起航》，以冷静的笔触，深入透彻地剖析了邯郸市曾一度最穷的四个县之一的广平县，在党和政府的领导下，在全体广平人万众一心、矢志不渝的追求下，一步步走向今日成功和辉煌的历史进程。

"最慢的船只"的"加速起航"，从一个侧面也体现了现代文明社会首先是一个公平社会，那些"社会排斥"的理论和"社会摒弃"的概念，随着广平的慢慢崛起已逐渐退出历史舞台了。这是另外一种令人欣喜的进步！沈老师的文字冷峻客观，充满理性的思考和缜密的思维，又寄托着对民族复兴、共同富裕的深沉期待，老师的情怀令我久久仰视与沉思。

五、读冰洁《天鹅湖》

冰洁老师的《天鹅湖》，"我很神往 / 诚皈于你 / 循着天籁 / 以爱相沐 / 纤尘不

染／和你／心相印／影相随"。多么澄澈的眷恋，如此唯美的情感，读来不禁心灵
为之一振。

苏轼曾言："天地之间，物各有主，苟非吾之所有，虽一毫而莫取。惟江上
之清风，与山间之明月，耳得之而为声，目遇之而成色，取之无尽，用之不竭，
是造物者之无尽藏也，而吾与子之所共适……"大体是说：天地之间，我们所能
共同享有的，大概只有那清风明月吧。而在广平天鹅湖，于清风明月之下，尚能
于闲暇时集聚天鹅身边，赏那些婀娜于水上的悠悠情影，在一幅盛世光景中歌舞
徜徉，谁能舍得离开呢？

由此，老师所言"心相印、影相随"的脉脉情愫，便清晰地镌刻在广平、镌
刻在鹅城了。老师其情可鉴，其文可叹。

六、读田淑伍《来了 就舍不得走》

我看到了田淑伍老师的《来了，就舍不得走》，夕阳的余晖／映照着波光粼
粼的天鹅湖／天鹅在水中游弋／我在霞光里陪伴天鹅的翅膀……

如此静美的时光，似乎是等待了很久的完美邂逅，霞光、天鹅、微波、斜阳，
这暮霭即将四合的一瞬忽而感动了我，于无意间契合了我内心对"波澜不惊、岁
月静好"的期待，也让我于瞬间理解了所谓"心灵故乡"一词。"来了，就舍不得走"，
在喧嚣红尘里穿行，终有一处值得牵挂和铭记的所在。老师笔下，意境美丽和谐
近乎天成；娓娓道来之间，老师内心的惬意与怡然，我早已感同身受。

七、读高伟《广平走笔》

高伟老师的组诗《广平走笔》，是一句句来自灵魂深处的呐喊，读之令我内
心充盈、眼眶湿润。广平牡丹、广平天鹅、广平浪漫凄美的传说《冯生与辛十四
娘》，他们从不同的角度，诠释了一个共同的主题，也是一个永恒的话题——"爱"。

爱得纯粹、爱得热烈、爱得无所畏惧、爱得奋不顾身、爱得生死不分……
只是一个字"爱"。老师说：在春天／广平牡丹是要来奔赴一场恋爱的；老师说：
我被美灼伤／随时都幸福／生命里的那些感动／把它们请出来／就是我的力量；老
师又说：红尘中最本质的好／爱与生命。

我想，老师心中是有一份大爱的，爱着这世间所见所历的一切，爱着一花一树、
一草一木，老师的文字赋予万物以灵动的光彩，老师在以内心的爱，观照身边所
有，观照整个客观。

愿这熙攘的尘世，每个人心中存有一份感动，一份爱！

八、读刘世芬《鹅动广平》

接下来我又看到了刘世芬老师的《鹅动广平》一文。感佩广平、感佩鹅城的同时，更加感佩刘老师大散文气魄的文笔。文章从历史沿革谈到政治变迁，从自然美景谈到人文教化，从鹅城的盛世繁华谈到哲学思辨，从广平曾经的惯性重复谈到我们人生的突破定势之功，也从广平的华丽蜕变谈到"春云不变阳关雪，桑叶先知胡地秋"……

一口气读完，深感意犹未尽！而那一只能够撬动一个平原县域的"黑天鹅"，却丰满、缤纷、鲜活了整个广平的画面，甚至使其赛过了北上广的花团锦簇！文章大气铿锵、酣畅淋漓、令人拍案。

九、读王新红《政协主席抓扶贫》

王新红老师的《政协主席抓扶贫》，让我们看到了一位值得敬重的人——广平县政协主席单树福。

王老师客观冷静地侃侃而谈，让我们看到了单树福同志"谦卑亲和、干事创业"的作风，看到了他"服从安排、勇挑重担"的坚持，看到了他心系人们、初衷不改的执着，看到了他为广平崛起和发展勇做开路人的坚毅，更看到了他为官一任、造福一方的担当。

王老师平实的文字中渗透出强大的情感张力。我忽而联想到了鲁迅先生的一句话说："我们自古以来，就有埋头苦干的人，有拼命硬干的人，有为民请命的人，有舍身求法的人……这就是中国的脊梁。"

红尘滚滚，历史悠悠。于喧嚣繁华处能守住初心，牢记使命，在自身岗位上勤勉恪责的政协主席，让我们由衷钦佩！感谢王老师，带我们认识了又一个精神楷模。

十、读贾鸿彬《广平看水》

贾鸿彬老师的《广平看水》，从另一个角度演绎了广平的妖娆多姿。因着有水，广平之春，才不输杏花微雨的江南；因着有水，在凌霄雁塔码头驻足，便有了"春水碧于天，画船听雨眠"的怀想；因着有水，才有了广平的钟灵毓秀、美轮美奂。

广平看水，看到的是各级领导为了广平的发展科学谋划、殚精竭虑；广平看水，看到的是环城河工程中融入的有现代创意的八大景观；广平看水，看到的是风格各异、奇特鲜明的跨河景观桥；广平看水，看到的是环城水系融合起来的三座风情万种的园……

正所谓"上善若水"，水是生命和一切的源头。看不尽的水，赏不够的园，惟愿广平在新的时期更谱崭新的华章！

"广平看水，可惜太匆匆，掬了一捧清水，闲了两岸蔷薇。"广平的水，妩媚妖娆；老师的文字，洒脱灵动，精妙圆融，令人回味无穷。

十一、读刘奂明《28 年再相会》

刘奂明老师的《28 年再相会》，以一个与广平同甘共苦、见证广平变迁的"广平人"的身份和口吻，讲述了广平 28 年间不断前行的历程，字里行间流露出的是对广平深深的热爱之情。老师为广平 28 年来物质精神文明建设取得的丰硕成果而欣喜、振奋，为广平今日之雄姿英发、豪气冲天而骄傲、自豪，为广平明日之天蓝水绿而殷殷期待和祝福。

十二、读邱少梅《旱洼托出美丽天鹅湖》

读完邱少梅老师的文章《旱洼托出美丽天鹅湖》，我终于知道了"鹅城"名字的由来。原来是缘于一个奇女子——葛鹅。

葛鹅是战国中后期赵国君主赵武灵王的夫人，相传文武双全，曾协助赵武灵王推行"胡服骑射"政策，并带头穿胡服，学骑射，使赵国得以强盛，并修筑了"赵南长城"的最东端部分，有效抵御了外敌入侵。后人将葛鹅主持修筑的这段长城称为"鹅城""夫人城""葛鹅城"。葛鹅筑城戍乡、保家卫国的英勇壮举激励了一代又一代广平人民，成为广平人民为之骄傲、为之自豪的巾帼英雄。

我不禁在想，广平的今非昔比，是不是因为有了千年前赵武灵王夫妇这种改革创新精神的铺垫和引领呢？

十三、读李景阳《广平记絮》

不得不说，跟随李景阳老师的文字，我实实在在地看了一遍鹅城广平，看到了广平的青山绿水、亭台楼塔，看到了广平的自然与人文，看到了广平人民对文化的崇尚与执着！

"邂逅赵王""别样书馆""鹅浦春生"，老师在用眼睛记录广平，在用心灵感受广平。他要把广平的一角一落、一砖一瓦尽收眼底。目之所及，尽是田美水柔、河川旖旎。而当那只"黑颈白身"的婀娜的天鹅落于视线，再落于笔端，老师对广平浓得化不开的喜爱和眷恋之情感，便汩汩流泻而出了，老师说："来广平，不虚此行！"

笔之所至，处处皆温情；情之所至，愿常驻于此，不相离。老师说："要是我子身来此，我一定在伸入湖面的台子上呆坐他半晌，不享够'天人合一'之乐，誓不罢休。"

老师的文字中，没有过于夸张的渲染，没有过于张扬的抒情，淡淡的叙述，一步一景、一步一看，小心翼翼，未错过任何风景！而老师对广平的情愫在这一步一景的观赏中，达到了极致。老师说："而河的周遭，一马平川，万绿拥簇，真令我心旷神怡！"老师说："爽风扑入胸襟，浸透我的全身，舒服快意之极，若不是跟随大队人马，我真想定住脚跟，席地而坐，醉在春风里！"老师又说："追赶大队伍时，仍然在做梦：要是我也跟天鹅一样在此落户，购一套房子，带个马扎，天天泡在水边，浴着清风，读一读书，那可真是神仙过的日子。"

老师文笔细致工巧、严谨负责且开合洒脱，亦可见学识之广博，文化积淀之深厚。

十四、读刘鸿儒《草野之中访广平》

读了刘鸿儒老师的《草野之中访广平》，深切感受到，刘老师是一个有担当和责任感的作家。既要写广平，就要对广平负责，对历史负责，对自己的文字负责！

老师深知"知屋漏者在宇下，知政失者在草野"，所以按捺住自己看到广平美景的欣喜和激动，以冷静客观的眼光审视当下之广平，"一面听领导讲解，一面听百姓呼声"，于是老师见到了事物全貌，了解和再现了真实的广平。当今的广平，"国富民强天地宽"；当今的广平人，物质富足，精神充实；当今的广平人，懂得"百年大计，教育第一"，"懂大局，有文化，不狭隘"；所以，我们有理由相信，明天的广平，更将"恰似天鹅朝天腾"！

老师的文字不骄不躁、不浮华不迎合，老师为人亦定然如此！始终牢记追求真实、传递真实，这是一种文学担当和坚守！

十五、读于文岗《又临广平观植树》

于文岗老师两至广平，心境却迥然相异。相对于第一次去时晚秋时分的寂寥给内心蒙上的一层凉意，老师更觉舒服和畅快的，是这次去，是在一派蓬勃和生机的春日里。

老师的《又临广平观植树》中，颇为细致地观察且记录了广平一隅——植树。老师觉得，广平留给他"印象最深的便是生态建设，便是植树，特别是植树之认真、细致"。植树，"是人类与春秋不变的约定"，所谓"十年树木，百年树人"，植树是关乎发展之根本、利在国民之千秋的一件事；而植树者须有"十年树木，功成不必在我"的胸襟，倘有万分之一的急功近利、沽名钓誉之心，便不会倾心于植树。而广平人"狠狠地植，多多地植，广广地植。终于植出了一个'国家级生态建设试点县'"。他们做到了！

　　老师的文字，引而不发，点到为止，旁征博引，流泻出的便是对广平各级领导和人民的由衷的赞许。老师的文字，如一股清泉汩汩流入我的心田。他为广平描画了一个美妙的蓝图，也在广平人甚至所有人的心里种植了一片葱茏的绿洲！

　　好一个广平，好一个鹅城，好一场文学盛宴！我必须坦白，读着这些诗文精品，我不止一次地经历着试听的冲击、心灵的洗礼。还有很多其他老师的作品，也都精彩至极，均令我感叹佩服、不忍释卷。但由于篇幅所限，就不再一一赘述。

　　"千里之外听广平"！想来，我何其幸运。未到广平，却在千里之外，从这些诗文大家的作品中了解了广平，了解了广平悠久之文明，了解了广平曾经之贫困，了解了广平今日之繁华，了解了广平人世代之努力与坚持，也看到了广平明日之希望。

　　最后，借用刘奂明老师的一句话结束我的感想：祝福广平！祝福祖国！

　　作者简介：毕斯惠，河北省唐山市滦南县人。就职于滦南县教育局。河北省诗词协会会员、唐山市诗词协会会员、唐山市作家协会会员。散文《写作，让我的人生轻舞飞扬》获《写作与人生》征文优胜奖；诗歌《春在哪里》获"魅力弘亚"征文优秀奖；词《秋词三首》荣获"中国网络文学节全国征文大奖赛"诗词组铜奖；另有作品发表在《中国当代诗词精选》《滦南教育报》等书籍或报刊上。

冯生经济

张魁兴

　　冀南广平县有一个美丽乡村精品村，叫冯营村，对外宣称是"城南花园，冯生故里"，这里是聊斋中冯生与辛十四娘爱情故事发生地。冯生是何人？辛十四娘是哪里人？冯营村是怎么的来历？这些疑问都无人能说清楚，因为冯生与辛十四娘都是清代小说家蒲松龄的"小说家言"，不足为信。而且，全国有不少冯营村，这里的"冯生故里"也只能姑妄听之，小说家言怎可考证！然而，这里的冯营村却是远近闻名，有花海，有壁画，有风车小巷，有假山石林。这一切不是因为这里是"冯生故里"，而是源于精准扶贫，源于这里的"人文、生态、景观、产业、党建闭合圈"。

　　应该说，根据小说中的人物和地点打造的人文景观在全国很多，甚至抢名人故里，但是，像冯营村这样为了群众富裕而打造名村的恐怕只有冯营村。冯营村的老百姓到底富裕到什么程度，我们不好"明细化"，但我们从这里的村庄建设、人文景观、男女老少轻松的舞步看，这里的老百姓幸福而富足。在冯营村采风时，还听说过一个父子一同扶贫的故事，冯营村能有今天，这都是扶贫工作人员辛劳付出的结果。冯营村有一个"脱贫展览馆"，讲述了冯营村精准扶贫的故事。据称，这里曾经是一户困难人家，脱贫后搬离了这里，村里就在这里建起了"脱贫展览馆"。

　　所谓的精准扶贫，就是要因村而异因人而异，不会是千篇一律，只要是千篇一律就可能是假扶贫。比如，这个冯营村是个平原村，可利用的资源极为有限，即使有工可打，也需要劳动力，还需要技术；如果有土地，即使有劳动力，种粮也未必能致富。冯营村似乎只有一个可利用的资源，就是聊斋故事，只有把这个村子当作真正的冯生故里来打造，才能帮扶冯营村。通过精心打造，如今的冯营村已经拥有"七大景观"：花海美景、冯生壁画、鸾凤泉涌、脱贫展览、风车小巷、鹿驾祥云、假山石林。当你走进冯营村，就像走进画里，风光无限，非常适合宜居。"人文、生态、景观、产业、党建闭合圈"，这才是精准扶贫的根本。

　　通过走进冯营村采风，我明白了一个道理，精准扶贫是一项系统工程，最好是人文、生态、景观、产业全盘考虑，不能顾此失彼，特别是不能走之前边发展经济边破坏自然的老路，这就需要党建保驾护航。扶贫就是要让老百姓过上好日子，要实现这个目标扶贫干部也要全心全意，更要对老百姓有真感情，否则扶贫工作就很难扎扎实实，老百姓脱贫就更难。冯营村的扶贫脱贫经历很有特色，我称之为"冯生经济"，估计是第一个根据小说家言脱贫的村庄。当然，"冯生经济"也富有诗意，辛十四娘着意行善积德，以助人为乐、修道成仙为志，希望追求精神层面的超脱，这也是我们的精神追求：诗意并惬意地生活。

作者简介：张魁兴，笔名冀北仁、遐迩，河北赤城人，赤城县矿业管理中心职工。先后在《河北日报》《中国青年报》《工人日报》《人民日报海外版》、香港《大公报》等报刊及网络，累计发表作品200多万字。荣获2004年度红网优秀评论员，多篇作品获奖。

28 年再相会

刘奂明

28 年，弹指一挥间。

大约 1990 年，我还上中专，和同学们受河北省林业厅委派，来广平县考核验收世界银行贷款造林工程进展情况。

今年，我有幸应邀参加"全国百名文化艺术家进邯郸看广平"采风研讨活动。接到邀请，我按捺不住内心的喜悦，立刻想起当年第一次踏上这块神奇的土地时的所见所闻。

我们那时住在县政府招待所，房间内有一股发馊的味道，就像好久没有住人，当地最高级的宾馆住宿条件尚且如此，各种民营小旅馆的条件可想而知。考核验收需实地测量，我和同学们天天起早摸黑奋战在田间地头，感触最深的就是，几乎遍地都是生产肥皂的小作坊，黑乎乎，对当年广平县城及农村整体印象恰恰用一个词就能概括——脏乱差。

时隔 28 年，造林工程取得了哪些社会效果，那些小作坊是不是还在继续生产，如今的广平县城和农村什么样？我的脑袋里打出了一连串问号。

一到邯郸，我就迫不及待地向负责接站的王书亮、刘涛、周敬打听这些情况。他们自豪地说，当前正在掀起"二次创业，广平再起"热潮，好好看一看吧，肯定会有许多意想不到的惊喜。

耳听为虚，眼见为实。采风研讨期间，从县城到农村，不管到哪里，都能切身地感触到新风扑面，惊喜连连，那才叫不看不知道、一看心就跳——

我们入住的天鹅湖大酒店，虽未看到天鹅，但当年县政府招待所的住宿条件与之根本不能同日而语；

各种现代化标志性建筑，星罗棋布，构成县城"六纵六横"的发展格局，如诗如画，美不胜收，让人如醉如痴；

东湖水上公园碧波荡漾，一对对婀娜翩跹的天鹅，面对来自天南海北的游客，神态优雅，举止从容，胜似闲庭信步，频频靠岸和人嬉戏，构成一幅人与自然和谐相处的生动画卷；

鹅城牡丹园蜂飞蝶舞，争奇斗艳；

环城水系画舫旖旎，花团锦簇，万紫千红……

新时代鹅城广平，今非昔比，正在发生脱胎换骨的巨变，绿色，生态，和谐，文明，欣欣向荣，百业俱兴，无处不精致，无处不精细，无处不精彩，到处天蓝水绿、宜居宜业，绿化覆盖率达 12% 以上。

熟悉当地情况的人都深知，广平今日之骄人业绩，何等来之不易。况且，这里曾是远近闻名的国家级贫困县，2010 年才退出"国"字号贫困县阵营。

穷则思变，人穷志不短。

广平之所以取得翻天覆地的巨变，是因为 30 万广平人民团结一心立下愚公志，勠力同心搬掉了贫困山，创造了连续 4 年扶贫开发工作在全省同类县综合考核中名列第一的奇迹，让人肃然起敬。

28 年后和广平第二次握手，我惊喜地发现，这里的扶贫攻坚一步一个脚印，异彩纷呈，不但得到原河北省委书记赵克志的充分肯定，今年 2 月 6 日还被中央电视台财经频道《经济半小时》栏目进行了深度报道。

广平的扶贫攻坚，特色鲜明，有目共睹，这是党委、政府坚强领导的结果，更是全县人民同心同德顽强拼搏的结果，凝聚着每一个扶贫人数年如一日披肝沥胆的心血与汗水。

自 2012 年至今兼任县扶贫攻坚指挥部指挥长，原县政府副县长、政府党组成员，现任县政协党组书记、主席单树福同志，就是打赢广平扶贫攻坚战的指挥员、战斗员之一。对这些年来广平扶贫攻坚打的一场又一场硬仗、啃下的一块又一块硬骨头，他了然于胸。

空口无凭，事实为证。

2013 年，他提出"产业扶贫"整体思路，在该县"一带七区二十一个特色村"新发展设施果蔬万余亩，种植户人均增收首次突破万元大关。

2014 年，他主张推进的"造血式"产业扶贫经验被国务院扶贫开发领导小组办公室《扶贫开发》杂志刊登。

2015 年，他首创实施的"一站一室"工作机制，打通了扶贫工作"最后一公里"，被新华社《国内动态清样》刊登。

2016 年，探索完善的合同、合作、股份、劳务"四个联结"扶贫模式在全省推广。

2017 年，采取旅游扶贫等七种模式促进贫困群众增收，采取教育减支等三种模式减轻贫困群众负担。

天道酬勤。2016年，5个贫困村进入全省美丽乡村创建示范村行列。2017年，广平获评第一届河北省文明县城。采风研讨期间传来喜讯，广平顺利通过省扶贫办关于"退出省级贫困县序列"的公示，这就意味着鹅城继摘掉国家级贫困县的帽子后，又将摘掉省级贫困县的帽子，朝着"二次创业、广平再起"目标迈出了坚实的一步。

今年4月，安居·居业风情小镇乡村振兴综合体暨邯郸莱克东部国际学校破土动工，进一步吹响了扶贫同扶智扶志相结合的号角。

成功眷顾有心者。广平不但扶贫攻坚稳扎稳打，打赢了一场又一场漂亮的翻身仗，而且以扶贫攻坚为切入点和突破口，因地制宜，敢为人先，大胆摸索，不断加快经济社会全面发展步伐：拥有206项国家专利，总资产近35亿元，"中国建材企业500强""中国铝型材十强企业"中国规模最大的高精度特种合金型材专业生产企业——力尔铝业股份有限公司；农业产业化省级重点龙头企业河北香道食品有限公司；省级农业产业化经营重点龙头企业河北同和生物制品有限公司，等等等等，纷纷来鹅城投资兴业，"力尔""金米兰"等中国驰名商标享誉海内外。

大风起兮云飞扬。改革的浪潮，锐不可挡，涌动鹅城。广平，在逐步脱贫的同时，后起直追，奋勇当先，一举成为亚洲最大的安全鞋生产基地、国家级生态建设试点县、中国北方最具实力的新型建材和工业铝材生产基地、省级园林县城、省级经济开发区、省级工业聚集区……

连日来我一直在想，广平这28年来的变化为何这样大？我猛然醒悟，脱贫攻坚也好，建设美丽新农村也好，二次创业也好，这不仅是改革开放结出的丰硕成果，更是矢志不渝加强党建、始终坚持党的英明领导的必然结果！

位于冯营村的广平县光荣脱贫展览馆，墙上有几行醒目的红字，"贯彻十九大精神，以党建统领全局，打赢脱贫攻坚战"。此言不虚，一语中的。

不是吗？胜营镇冯营村，在镇党委的坚强领导下，在80后包村干部单林楠和全村党员干部的不懈努力下，短短180天就实现了华丽转身，成为名副其实的"城南花园·冯生故里"，成为当地美丽乡村示范村的样本。

4月17日上午，我们全国百名文化艺术家采风研讨成员应邀到南阳堡镇观摩党建林，县委书记董鸣镝义务当起了导游，介绍相关情况如数家珍。

真是应了那句话，来得早，不如来得巧。我们观摩党建林这天，恰逢广平"双日合一"，也就是每两周一次的闭合圈开放性观摩日和每月一次的广平月起基准开放活动日。据董书记介绍，广平将在3年内建设6个"三网四带"闭合圈，通过闭合圈观摩拉练机制，推动乡村振兴，实现农村工作整体提升。

百闻不如一见。集党建园、中华传统文化园、草根创业园和移风易俗园于一身的南阳堡镇，的的确确给我们带来了与众不同的感受，将党建元素融入并引领闭合圈建设，成为"双日合一""四园合一"的最核心要素、最大亮点。

当前以安居风情小镇特色综合体为先导的广平乡村振兴方略；以力量统筹为先篇的广平县城建设及国家级园林城和卫生城"两城"同创；以拆迁整治为先导的"两违"清零攻坚，无不坚持以党建为统领。

习近平总书记强调，"带领人民创造美好生活，是我们党始终不渝的奋斗目标""让贫困人口和贫困地区同全国一道进入全面小康社会是我们党的庄严承诺"。广平扶贫攻坚也好，二次创业也好，哪个不是坚持以人民为中心的发展思想，哪个不是为了给人民带来更多看得见、摸得着、感触得到的获得感、幸福感，有人民的拥护、理解、支持和参与，必将无往而不胜。

幸福不会从天降，好日子是拼出来的。党徽，在脱贫攻坚、二次创业的鹅城大地熠熠生辉！在广平这块古老而神奇的土地，党和人民心连心，共建美好家园，咬定青山不放松，不达目的不罢休，以如椽巨笔，不断开创新的业绩，不断谱写新的辉煌。

改革开放的春风，吹遍神州大地，从城市到乡村，都发生了翻天覆地的巨变，广平仅仅是一个缩影。在人类历史的长河中，改革开放40年仅仅是短暂一瞬，但对广平人民来说，那是何等不平凡的40年。

从当年的中专生到如今的作家，作为曾在这方热土播撒青春和汗水的奋斗者之一，我有幸亲眼目睹了广平28年来发生的沧桑巨变，从心里为之骄傲和自豪；

作为"留住雷锋的城市"、全国文明城市——唐山的建设者之一，我有幸切身体验到了广平28年来精神文明建设取得的丰硕成果，同样从心里为之骄傲和自豪。

俱往矣。

全面建成小康社会，实现中华民族伟大复兴的中国梦，打赢脱贫攻坚战仅仅是万里长征迈出的一小步，以后的路，还会更加艰辛而漫长。

今日之广平，天时、地利、人和，雄姿英发，豪气冲天，千帆竞发，百舸争流，必将在党的坚强领导下，一年迈上一个新台阶，年年发生大变样，不断开创经得起实践、历史和人民检验的业绩。

　　雄关漫道真如铁，而今迈步从头越。广平儿女多奇志，敢教鹅城换新颜。再过 28 年，我们再相会，那时的天一定会更蓝、水一定会更绿、人民生活一定会更美好！

　　祝福广平！

　　祝福祖国！

　　作者简介：刘奂明，男，河北滦南人。现为全国公安文联作家协会会员、河北作家协会会员、河北公安文联作协理事、河北杂文学会会员。在《半月谈》《经济参考报》《新华每日电讯》《人民日报》《光明日报》《法制日报》等媒体发表大量作品，多次在光明日报、新华网等媒体征文中获奖。

绿满广平

郑令琼

邯郸市广平县，中国扶贫攻坚的决胜战场之一。

行走在广平城乡，早已足迹万里的我不能不感慨：作为山前平原的广平县，竟然有着那么多的绿色。

载着应邀来自全国各地"进邯郸看广平"的百名文化艺术家，五辆客车平稳地驶向选定的各处看点。公路两旁缀满绿色的行道树，竟然不是常见的一排，而是四排五排或者更多，许多地方甚至有一大片一大片的树林，俨然树立在公路两旁的绿色画屏一般。正是农历阳春三月，长满了嫩叶的枝条在微风中轻轻拂动，不禁使人想起戏曲中形容妙曼的古装少女"行走就若风拂柳"的优美意象。

无论是我们住宿的天鹅湖大酒店，还是新修的广平县图书馆，室外都有大片的绿色草坪，夹杂着稀疏的观赏树。绿草如茵，厚厚的，茸茸的，让人舍不得上去走一走，唯恐弄脏弄乱了绿草的形态。点缀在草坪中的雕塑，少不了鹅的形象；因为，广平又名鹅城，源自战国时期赵武灵王夫人葛鹅曾在此筑城戍乡的传说。鹅的形象，成为艺术家们最常用的创作素材，遍布在广平的各种艺术品中。

2018年4月，历经23年扶贫开发的广平县光荣脱贫，这份功盖千古的业绩，自然少不了绿色为主的生态文明建设成果。让人欣喜的是，现在的广平县，没有躺在功劳簿上闭目养神，护绿植绿的力量不仅丝毫未减，而且持续增加。南阳堡镇，偌大一片"党建林"正在营建之中，每块千余平米的地片，都立着一块造林单位的标示牌。城管执法局有"奉献林"，地税局有"善正林"，广播电视台有"传媒林"，教育体育局有"红烛林"，县政府办公室有"先锋林"，住建局有"众志成城林"，农发银行有"乡村振兴林"……

县委书记董鸣镝告诉我们，这片党建林，是全县建设美丽乡村的项目之一，县直各部门、各系统都参与其中。为了消除以前那种"3·12植树节"轰轰烈烈、节后却无人过后的弊病，县委要求，所有新栽的树木，都要挂牌标示责任人和树名，由责任人包管理，保成活。对此，我们感到很新鲜，也很振奋：县委如此重视植树造林工作，夯实责任，目标落地，新绿的形成必定指日可待，人力财力投入不会白费。根据县委描绘的蓝图，在我们眼前，似乎已经呈现着一年四季鲜花次第开放、树形婆娑姿态各异的观赏林画卷。到那时，这里一定会鸟语花香，游人如织。

东张孟乡，也有一大片正在营建中的风景树林，面积约百亩左右，与党建林规模相近。来自各单位的干部职工植树正忙，褐色的土地上，已经看得到一排排新栽的树木；也有标示牌挂在树腰，时不时在微风中轻轻飘舞。

鹅城牡丹园，一处格外怡人的风景。我们走进这处全是牡丹的百亩园区，只见每株牡丹都用宽大而浓密的绿色叶片，托着一朵朵、一簇簇或红或白正在怒放的花朵，片片花瓣闪耀着鲜艳的光泽，散发出清幽的馨香。大家纷纷利用相机或手机，对准缤纷五彩的花朵，或全景，或特写，拍起照片来。园中两个身着白裙的美少女，就站在甬道边迎送来来去去的游客；许多游客被她们吸引，凑近她们请求合影留念，她们总是脸露笑容，配合游客留下了这美好的一瞬。

不仅有四处可见的绿色林片、植物园区，广平县的河道，流淌着的水也是碧绿的，平静的河面，犹如一方晶莹剔透的绿宝石。

漳河有一条支流从广平县城穿过，经过连续多年的治理，这条绿水泛波的河流，已经建设成为最受人们喜爱的地带。澄清的河水中，有"白毛浮绿水，红掌拨清波"的白天鹅，也有浑身黑羽的黑天鹅。它们是广平娇子，在自由自在地觅食、游乐，并不怕人，有时甚至向岸边逗引它们的游客靠近。我想，如果没有政府的大力宣传和有效治理，在工业快速发展的现代，是难得让河水保持如此碧绿的。现在水碧鹅欢的局面，归结于人们环保意识的增强，天鹅这类珍贵动物能长久栖居此地与人和睦相处，实在是广平人之幸，从更深远的意义上说，是中国人之幸。

旧绿遍野，新绿在植，绿树摇风，绿水漾波，绿满广平。不用比较县域GDP，无需了解人均收入的数据，全县生态保护、环境治理的功效，给予人民群众的实惠是现实可感的，更是功在千秋的。我为广平百姓高兴，并对广平的未来致以诚挚的祝福。

　　作者简介：郑令琼，被全国十多种书报刊聘为编委、特约记者。执教中学语文多年，在广州、深圳等地任教育集团总裁等职，管理大型民办学校十余年。采访中外著名专家和各界显赫成果，足迹遍及神州内外，在《中国改革报》《中国艺术家》等130余种报刊书籍中，发表报告文学、文化游记、文学评论等600余篇。出版文集《星空疏影》，主编书籍多部，参编书刊十余种。

遥望广平

王晓菊

　　刚刚过去的 4 月，我的心里开出了牵念的花朵，也长出了纠结的枝藤。从接到"关于全国百名文化艺术家进邯郸看广平的邀请函"开始，作为一名"孩子王"的我就不得不面对愿望与现实的冲撞。那天是周一，如果接受邀请，我就该离开教室，坐上动车出发了，可是我要给孩子们讲课啊，该讲第五单元《心愿》了，我说：孩子们，老师最近有个心愿呢，想去一个叫"邯郸"的城市，看看那片叫"广平"的土地……

　　遥望广平，思绪如飞。多希望从微冷的辽南向她奔去，到我梦里的邯郸——不为那个学步的故事，只为了解广平人那至真至美的心愿。

　　我该化作什么，才能一路追随那些关注的身影，一起去看美丽的鹅城？

　　那就身化一只黑色的天鹅吧，或许带着征尘，穿越三百年的时空，为鹅浦秋声的记忆，找寻一个着落。会是哪里呢？是那三百亩东湖，波光潋滟，飞鸿照影。"低徊无那送客愁，欲洗劳心赋达游。入年秋声非是雁，鹅城何日不闻秋。"这不是遗失的记忆，这是今日广平再现的盛景。东湖如镜，民心如镜，我从水色镜光中望见飞翔的翅膀和梦想。

　　——这是广平，在我寻真的路上。

　　亦可身化一株含苞的牡丹，或许不够娇艳，就等待广平的春风让我盛放。我将在鹅城百亩牡丹园中悄然吐一缕馨香，悦来者之心。"牡丹甲天下，鹅城花更仙"，牡丹文化节上，十万游客争睹天香国色。到此时节，怕是刘禹锡来到广平，也要道一声"惟有牡丹真国色，开花时节动鹅城"了吧！

　　——这是广平，在我寻美的路上。

　　真的想去广平走走，走在那些真实的美丽的小镇街头。

　　去荷塘小镇西胡堡，走在宽敞安宁的街道上。那初夏的荷塘定不甚辽阔，却有着北国村落间特别的暖意和静泊。若说东湖是明月，那这里的荷塘便是辰星。"清水绕城"，清水养莲，一个小镇是一个县城的缩影。夏夜，荷风吹拂，麦子安睡。这人与自然合一的境界是小镇人的梦，也是来客的梦。真想住下来，沉醉在千片荷叶相接如织的水墨长卷里……

可是还想去富硒小镇唐庄看看，那是广平水系景观绵延的地方，水榭亭台间，绿影婆娑，小路蜿蜒，我就在这小路上走，走进那富硒农产品生产基地，看看唐庄人怎样使神奇的硒元素流进麦秆里，怎样加工出富硒面粉，怎样给人们带来福泽与安康……

然后一定要去蔬菜小镇丁村，和葫芦小镇南下堡走走，感受今时的广平多样农业非凡的魅力。

走过丁村枝叶掩映的神秘大木门，就会看到广袤的蔬菜大棚为我呈现非凡的生态之美吧。这像油画一般生机盎然的村落会让我感觉到和家乡一样的亲切吧！

初闻葫芦丝缥缈的旋律，未成曲调先有情，我就会想起南下堡果园里大苹果的热切，晚秋梨的温柔，和葡萄们的期待吧——然而我是来看葫芦的，这充满艺术气息的葫芦小镇啊，百果飘香，百鸟齐鸣——吹奏着悠扬葫芦丝曲的老人家，我可以和您学着跟上这幸福的节拍么？农民艺术家龙常青大哥，我可以把您的微信名片转发给我们辽南的葫芦王任传令先生么？你们如果能坐在一起交流葫芦烫画的技艺，我可以聆听那画中人的心愿么？

……

遥望广平，最想化作风。

作者简介：王晓菊，笔名小鱼。辽宁省海城市人。响堂张家小学副校长兼班主任老师。擅长双手简笔画及剪纸，现为辽宁省作家协会会员。曾在海城日报开设《论语》赏读专栏。教育杂文发表于《辽宁教育》《现代家庭教育》《小学青年教师》《校园与家庭》等刊物；诗词散文见于《诗潮》《文苑》《山西青年报》《鞍山作家》《鞍山日报》等；出版习作范文集《师心童心》教研文集《小学作文教改初步》诗词散文集《心影无尘》。

展翅腾飞赞广平

刘鸿儒

展翅腾飞赞广平

阳春三月春意浓，燕赵大地绿融融。来自全国各地的百名文化艺术家聚集在邯郸广平，兴致勃勃地参观、调研、游览了广平大地，感慨万千！

下榻的天鹅湖大酒店广场上耸立着一座天鹅腾飞的雕塑，几只天鹅向上展翅腾飞，形象逼真地表现了广平腾跃向前的精神面貌。广平，这座历史悠久的古城，经历了历史的沧桑，终于迎来了改革开放的新时代。工农企业快速发展，连续五年在市名列前茅，获"省级文明城""全国农业综合开发先进县"等荣誉称号。

习近平主席最近指示："建设好的生态宜居美丽乡村，让广大农民有更多的获得感幸福感。"走进广平，强烈的幸福感迎面扑来。

穿过两边绿油油的麦田，我们来到"城南花园.冯生故里"冯唐村。美丽的乡村，漂亮的民居。冯生壁画上记载着那催人泪下的爱情故事，穿过悠长的风车巷，走进脱贫展览馆。这里是广平人众志成城，精确脱贫的缩影。"撸起袖子加油干"，一张张汗流浃背的照片，一片片丰收的农田，记载着广平人艰苦奋斗的故事。

一座土坯房似一道独特的风景立在路旁，那七裂八瓣的墙壁，摇摇欲坠的屋顶把人们带回辛酸的从前……

我们来到嘉瑞生物有限公司，气势恢宏的厂房，设备先进的生产流水线使我们大开眼界。据厂方介绍，他们拥有 10.8 亿的资产，可生产各种高科技的产品。名副其实，临行前厂方赠送的礼品"膳食纤维南瓜面粉""芹菜面粉""膳食米"等，味道好极了！

还有那仿古式的展览馆，把我们带到了战国时代，赵王集团名不虚传！

走进迷人的鹅城牡丹园，那艳丽的牡丹花使人眼花缭乱，浓郁的芬芳令人陶醉。粉红的、雪白的各色牡丹盛开着，显示着广平人的幸福。伫立花园内的两位美女微笑着迎接我们，恰似两朵盛开的牡丹！"爱美之心，人皆有之。"人们纷纷与美女合影留念。品尝着清香的牡丹茶，欣赏着美丽的牡丹花，留恋忘返……

靓丽的东湖公园，几只天鹅悠闲地游着；几对恋人亲密地拥抱着，我们的书法家挥毫泼墨留下墨宝，美极了！爽极了！几处天鹅腾飞的雕塑，展现着广平美好的前景。

广平人的生活，早已走出物质生活，迈入精神生活的层次。人们既享受"食有肉""出有车"的幸福，又有"读有书""玩有景""学而时习之"的精神快乐。请看博物馆、图书馆的情况吧，"迈进新时代，发现新广平"作品，"学习十九大，乡情颂广平——王凤国油画展"把人们带入艺术王国。《秋阳下》展示一位老农坐在丰收的玉米下吸烟，兴奋满足写在脸上。《幸福像菊花一样灿烂》把妇女们劳动丰收的喜悦表现的淋漓尽致！

腾飞吧，广平！天鹅展翅，前程无限！

草野之中访广平

在下一介农夫，业余一手写散文，一手写杂文。歌颂与批评同行，歌颂真善美，鞭挞假恶丑。

因是农民，自然关注农民。"知屋漏者在宇下，知政失者在草野"，社会好不好，百姓最知道。

所以，我一面听领导讲解，一面听百姓呼声，这样才能见到事物的全面，了解真实的广平。

一位老人伫立门前，我上前攀谈，您老高寿？日子好吗？老人已80多岁，但精神矍铄，思维清晰，也就70多岁的样子。"您身体挺好啊，不像八十多。""这都是托共产党的福，改革开放的福啊！放在过去，活八十多的很少。六十多岁死很正常，人活七十古来稀，看看现在，七十小弟弟，八十不稀奇！"听着老人风趣的话，我们哈哈大笑。

人的长寿，证明了生活的提高。我关内关外走了许多地方，都这样。一是吃得好营养足，二是医疗条件好，小病不出村有卫生所，大病到县、市，急病一个电话，救护车飞驰而来。能不长寿？

"但现在也有不好处。"老人捋着胡子道。我忙问啥不好。"减肥啊，千方百计想法减肥，这在过去，减啥肥？人人瘦得皮包骨，也有胖的，肉按下去不起来，是浮肿！"老人忆起辛酸的岁月，"挨饿，吃粮票，穿布票。现在看看，有穿补丁衣服的吗？"

是啊，我太熟悉这段岁月了，不挨饿，我怎么会去东北跑盲流？

我到老人家看看，彩电冰箱，应有尽有，小康之家。老人说，活了这把年纪，也没见过这么好年头，公粮国税天经地义，自古哪有种地不交公粮的？现在不但免税，种地还给补贴，多好啊！可以说，老人的话是千万农民的心里话。

我们参观一处学校奠基仪式，领导台上讲学校发展前景，振奋人心。我见外围几位妇女围观，上前攀谈。

"大嫂，建学校，好吗？"

"好啊，以后孩子们上学方便了。"一位胖胖的妇女说。

"你们是干啥来的？"一位瘦瘦的中年妇女问。我告诉她，是全国各地的文化艺术家参观宣传广平的。她似乎放松了警惕："好是好，但我们要搬家了。"她指着不远处的房屋，恋恋不舍的样子。

"你不能光顾小家，"另一位说，"百年大计，教育第一。不培养好后代，怎么会有富强的中国？盖学校好，是关系到千秋万代的大事。况且，还给咱们安排了住处。"

啊，如今的农民，已不是传统的"二亩地，一头牛，老婆孩子热炕头"式的庄稼人了。他们懂大局、有文化，没有狭隘的小农意识了。

改革开放四十年，国富民强天地宽。在习近平新时代中国特色思想指引下，会涌现更多的新事物，取得更多的新成就，厉害了，我的国！

听领导的讲话，察民间的呼声。从上到下，从表到里，我了解到一个真实的，全面的广平，是一个改革开放的缩影。特打油一首：

阳春三月春意浓，百名文人进广平。
改革开放现巨变，恰似天鹅朝天腾！

作者简介：刘鸿儒，逊克农场退休职工。中国散文学会会员，黑龙江作协杂文专业委员会理事。发文千余篇，出版《我的文学梦》。曾在全国农民读书、全国散文作家论坛、东北三省杂文大赛等征文中获奖20多次。2018年3月在长沙湖南教育报刊集团，《爱你》杂志社获奖。

走进广平，遇到邯郸的过去和未来

秦嘉卉

　　春天，一个从小生长在燕国都城的孩子，第一次到达古时候赵国的都城邯郸，第一次走进传说中的"鹅城"——邯郸市广平县，竟有穿越历史的感觉。

　　邯郸，在我印象中是特别的。邯郸是 7000 年文化的缩影，是赵武灵王的"胡服骑射"，是廉颇蔺相如的回车巷，几十个成语就串起半部战国史，是"燕赵多豪杰，燕赵多美女"的邯郸，是"邯郸学步"的邯郸，那里的人们走路摇曳生姿，自成风景。毛主席也曾说过：邯郸是要复兴的。那时候全国百废待兴而邯郸出铁、煤、棉花、粮食，邯郸人民勤劳能干，邯郸从历史文化名城变成了钢铁之城。

　　鹅城，不是《让子弹飞》里姜文叫嚣公平的鹅城，是赵武灵王夫人葛鹅的鹅城，是"入年秋声非是雁，鹅城何曰不闻秋"的鹅城，是《聊斋志异》里辛十四娘与冯生爱情故事里的鹅城。

　　同行的书画家挥毫泼墨，宣纸上的邯郸，诗歌中的广平，东湖灵动的水，"鹅浦秋声"的天鹅，褪去了这个季节的干旱与燥热，褪去了历史中远的近的传说，只剩下美丽和庄重。

　　这是现在的邯郸。近些年，晋冀鲁豫交界边上的邯郸，地方还是那个地方，相较历史上成语广传、人才辈出的邯郸，却少了喧嚣多了几分寂静，毕竟它面临新形势下必须转型发展和京津冀协同发展的大环境，纺织业、钢铁业逐渐退出，而新的经济增长点雏形未现。比如邯郸下的广平，县城的马路宽阔笔直，而城里常见的车水马龙及拥堵却不常见，好像少了些繁华与生气。全国各地都在大张旗鼓地抢人才，因为有了人就有了购买力，就能拉动经济。长安居，大不易，广平的人们大多平静恬淡，就像环城的水一样，热闹是别人的，生活是自己的。

　　他们说着几千年不变的邯郸话，即使是广平的形象大使——的哥，也说着一口地道的邯郸话。邯郸方言近似河南话，说不定就是古时候的中原官话，而同行的南方老师却能无师自通，听得清楚明白。外地人起初以为这是所有皇城根下子民特有的优越与固执，岂不知这只是邯郸与广平人的朴实，赋予他们这一质朴特性的只能是厚重的历史，只能是不曾面临激烈竞争的恬静心态。

就像答题游戏里，西安被称作六朝古都的时候，陕西人说那简直是污蔑，语气里带着十三朝古都的自豪。而邯郸人关于邯郸历史文化的回复里，带着燕赵人的踏实与简单。"五大古都之一"是真的，"四战之地"是真的，"地处战国各国交界处，商贾往来频繁，文化昌盛、人杰地灵"都是真的。别人说错了又能怎样，别人不了解鹅城又怎样，几千年的历史不是别人一句戏言就能否定的，邯郸有这个包容力，广平有这个包容力。

这样说来，周边的小伙伴们都在积极赶超的时候，邯郸，还是那个学习别人进而带领人们学步的邯郸吗？世事变迁，谁都不可能永远是常胜将军。看似恬淡的表象下，是邯郸与广平奋起直追的决心与勇气。

今天的广平人不仅向别人学习，还规避了照搬照抄的嫌疑，走出了一条自己的发展之路。干旱的北方缺少灵气，就打造环城水系，大水茫茫，苇荡丛生，新广平八景艳煞旁人。把美丽乡村与精准扶贫结合，打造"城南花园·冯生故里"，聊斋的故事并不是唯一的主角，干净整洁的街道，随处可见社会主义核心价值观宣传画，廉政教育基地里参观的人们也络绎不绝。他们注重发挥党员干部先进模范作用，团结带领群众，一起把污染降下来，把空气质量搞上去，抓住"二次创业"的机会，赶走贫困的阴霾。

重视生态环境建设，珍视历史文化元素，不抛弃传统文化中的精华，不放弃奋起直追的勇气，广平让老地方有了新时代韵味，老文化有了新生机，这何尝不是一种吸引力，何愁没有购买力与生产力？

邯郸，终究还是有自我革新的勇气的，有让别人学步的底气。

历史和时代对每个人都是公平的，至少相对公平。一个地方要想发展，除了深刻剖析自己，认识自己之外，还要精准施策，精准发力，不汲汲功名，不用力过猛，根据自己的优势扬长避短，并把优势发挥到最大。要谨防"邯郸学步"的教训，在学习别人的时候忘了自己来时的路，要切记不在被超越时自卑，不在被夸奖时自满。一切的一切，都不过是现在的自己与过去的自己不卑不亢地死磕，才能有笑对未来的底气与勇气。这份定力，也是我走进广平，遇见邯郸的最大感受，最好的收获。

祝福邯郸，祝愿广平。

　　作者简介：秦嘉卉，女，本名秦立杰。籍贯保定易县，公务员。舆论事件的剖析者，坚定的乐观主义者，爱足球多过电影的资深"伪球迷"。涉猎广泛，风格偶尔犀利，立志以文字暖人心，弘扬社会主义正能量。发表《美国的死结难道只有种族矛盾？》《＜中华好诗词＞你的优雅永远不会老去》《有一种光荣叫"最美退伍兵"》《恒大战东方，旺角成注脚》等多篇评论。

"沃地聚灵气，活水润鹅城"——好一个绿美广平

王志彬

因工作曾多次去过广平，可谓并不陌生。而这次随采风团参观鹅城，却给了我很大震撼。

震撼之一，精心打造环城水系，工匠精神令人叫绝。乘舟泛游环城水系，和风习习、垂柳依依，让人心旷神怡。"沃地聚灵气，活水润鹅城"，环城水系宛如一条银丝带给这座北方小城带来生机活力、带来绿意商机。凌霄雁塔、千佛凌空诸景依次呈现，"一水环城、三园辉映、八景点缀、十桥飞架"。然"三园"有特色，"八景"各不同，"十桥"迥相异，好一个水乡鹅城，好一个绿美广平！在欣赏着美景的同时，我也被城市管理者、建设者精益求精的工匠精神深深感动，更为其锲而不舍的精神叫绝。

震撼之二，尽心建设美丽乡村，特色鲜明令人称赞。打造特色乡村，离不开轰轰烈烈大干快上，但更需要因村制宜、因势利导。走进美丽乡村西胡堡，便被"荷塘荷韵、印象胡堡"的氛围环绕。西胡堡，让清渠引水、荷塘遍布，叫亭台水车、堡门壁垒古韵古香，令大家流连忘返；美丽乡村南下堡则突出休闲采摘、葫芦烙画的特色，精品苹果、晚秋黄梨让游客赞不绝口，天然氧吧、葫芦画坊更叫人陶然不已。走出这两个美丽乡村，我被它们的鲜明特色所震撼，更被基层领导、党员群众克服重重困难，因地制宜建好美丽乡村的独特视角和立意深深感动。

震撼之三，全心搭建致富平台，产业带富令人敬佩。"美丽＋产业＝美丽新农村"。当前，各地特色小镇、美丽乡村建设如火如荼，但是缺少产业支撑，"美丽"势必难以长久。市委书记高宏志曾说："农民富则中国富，农村美则中国美。"建设美丽乡村，要让家乡美起来，更要让乡亲富起来。随团参观学习，有幸体验了牡丹园赏花、品茗，书画家们挥毫泼墨，寄情花鸟，让人记忆深刻，有幸目睹了葫芦烙画、工笔绘画的手工技艺发展。"二次创业，广平崛起"，我们看到，一个走上产业致富之路的美丽广平正在崛起。"火车跑得快，全凭车头带"。如今的广平，正在大踏步走在城建"高速路"、走上产业致富"快车道"，这与各级党员

领导干部高度重视城市建设、文化建设、环境建设、美丽乡村建设密不可分，与广大党员干部的聚力实干分不开，更与群众的大力支持分不开。因地制宜、特色打造，一个北方的小城婉若一佳丽翩翩走来，城美、景美、产美，让人钦佩。

震撼敬佩之余，也带给我深深的思考。打造文化小城、特色小镇、美丽乡村，我们要写好"白""富""美"文章。"白""富""美"，即党建保障要"白"、产业支撑要"富"、环境面貌要"美"。

党建保障要"白"。"路线确定之后，干部就是决定因素"。在美丽乡村这个"没有硝烟的战场"，共产党员冲锋在前，践行全心全意为人民服务宗旨，"捧着一颗心来，不带半根草去"，要清清白白、坦坦荡荡。离开了群众，党的事业和一切工作都无从谈起。党员干部有了"做先锋""打头阵"的勇气和魄力还不够，更要有与群众拧成一股绳的智慧、方法和能力。美丽乡村南下堡有党员"一句话"公开承诺，有党员村民代表联系户制度，更有党员先锋指数考评办法，正是有了坚强的党建保障，才为发展打下坚实基础。

广大党员干部要拜人民为师、向群众学习。要沉下去，问计于民打造特色小镇、美丽乡村，与群众"一块想""一块苦""一块干"，弘扬后池精神、新愚公精神，锤炼"不干则已，干就干成，干就干好"的过硬作风，以实干实绩取信于民。

产业支撑要"富"。"美丽乡村，产业先行。"没有产业做支撑、没有增收做保障，美丽乡村无论是深化建设还是保持风貌都将举步维艰。产业支撑富起来，一是体现"土"。要因地制宜开发自助采摘、观光农业、"农家乐"餐饮等"土""特"致富项目，大力发展"乡村经济＋生态农业"良性循环。二是注重"新"。在更新群众生产生活观念、培育新型农民上求突破；在发展新兴产业帮助群众本村务工、就地致富上求突破；在引导高新技术产业与传统产业融合，以新技术应用带动产品升级上求突破。三是探索"合"。合作方能共赢。要积极开展多方合作，发展多种形式的合作社、扩大农民就业、增加农民收入，提升本地产品竞争力，多种产业支撑农村经济发展，加快城乡一体化进程。

环境面貌要"美"。美丽广平、特色乡村，以美为首。环境美，人心顺；产业美，财富来。要因村制宜，做好规划。美丽乡村要村绿、水清、路洁、房美，离不开详细的发展规划，大到整体布局，小到街景特色，都要谋定而后动。当前，要抓住"两改一清一拆"有利契机，打牢净、绿、美之基础，保持好特色村容村貌。要挖掘文化，彰显特色。美丽乡村西胡堡抓住"荷和"文化主题，打造"印象胡堡"村居，让人耳目一新、印象深刻；而南下堡村则突出葫芦符号，擦亮快乐采摘、休闲养生品牌，令人记忆犹新、难以忘却。特色鲜明、美点突出、文化味浓，乡村的"美"深深镌刻在游人心中。要勇于创新，长效发展。走"一村一品、一村一业"特色发展之路，建设规划布局合理、公共服务完善、环境生态优良、特色优势鲜明的新乡村，必须结合实际，又要敢于创新，宜林则林、宜果则果、宜游则游、宜园则园。要建好、管好清洁服务队伍，形成长效管理机制，让我们的美丽乡村保持好清洁、兴的起产业、留得住乡愁。

　　作者简介：王志彬，男，1979 年 11 月出生，籍贯成安县漳河店镇，现在成安县委宣传部工作。系 2017 年度河北省"燕赵文化之星"工程人才、全省宣传党的十九大精神优秀党课教员、《河北楹联》杂志编审、河北名人艺术学会会员。近年来，参与编纂《河北省村乡镇大全》等十余种，担任《成安风采》《成安人文》等图书杂志副主编，发表《信念在坚守中闪光》等文章 70 多篇。

东湖之韵

张金丰

温暖的春阳，照在东湖，与柔柔的春风相携，弄皱了广平东湖一池春水，晶莹的水面闪着碎银般的微波。暮春四月，我们来到广平县，亲身感受到广平县委不但精准扶贫而且精心扶美，注重塑造人们美好的心灵，创造老百姓生存的美好环境，提升老百姓的幸福感。

我们环着广平东湖漫步，湖边长长的柳树细枝稍轻点水面，水边的小草随着微风摇曳着柔美的身姿。湖边砌着水泥堤岸，湖中建有凉亭。祥和温馨的生存环境，成了动植物繁衍生息的风水宝地。"斯域如仙境，栖留不愿回。"珍稀的二级国家野生保护动物全球易危物种天鹅选择在美丽的广平东湖安居。

湖中多只天鹅静卧在水面上，一只母天鹅身边簇拥着四只小天鹅，安静的母天鹅，像是有教养的贵夫人温静安祥。阳光，水，绿树，自然美的几要素，东湖都包括了，珍稀的天鹅，成了东湖的宝中宝。突然湖中一只白天鹅，张开硕大的双翅，脚掌踩着水面，双翅有节奏扇动，发出美妙的声音，极似芭蕾舞剧《天鹅湖》中的演员优美的舞姿。同时，又有七、八只天鹅，其中有两只是黑天鹅，此起彼伏张开双翅，天鹅的群舞搅醒了一池春水。远处的斜阳照在碎银般的湖面，似是这幕舞剧的背景画面，这是一出大自然自导自演真实的《天鹅湖》舞剧。游人被这惊彩一幕惊呆了，继而清醒了，纷纷举起手机拍照。突然一只母天鹅和四只小天鹅向站在岸边的游客游来。美好的心灵在沟通。人、自然、天鹅相融合在美丽的环境中，形成一幅绝美的天然胜景。

岸边点缀数个凉亭。游客多是当地人，和煦的阳光照在脸上，洋溢着舒心轻松的微笑。观颜审色。老百姓的闲情逸致和喜怒哀乐，是不加掩饰的一张当地的名片，也是当地民风政情的反映。幸福与笑是伴侣。此言不虚，广平县农民人均纯收入由 2013 年的 4956 元，增长至 2016 年的 10700 元。蒸蒸日上的生活，增加了老百姓的幸福感。在广平图书馆看到油画家王凤国的多幅农民画像，都是这样喜悦的笑脸。老百姓生活上有甜头儿，日子有奔头儿，自然脸上有喜头儿。

东湖的美是多元的，也昭示了一个道理：良禽择木而栖。一个部门乃至一个地区要想吸凤引凰，就要营造适合人才生存和发展的软环境，天时、地利出人才也吸引人才，人间的"天鹅"才能，创造出丰富的物质成果。

　　作者简介：张金丰，天津《今晚报》高级编辑、天津市作家协会会员。杂文散文随笔散见《今晚报》《中老年时报》及其他报刊。长期担任天津市杂文研究会副秘书长、秘书长。

广平美食——膳食纤维

张方

应邀去广平，初时并不大有热情，因为之前还真没听说过，心下思忖着不过一籍籍无名的小城而已。然而几天下来，直至回到家中，对广平的美好印象依然盘旋脑中，久久不能散去。

广平称鹅城，我看当仁不让地也称得上是水城。水，是广平明眸善睐的眼睛。环城水系，那蜿蜒曲折的河道，那摇曳生姿的芦苇丛，泛舟河上，微风习习，心中说不出的惬意；信步碧波荡漾的东湖边，看那傲娇的天鹅，在湖心时而展翅，时而优雅地婀娜而行，毫不拘谨地展现着自己的美。在这里，你特别能感受到人与自然和谐共处，如此地恬美安静，就像一幅美丽动人的图画。

难忘那个有着动人传说的村庄——冯营，那里至今流传着冯生与辛十四娘倾心相爱的故事。走进去，不由惊讶于这个村庄如此地干净雅致。那古朴的院落，仿佛能听见冯生郎朗的读书声，那枝丫如虬龙般盘旋的老树下，仿佛仍站立着冯生邂逅的那位容貌姣好的红衣佳人……整个村子十步一换景，有路旁精美的石刻，有墙上微景观的飞泉流瀑，有乡土气息浓厚的雕塑，还有整个村落墙上精美的无处不在的孝文化图画，那光荣脱贫展览馆，那廉政人物故事墙，一个小小的村落将传统文化、党建、廉政文化有机地融合在一起，赋予了一个村子深厚的文化内涵，也树立了一个富裕文明的新农村建设的样板，游历其中，有钦佩，有心动，有收获，受教育，引得我和同行的人不住颔首感叹。

印象最深刻的还是到嘉瑞生物科技有限公司参观，恍惚间我疑惑自己穿越到了古战场，那金戈铁马的雕像，让我耳畔仿佛响起古战场的人仰马嘶，那一座座古色生香的大殿，我仿佛看见战将们义愤填膺地请缨而战，那星点般散落的雪白的蒙古包，我好似听到战士们在凯旋后喝着马奶酒，引颈高歌，大快朵颐。那散发着醇香酒气的一排排发酵池，那陈列架上一瓶瓶装饰精美的酿造酒，身临其中，顿生豪气，想象着自己着戎装，撩战袍，席地而坐，与将士们开怀畅饮，发一通"对酒当歌，人生几何"的感慨……我深知，一个能将企业文化打造得如此深厚，如此不俗的企业领头人，必然有着不凡的眼光，不凡的管理，不凡的产品。因此，嘉瑞生物生产的"纤道"膳食纤维食品系列引起我的格外关注。

《舌尖上的中国》第二集讲到《主食的故事》时说："主食，永远都是中国人餐桌上最后的主角。北方人喜欢吃面食，而南方人则离不开米饭，因此，形成了中国独特的南米北面的主食格局。"

这句话对我并不太适用，我既喜爱北方的面食，也很喜欢吃米饭，但作为一名资深吃货，我对主食的食材却是极为挑剔的，所以对嘉瑞生物产品的介绍也格外留意，尤其是可以作为主食食材的膳食纤维大米、膳食纤维面粉等。

据公司的负责人赵亮介绍，嘉瑞生物产品原料的甄选基地位于黄河流域小麦黄金三角，日照长，膳食纤维含量高达40%。膳食纤维被誉为人体健康的"第七大营养素""绿色清道夫"，为了研发高营养的膳食纤维产品，嘉瑞生物投资5000多万元引进国际先进设备，而且在深加工中成功研发"破壁"技术，实行超微粉碎，这样可以让麦香更浓郁，口感更好。

对这种王婆卖瓜式的广告宣传，我习以为常，也并不在意，对我来说，是"骡子"是"马"，必须在舌尖上遛遛。

回到家，我从一袋紫薯味（还有芹菜、胡萝卜等口味）的膳食纤维米里取出适量，和东北米一起，加水在电饭煲里蒸。电饭煲跳档至保温后，焖五分钟，然后拔掉插头，再焖五分钟，打开锅一看，跟平时蒸的米很是不同，用筷子搅几下，比平时蒸的白米要有黏得多。我满怀疑惑地尝了尝，发现口感与平时也大不相同，特别香，特别糯，是那种你若配菜吃就感觉浪费了它独有味道的体验，而且连续吃了几天后，再吃纯粹的白米饭，就会感觉索然无味，十分想念那种混合的味道。这种从未有过的体验和惊喜让我发达的味蕾顿时兴奋起来。

正是槐花飘香的季节，我更得意的还是尝试将多种口味的膳食纤维面粉与新鲜的槐花一起做的蒸菜，不同的口味做出来不一样的味道。用芹菜口味的膳食纤维面粉蒸的槐花要比白面蒸的散，更适合炒制食用。在锅内烧热油，将蒸好的槐花倒入炒1分钟，倒入盐和胡椒粉搅匀就成了一道唇齿留香的时令小菜，还可以将蒜捣碎，加醋、香油、少许盐拌匀，浇在蒸槐花上，吃起来十分清香可口。当然，我最喜爱的还是胡萝卜口味的膳食纤维面粉做的蒸菜，这种面粉本身就有淡淡的甜味，与槐花掺在一起做的蒸菜，不用添加任何佐料，放凉，吃的时候拌在山小米粥里，又筋道，又香甜，不但散发着扑鼻的香气，而且后味甜美幽远，营养、口感与绿色来了一次完美的碰撞。

因为了解，所以热爱，因为热爱，所以感恩有这么好的食材。让更多健康营养又美味的膳食纤维食品飞到千家万户餐桌上，我想这也是赵亮们不懈的追求。

美丽的广平，美味的广平，你让我再说点什么好呢，我不必将你的妙处一一道来，我差一点与你擦肩而过，又如此地庆幸与你相逢！

作者简介：张方，女，汉族，河南卫辉人，上世纪60年代末出生，出版过《新世纪畅想》《工作着是美丽的》等三本小说散文集，在《河南日报》《检察日报》等报刊杂志发表多篇散文小说，编导的舞台剧《绿叶的风范》在省电视台、新乡市劳模表彰会上演出，并获优秀创作奖等三项奖项。热爱生活，喜欢旅游、摄影，摄影作品多次被《公民与法》杂志封面采用。

创业不止，崛起在望

席同琴

广平，于我而言其实是陌生的，远不及邯郸熟识得多。怀着陌生而新奇的心情，4月中旬，我第一次走进广平。

一路上，每隔不远就会看见一幅幅"二次创业 广平再起"的口号标语，在春风中鲜艳亮眼，我似乎看到了一双双"为了家乡崛起而努力"的目光，透着坚定、果决和自信。

也正凭着这种坚定、果决和自信，曾经被列为国家贫困县的广平于2017年4月3日退出贫困县序列。

广平县领导坚持实施"项目年"活动，按照"投产一批，建设一批，开工一批，储备一批"的要求，强力推进项目建设，为县域经济发展注入新的活力。不断创新招商机制，改进招商方式，对外开放工作水平大幅提升。2010年广平县80多名机关干部外出创业招商，建成力尔建材、宇康汽车、香道食品、同和禽蛋、粮食物流等五大产业园，包含大小项目124个，总投资43亿元。生泰食品、H型钢、博美材料、全福油脂、合信钢构等一大批项目落地，79个千万元以上项目开工建设，总投资69亿元，其中争列省重点6个、市重点6个。

2017年，广平县委、县政府以深入推进机关建设年活动为抓手，在传承和创新的基础上，明确提出"二次创业、广平再起"的总体思路。创业离不开项目和招商，为此，广平县春节前就制定了详细方案，印发《关于在春节前后开展"大走访、大招商、大对接"活动的通知》，分别成立"三大"活动专抓团队，利用春节假期，集中走访、集中招商、集中对接，确保节日期间工作不停、劲头不泄、力度不减。

"二次创业、广平再起"已经成为广平县广大干部的共识。

一路上，听着县里工作人员的介绍，被他们脱贫攻坚的决心和毅力深深感动着。成绩属于过去，美好的未来还要不停地奋斗来实现。县领导清醒地认识到脱贫永远在路上，还不是躺在功劳簿上放松的时候，他们把每个月的17日，作为项目开工观摩日。这一天，县领导和各乡镇领导一起到现场观摩。我们也共同观摩了 4 月 17 日广平县委县政府举办的人文、生态、景观、产业、党建闭合圈现场开放活动，参加了当日邯郸莱克教育集团在广平县开办的东部国际学校开工仪式。县委书记董鸣镝详细介绍了近几年广平精准扶贫、特色小镇建设、党建林等经济社会发展情况。

广平县以打造基层党建闭合圈为载体，大力加强基层党建工作，全面推进乡村振兴。县里的党建生态园，就属于闭合圈里的一环，园林区里分为先锋林、团员林等，每棵树都由每名党员挂牌认领。在园区的入口处，是醒目的先锋林，主要树种是白蜡，因其能适应贫瘠干旱环境，成为了改善生态环境的先锋。

走在园区的小路上，一方方林区规划齐整、一棵棵小树正在舒枝放叶。春风习习，嫩绿的小草、娇美的小花，在阳光下摇曳多姿。走出园区，是一个小小的村庄，干净宽阔的村广场上，有老人领着孩子在玩耍。风中，飘着土地的馨香、花草的芳香。这些不正是对"产业兴旺、生态宜居、乡风文明、治理有效、生活富裕"生动的阐释吗？

走出田园，我们又领略了县里的工业产业发展。

邯郸市嘉瑞生物科技有限公司，主要生产、销售小麦膳食纤维系列食品、饮品、保健品、植物精油等系列产品。此项目得到了广平县委、县政府及有关部门的高度重视和大力支持，为企业创造了良好的发展环境，在 2015 年 7 月全市重点项目观摩会上受到了各级领导的肯定与好评。如今，一期项目已经正式投产，小麦膳食纤维大米、面粉、代餐粉、膳食纤维饮用水等系列产品已经通过国家 ISO9001：2008 质量管理体系标准认证，销售额与日俱增，销售范围越来越广，现已成为"中国营养协会会员"，"纤道"系列产品也被授予"中国营养协会推广产品"，荣获了"2015 年度最具影响力品牌企业""2016 年全国产品质量、服务质量放心消费联盟单位"。嘉瑞生物科技有限公司在一期项目取得优异成绩之后，目前正在抓紧筹备建设二期项目，该项目总投资 12 亿余元，占地面积 400 亩，主要生产膳食纤维白酒、膳食纤维调味品、植物胎盘素等产品，年总产能 5 万余吨。据介绍，公司二期项目的建设掀起了二次创业的高潮。

一路走，一路看，一路想。我忽然明白了，为什么广平能在短短几年内顺利脱贫攻坚，摘去全国贫困县的帽子。这一切的一切，来自于广平县领导的强力推进，来自全县人民的不懈奋进。

从网上百度了广平，一条条关于广平县创业的消息跃入眼帘，"广平掀起二次创业高潮""河北广平县打造党建闭合圈助推美丽乡村建设""广平创业孵化基地开启青年创业梦想""邯郸广平：'创业贷'助圆创业梦""广平开展两培一创促妇女就业创业""广平县大力发展就业扶贫工程 助困难群众就业"，还有人物通讯采访《"他是为帮我们脱贫累倒的"——记河北省广平县扶贫与农业开发办公室主任郑贵章》。

看着扑面而来的信息，这个从未谋过面的县城，这个我第一次来的县城，就这样慢慢地在我眼里立体化起来。

在广平，无处不感受到它的倔强和不屈，也时时刻刻感受着他们为了美好生活而砥砺奋进。

是的，美好生活，他们值得拥有。

优雅的天鹅在湖中悠游，我们走近，有几只天鹅居然向我们游来，还有一只来到岸边，叼啄着人们手上的小草。恬静的环城水系安宁祥和，公园里，广场里，休闲的人群或闻歌起舞，或凉亭小栖，或在绿茵间的小径徜徉。

风清凉，水潺潺，一切的一切是那么的静谧和谐。

哦，美丽的广平，我相信，你的未来会更美好。我也祝愿你走得更远、飞得更高。

作者简介：席同琴，女，笔名席桐琴、天涯剑客，半亩塘诗社会员，鹿泉诗联学会会员，石家庄市诗词协会会员，河北省诗词学会会员。2014年被石家庄市诗词协会聘为特邀撰稿人。1995年开始发表作品。散文、诗歌散见于网络及报刊杂志，部分作品收录于专辑。喜欢随意率性地抒发，愿以我笔写我心，信奉情感是文字的灵魂。

若即若离游东湖

武学福

　　全国百名艺术家走进邯郸看广平，来自北京、浙江、甘肃、湖南、湖北、安徽、贵州、广东、吉林、山东、河南、石家庄、天津、唐山、沧州、秦皇岛等一百余人。课余，我们沿着宽敞的广安路一直东行，不远处，行至东风渠畔，就到了东湖。北门的广场上九柱迎宾，九种石材，九个颜色。三纵三横，一柱一景，雕刻彩绘美如画，人物鲜活习如生，群鹅欲飞，各叙一事：宾王咏鹅、李白赋鹅、杜甫题鹅、承恩画鹅、广平观鹅等俱咏鹅城。充分展现了邯郸广平这一"鹅城"之传说。

　　东湖依渠而建，此渠是 1958 年方圆百里的农人经过两年艰苦劳作开挖的一条渠，取名"东风渠"，是当地有名的渠道。依渠建湖，湖水碧波荡漾。鱼在湖中游，白鹅凤池舞，处处美景如画。东湖的设计构思非常巧妙，布局也恰到好处，它气势雄伟，巍峨壮观。把重镇的历史与现代的文明有机地连结在一起，使之遥相呼应，这是人类文明进步的象征，是广平湖泊修筑史上独一无二的创造。

　　湖边一人工石山矗立，高约二十四米。南孔观之，远山近水，交相辉映，水面莲花盛开，群鹅畅游莲叶之间，几叶小舟横至湖心。绿苇湖边绕，绿柳拂水面。湖中三桥连两岛，四面环水，拱桥与湖岸相连，东边檐水榭，南沿钓鱼台，桥体各有不同。本地文人形容说，一桥玉栏映三日，一桥飞架似彩虹，一桥弯月荡回声。沿西岸小径绕至回声拱桥，登上二十四步台阶，二十四根汉白玉大理石柱，象征着广平二十四万人民步步高升。来至湖心岛，只见芳草鲜美。灌木葱茏，树木郁郁，翠竹、芭蕉、青松等形态各异。岛边依水修两亭，雕梁画柱，风格古朴。并决定在此之上刻字留念。刻字内容一曰"近鹅榭"，上书楹联一副"自来自去亭上燕，相歌相近榭边鹅"。二曰"赏鹅台"，也有一联镌刻其上"湖小可印月，台浅恰赏鹅"。赏鹅亭中三孔，可观三景。西孔望去，珍珠滩曲折的水路上有三个凉亭，如欲飞的鸟，亭不是不舍昼夜的流水。坐在凉亭上，看"珍珠"滚滚，听水流淙淙，几乎到了仙境。又引起了人们对这两幅对联上二十四个字的联想……

　　湖的最南边留有大片空间，设有儿童游览地，周围置花灌木、石榴、紫薇、金银木等。这里有一种树，除供观赏外，全草可入药，具有清热、解毒、消炎、镇静之功效。同时，还可用花瓣制作入茶。但是我和当地农民一样，只看着花开得美丽，开得鲜艳，后来才知道是金莲花为毛茛科草本植物。一簇簇的丁香枝桠，走近她，就会立刻拉住你的手。树海林涛，绿浪滚滚。松、桦、杨、柳、槐蓬勃着青春，簇拥着爱情。

我们执意从东至西绕湖徒步而行，湖光水色融为一体，秀美异常，湖水清澈、碧绿、透蓝，缓缓滑行于碧波之上的小船徐徐飘浮于水天之间，树绿花红峰峦秀丽，立时恍若置身于百卉争艳的花海。配着墨绿色叶片的二月兰，清淡素雅的花瓣。挺拔俏丽的青竹，枝叶婆娑，一身风骨，国色天香的牡丹，雍容富丽，不愧自古拥之百花之魁；单色铁线的石竹，她那抗干旱、耐贫瘠的个性，又别具一格。洁白如雪的台布上，几枚红中带紫、紫中透明、肥厚的果肉中镶嵌着一颗颗籽粒的草莓果，活鲜活亮，使人馋涎欲滴。

像是从上到下，从南到北，把东湖分成了一个一个的阶梯。从北门拾级而上，姗姗过处，树一层层地绿，花一层层地开。万绿丛中点缀着红、黄、橙、白、青、蓝、紫，灯笼花、百合花、樱桃花、黄菜花、石竹花，显得格外鲜艳夺目。一朵鲜花一个梦，万紫千红梦成真。一团团，一片片，跳跃着客人的火热，把广平之春打扮得分外娇娆。喝一口花下清灵灵的湖水，甜透了心扉，再捧一捧，轻抚于面，洗去了疲惫，飘飘然，飘飘然，仿佛飘逸着一股淡淡的幽香，令人心醉。

橘子洲，湖心岛、檐凉亭、单孔桥，给这个世外桃源更增添了几分古朴，几分动感，还有几分宁静。大概一个半小时的时间，我们沿湖转了一圈。漫步在湖边的林荫道上，那是日光滴答的朦胧的色彩，云霞缠绕的清亮阳光，那是鸟唱情歌，花送暖香的浪漫情怀，贪婪地呼吸久久忆念的清爽。来到他们的沉思中找寻常常梦想的清新。一簇簇的丁香枝桠拉着你的手，企盼着你的爱你的情。这是画出的美人，是建造的城堡。珊瑚水草，飞禽走兽，似假非假，似真非真，目之所及，形神变幻，给人们造就了无限的风光和不尽的乐趣。

风姿柔情，不由人惊叹！造化何其神奇，何其巧妙，何其精明，何其有趣，只是轻轻一笔，就将绝版的美丽藏于深山，并设置于重重险阻，只惊恐了世，骇了俗。在宁静的天地中，她与日呼，与月吸，养成一派清丽。

我一路走，一路看，一路拍照。

傍晚时分，我们离你而去，云雾在身旁流动，秀色在心中流溢。然而，在离别之时我却无言，一定要说的话，我只能说，对于广平来说，最美的地方莫过于东湖，你能理解多少就能拥有多少。轻轻地叹息过后，我又静静地沉思。这时候，我才发现艺术家们相互感概，不禁颔首微笑……

作者简介：武学福，男，中共党员，大专学历，经济师。中国摄影通讯社记者，河北省作家协会会员。创作散文、小说和摄影作品六千余篇。多次在《人民日报》《河北日报》等报刊刊播八百余篇。迄今著述超过四百万字，并有二十八篇文章获奖。著有《阳光岩》《明天见报》《一湾情缘幽虹》《卫河岸边的女人》等。

妹妹坐船头、美景在岸上走

李兰英

是江河那水，是湖海那水。

秀色满眼之际，没喝酒，就想醉。在树正海，坐卧于十几米长，两米多宽的木船上，人在船上深深地望，水在船下浅浅地流，伸手可及，信手舀来，未饮眼已迷蒙，既饮心已微醉。望着、饮着、想着；这水不知从何而来，往何而去？试问在小小县城，可曾有这般的美景：如诗，如琴，如月，如雪？可曾有这般的醉：如怨，如慕，如泣，如诉！

河边。河水哗哗地流淌着，响出一种气势，一种喜悦，天空也显得开阔了许多，空气也格外清爽。我一路站着树阴，上了一个小木船，跳上小船，船身猛地一晃，小船已经撑开，河面上飞起团团浪花，直往我心里溅，河两岸整齐的柳树行，茂密的果树和大片大片的苇丛；老芦荻经过了秋霜的浸染，叶子变得赤黄，花穗雪白，被秋风吹得发出沙沙响声；新冒出的苇丛青青一片，一道斜阳亮亮地铺在水面，水面上拢着透明的雾，像纱帐，阳光照来，彩虹一片；几只洁白的水鸟在河面上轻轻点着，扇动着长长的翅膀，呱呱叫了几声，飞走了。那小船绕过苇丛，绕过荻滩。我心想，划吧，向前划吧，直划到仲秋，到那时，一支支鲜亮的荷箭挺立得老高，一朵朵新鲜的荷花粉嘟嘟的，开得正艳，花瓣上，绿叶上滚动着不少大大小小的露珠，一耀一耀地闪着亮光。我两手叉在腰间，注视着这一切。身边的那个他猛推一下我，啊，我真走神了。你看那边，向对岸望去，我的心一下敞亮了，无处不荡漾着喜悦，无处不笼罩着神秘。这时，我举起相机，站立船头，边看边照，重重叠叠的树影飘在了河面上，船人的影子也浮动着。这时，远处飘来了姑娘清翠的老歌：我们的家乡在希望的田野上……

傍晚，太阳刚落到树梢上，清清的卫河水顷刻泛起金色的涟漪，太阳逐渐沉了下去，河水也淡化了许多，不见金色的波浪。夜色黑得像墨汁，听着山风的呼啸，夜语的喃呢。一会儿天色由黑变蓝，蓝色的苍穹出现了星辰，一颗、两颗、三颗……

渐渐地，夜空不再那么黑，月亮也露出了脸，圆圆的、亮亮的，好像刚从瑶池里沐浴出来的裸体仙女，带着羞怯，带着伤感，把人间的酸甜苦辣、悲欢离合，还有那未来美好生活的憧憬，窥视得一清二楚。

　　作者简介：李兰英，女，中共党员，高中学历。成安县供销合作社任职。热爱文学，在有关报刊发表散文《月上树梢》《梦想成真》《春天来了》《怀念焦裕禄》等。

长联题广平

戴成龙

　　松龄鬼怪篇，凄婉爱情，美丽传说。辛女难间寻女，使得冯生绝处逢生。一段狐仙神话，成就当今奇观，绿海千重，流水四方，伴仪鸾凤，祥云绕鹤，阡陌石林，缱绻画廊，扶贫路上开新景；

　　高爽梦花笔，精华词句，和谐诗韵。文豪这里为豪，招来墨客此区做客。百家力作精章，捧出亘古极珍，漳江多雨，平川踞虎，毓秀紫荆，逸丽金堤，岩峣天地，逶迤鹅浦，改革途中要口碑。

　　作者简介：戴成龙，1962 年生，河北省唐山市滦南县人，中学高级教师。业余从事谜联诗文创作，百万余字作品在国内各类报刊、书籍、网站等公开发表。系中华民俗学会、中华灯谜学会会员，河北省灯谜学会常务理事，河北省音乐文学学会会员，河北省楹联学会教育部理事，滦南县诗词楹联学会秘书长、滦南县灯谜学会会长。

广平二题

彭友茂

农历三月，阳春布德泽，万物生光辉。

在这一莺飞草长、万木吐翠的美好时光里，我荣而幸之地追随着来自全国各地百名文化艺术家的脚步，有生以来破天荒第一次学步邯郸，走进广平。在广平参观、采风的时间虽然十分短暂，却也"踏花归来马蹄香"。广平数日，视野万千，笔力有限，聊记一二。

天鹅湖名不虚传

一座城市，一个县城，有公园，这事不奇怪。

有湖，有以湖命名的公园，也算不上稀罕。

园中有湖，湖里有禽，其景观成了当地旅游资源的一大亮点的，也多有所见。

唯独，园中有湖，湖里有禽，那儿的禽们不仅数量多，还能由候鸟变留鸟，常年安家落户，就比较稀罕。

广平东湖公园，就是这样一个"比较稀罕"的天鹅之家，广平人引以自豪的掌上明珠。

东湖公园建于2011年10月，总投资5000余万元，占地面积500多亩，湖区水域面积130亩，可蓄水13万立方米，当初从江苏引进了24对天鹅。从那以后，随着外来同类看好这里（兴许是觉得"相知多年，值得托付"——笔者），年复一年，不断加入，融合之后，通婚生子，子又生孙，孙又生子，瓜瓞绵延，遂成大观。迄今，天鹅的数量已达一百四五十只。

你只要看一看，天鹅在湖畔空场上，不受干扰气定神闲悠然孵蛋的神态，就能知道它们在这里生活得多么惬意。你只要看一看，三月中旬的湖面上，就有天鹅爸爸妈妈"红掌拨清波"，携带着一群毛茸茸的小家伙亲子游，你就知道，天鹅们有灵性，善解人意，为了报答广平人对自己的精心照管和呵护，在寒气未消的早春二月，它们就开始营造爱巢，投入添丁增口的工作；而湖水边，年轻的父母们领着孩子投食喂养、逗趣丝毫不怕人的白色的、黑色的成年天鹅，不时有大人爽朗的笑声、孩子稚嫩的惊叫声掠过水面，飞向花丛，飘向远方，你就知道，这里，动物和人相处，人和大自然的相处，是多么和谐、融洽。你再看看天鹅湖北门广场那9根全浮雕天然石材景观柱，9种石材，9种颜色，三横三纵形成柱阵，分别叙说着"宾王咏鹅""羲之爱鹅""李白赋鹅""杜甫题鹅""千里送鹅""小鸭变鹅""广平观鹅""葛鹅戍乡"和"承恩画鹅"9个关于鹅的典故、逸闻轶事，单是这湖之一角，县城一隅，游览一瞥，你就知道，广平人对"鹅文化"情有独衷。回望历史，你闭上眼睛，驰骋情怀，放飞思维，遥想一下战国时期，赵武灵王能文能武的夫人葛鹅被派广平筑墙戍乡，保家卫国，一展英勇形象，巾帼不让须眉，一个精神标杆级的"女强人"，你就知道，广平被称为鹅城，是现实与历史的对接，古人与今人的重逢：

　　——哦，广平，物华天宝，人杰地灵；

　　——哦，鹅城，其来有自，不负盛名。

　　从与当地文友的交谈中了解到：广平城区的房价不贵，每平米大约四五千元，天鹅湖畔"东湖御景"的房价也不是十分昂贵。据我所知，这里的房价，大大低于邯郸，低于与邯郸同处在一个纬度上的山东济南、山西大同等许多城市的房价。房价低，固然说明脱贫没多久的广平人，生活尚未十分富裕；也意味着，古之子民、仁人志士，拜望、寄托、浓缩和倾注在"广平"县名，远比"地域广阔平坦"来得深刻、精警的（希望统治者）"广其仁惠 / 平其政刑"的释义，给眼下广平城镇的开发，给全县经济和社会各项事业的发展，给干群一心、上下同欲，"二次创业 / 广平再起"，预留了很大空间。

　　幸福无模式。那种以植被破坏、环境污染为代价换取的"小康"，白给也不要。

　　站在天鹅湖畔，触目所及，天蓝，地绿，清凌凌湖水一尘不染。这里社会安定，秩序井然，干部一心一意干事创业，群众勤劳致富，克勤克俭。广平环境美、生态好，适合观光、旅游，也成了县内外慧眼识珠未雨绸缪者来此居住、创业的理想之地。

　　小住数日，参观、采访，广平给我留下了美好印象。借用豫剧《朝阳沟》里银环唱的那句歌词，袒露我的心声：在这里，在这里一辈子我也住不烦，我也住不烦。

作者简介：彭友茂，沂蒙山人，临沂日报高级编辑，徐州市杂文学会（外省籍）会员、中国写作学会理事。出版《学会扔香蕉皮》《凭杂文能找到朋友》。

东湖游记

赵志广

　　闻听鹅城东湖风景旖旎，我心向往之久矣。恰逢有友相约东湖观景，遂了夙愿。

　　是日，正当初夏，风和日丽，恰适游玩。一行骑车沿广安路东行，致东风渠畔，东湖映入眼帘。

　　来至北门广场，九柱迎宾，威武壮观。每柱一景，雕绘精美，人物鲜活，群鹅欲飞，各叙一事，俱咏鹅城。

　　东湖依河而建，湖水浩渺，碧波荡漾。金鱼湖中戏，白鹅凤池舞，睡莲映日红，画舫水上行，翠苇湖边绕，绿柳岸上拂。果真处处景如画，人在画中游。

　　湖中三桥连两岛，每桥各不同。一桥玉栏映三日，一桥飞架似彩虹，一桥弯月荡回声。沿西岸小径绕至回声拱桥，登上二十四步台阶，方睹湖心岛真容。来至湖心岛，只见芳草鲜美，灌木葱茏，树木郁郁，青桐、芭蕉、青松等形态各异。岛边依水修两亭，雕梁画柱，风格古朴。一曰"近鹅榭"，上书楹联一幅，上联"自来自去亭上燕"，下联"相亲相近谢边鹅"。一曰"赏鹅亭"，也有一联镌刻其上，上联"湖小可印月"，下联"亭浅恰赏鹅"。两联言简意赅，寓意精妙，同行者无不记之以留念。撰联者何人？县委书记李书生是也。赏鹅亭中三孔，可观三景。西孔望去，湖边一人工石山矗立，高二丈有余，造形惊险，棱角分明，此景谓"铁滩赤壁"，是因所用之石为红色故。南孔观之，远山近水，交相辉映，水面莲花盛开，群鹅畅游莲叶之间，两叶小舟自横湖心。岸边翠苇环绕，绿柳拂岸，湖上莺飞雁舞，别有情调。东孔赏之，湖东岸怪石嶙峋，一道瀑布在石间倾泻而下，是谓"叠石瀑布"。一亭三孔，三孔三景，可见建造者独具匠心，设计精妙。往回观之，流连忘返，神情突然恍惚起来，问友："我等身在何处，莫非江南乎？"众友皆笑我痴，曰："此广平东湖也！"

　　回至岸上，沿曲径向南至观鹅山。径旁花红柳绿，蝶飞蜂鸣。观鹅山三峰相连，由低至高，寓"三年上水平"之意，最高峰高三十余公尺，上建一亭，名曰"观鹅亭"。观鹅亭上观东湖，大有登泰山绝顶之势，无限风光尽收眼底。

　　湖东一岛自卧，名曰"橘子洲"。洲岛葱绿，桑树、柿树、核桃树遍布其上，唯一小虹桥连之，幽静雅致，浑然天成。友中有云，该岛真可谓青年情侣约会之所，应改名"情人岛"。众人大笑，心情畅快无比。

　　返至北门，与友在九柱广场拍照留念。同行者，李谦、宋金全、李顺清、王孟海、谢鹿、郭际周、蔡兰海、杨海斌、尹兰君、马永存、李艳强、宋红涛、张爱玲等，皆广平文士也。

　　是夜，我心牵之，情念之，不能忘怀，遂作《东湖游记》一篇，记之留念。

　　作者简介：赵志广，笔名庐珣，中华精短文学河北分会会长、河北小小说沙龙副秘书长、广平县作家协会副主席、广平县小说学会会长、广平县微电影协会副会长、邯郸市作家协会会员、《鹅城文学》杂志编辑、《精短小说》杂志编辑。作品多次获奖，著有《鹅城故事》文集一部。

遇见

孙贵颂

为了这次广平之行，我推迟了出国旅游时间。

虽然自我鼓励莫道桑榆晚，但天边的确已显夕阳红。年事已高，与天南地北的文朋好友见面不易，见一次少一次，于是，但凡有与朋友相聚的机会，就像落水者碰到稻草，自然要抓住。自从接到汪金友兄的通知之后，我便与安立志、于文岗、彭友茂、石飞等人，或在微信群里咋呼，或是私下里联络，暗号照旧，行程敲定，按照会议通知时间，从四面八方，奔向广平。

然而，我在广平之行最大的收获，却是遇见到了几位心仪的女性文友。

4月16日下午到达广平天鹅大酒店，照例是报到、签名、领材料。翻开《百名艺术家进广平通讯录》，打开一看，头一名就是刘世芬！天哪，我庆幸，此行值了。

知道刘世芬这个人，缘于一本书：《文学自由谈》。这份刊物有广告语："凡在文学范畴内持之有效，言之成理，自圆其说，都将在该刊获得说三道四、显才露智的版面。"这是当今中国办得最好的一本文学刊物。我是刊物的常年读者，刘世芬老师则是刊物的常年作者（她的照片还上过刊物的封面）。虽说《文学自由谈》的宗旨是"只认文章，不认面孔"，但女性作者却是极少。常年与男作者争一席之地的，只有刘世芬和李美皆两位。这也说明，女性作者写文学评论，比较稀缺，而写得好的，又少之又少。这或许与"性别"有些关系，就像杂文界，写杂文且写得好的女性，大约不及百分之一。而在散文界、诗歌界乃至小说界，无论是数量还是质量，都是巾帼不让须眉，女性占据着地位优势。

所订的几种刊物，能够每期必读、每篇必读的，唯有《文学自由谈》。也因此，对刘世芬老师的文笔，借用她自己创造的一个词，叫"文字颜值"高。同样的题材，同样的内容，从刘老师的笔下流露出来，就是别一种趣味，别一种感受，既鞭辟入里，又清新隽永。万万没有想到，能在广平见到她。

通讯录第二名是高伟。熟悉高伟，是因为两本书。高伟是青岛市文联首届签约作家、山东省作协全委会委员、山东省作家协会诗歌创作委员会委员、青岛市作家协会副主席。我们是同年加入中国作家协会的。在她出版随笔集《她传奇》《生命从来不肯简单》时，曾惠赠大作，拜读之后，真是羡慕不已。她对那些"高贵女人"和生活现象的精神审视，论述个人见解的笔墨，甚至大大超出了用在报告对象上的文字。如果没有洞悉世事的超常能力，没有娴熟的驾驭文字的水平，没有社会学、哲学、心理学知识的通俗表达，很容易将读者提前赶走。然而高伟的文字却"讶异得令读者发呆"，实在是太好了。高伟说："人和人的差别其实是巨大的，有的人的能力是以微米为单位，有的人则以米为单位。"高伟毋庸置疑属于后者。我后来在一些文章中，不时引用过她的观点或警句。2009 年，我们同去参加省作代会，但却缘悭一面。她能来广平，着实给我一个惊喜，使我们在异省他乡相见。

先是加了微信，第二天集合准备出发时，远远就瞧见两位高挑个头的女士，一位浓彩华丽，另一位雅致大方。不用说，那位华丽的女士就是高伟。我走上前，尚未自我介绍，双方竟然都喊出了对方的名字，这真可以称为心有灵犀了。在高伟旁边的，就是我仰慕的刘世芬老师。接下来的两天时间，我与刘、高二人边参观，边交谈。看到广平的巨大成就，两位老师不禁赞不绝口；然而谈到自己的文学成就，却都极为谦虚，极有风度，极有教养，完全没有某些大作家的拿捏与做作。

了解邱少梅，则是由于一个文学微信群。邱少梅是中国作家协会会员、广州市青年作家协会副主席。她在群里最为活泼，发言最为积极。这次广平活动的组织者之一汪金友先生发布消息后，邱少梅女士声称，要"穿越大半个中国来看你"，于是有了广平与群友的初见。邱少梅近年来的创作势头很盛，陆续出版了纪实性文学专著《好想有个孩子》长篇报告文学《有一个港区叫南沙》和报告文学集《医魂》，顺理成章地加入了中国作家协会。16 号当天，没有见到她本人。第二天，从宾馆大厅的签名板上，看到她的名字，我虽然早就报到，但却懵懂不知有此行动。瞅见"邱少梅"的边上，还有空隙，于是悄悄地写下了我的名字，算是套近乎吧。

没有想到邱少梅的生活相当精致讲究。她竟然带着一套微型茶具，晚上请我们文学群的汪金友、于文岗、雷长风和我，一起品茗。我们谈文学，谈人生，真是不亦乐乎。邱少梅是客家人，中原汉人后裔，浓眉大眼，美丽清秀，南人北相。更难得的是，心直口快，坦荡平实，有福态气。

如今，科技高度发达，人与人相识，比较容易。加入微信，瞬间成为朋友；加入微信群，立马成为群友。但世界广袤无垠，中国幅员辽阔，一个人与另一个人相遇的概率，只有千万分之一，而成为朋友的概率，则是两亿分之一。感谢广平，为我与几位女文友的第一次相见，搭建了一座桥梁。这让我觉得，广平之行，真的不虚此行。

作者简介：孙贵颂，山东省烟台市人。中国作家协会会员、山东省文艺评论家协会理事、潍坊市作家协会副主席。1987年开始发表文学作品，至今在海内外200多家报刊杂志发表散文、杂文、随笔等2000余篇。作品几十次入选全国年选本和各类文集。

遇见广平

风飞扬

最美人间四月天，春色不像刚暖时那般喧闹，满树满枝的花都添了舒缓，与人世清欢有了相亲的温婉。我收拾了行李，踏花而去，应友人之约，去往一个叫广平的地方，与那里的风物情怀得一场深情遇见。

汽车驶入广平时，天色已黄昏，一路上没有城市里惯常的拥堵和嘈杂，只有路旁笔直的树木，还有平坦辽阔的农田，让人觉得祥和踏实。穿过这些根植桑榆的繁茂景象，呈现在我面前的是康乐安宁的小城，只是小城的一角还没来得及看清，暮色生烟，已经轻轻袅袅地把它掩在了身后，当我站在客房窗前望着远处的灯火人家时，忽然觉得万分亲切，丝毫没有陌路他乡之感。当晚午夜梦回，竟忆起童年时的村庄，于是同广平的初相见，我有归乡之思，亦有感激之情。

第二天早起，阳光明媚，空气里充满清醇，长风浩荡，猎猎地吹起我的长发和裙衫，我的内心也顷刻间饱满，愿以最诚挚坦荡的热忱，与这方土地倾心交谈。

上午随着县里领导的工作步伐，我们集体下乡，拜访广平勤劳的人民最稳妥的家园。站在田间地头，踩着柔软而芬芳的泥土，看着一片片规划出来的农家园林，不由令人大为惊叹，广平的新农村不仅是一村一庄的美丽，还在村口种下了发展与希望，一边通往乡愁，一边通往远方。

县领导带领着全县的相关人员现场办公，听了介绍才了解，这种工作方式和机制，每月一次已经成了惯例，大概就是要像这最有活力最旺盛的草木一样吧，每个月都能看得到变化和成长。工作中的领导们边走边讨论，我远远地落在后面，呼吸着新鲜空气，打量着新栽的树木上发出的嫩芽和未落的鲜花。原本以为只是装饰作用的绸带和吊牌，凑近了看才发现上面铭记下的是期许与责任。每个牌子上都有一段话，后面落笔签上不同的名字，我放眼看去，林林总总，这该是有多少个人的身影和浇灌，才有了这片与众不同的守护啊。

再仔细看，原来每片林子也是有名字的，县政府种下了先锋林、城管立志奉献林、地税扎根善正林……各行各业都有自己的"根据地"，多木为林，众志成城，一个春天的轰轰烈烈，就要点燃十年树木的决心和耐心。

在广平，新农村建设不再是农村和农民的事情，而成了全民全员的初衷，作为一个农业县，让农村美起来，更加有特色有目标地发展起来，想必已成了大家工作中的责任，业余生活里的热情。有这样一群联手同行，没有什么是实现不了的。

午饭后，阳光愈加炙热，我们来到了赵王集团，气派高大的城墙，围出了一个神秘而久远的朝代。当时城门紧闭着，只有往来的风自缝隙间穿梭而过，我不由自主地贴近厚厚的城门，如同贴近一段远去的历史，那里面有金戈铁马，有侠骨柔情，也有几千年的传说流传不息。

果然，城门打开后，尽管里面还有一些细节的地方在施工，但是整体的样貌已足够让人仰望，整齐的塑像展现着胡服骑射的豪迈和诸侯争霸的雄壮，鲜艳的赵王旗，在这方古老的土地上，从竖起来的那天起，精神不灭，信阳不倒，从此再也没有消亡。

神思飘渺间，我登上了高高的台阶，进了赵王的宫殿，幽深的室内，光线一下子暗下来，随着人们脚步的迈进，似乎有岁月的尘埃在角落里醒过来。曾经的赵王就在这里把目光投向天下的吧，一腔男儿之志，敢于变革，勇于相欠，成为推动历史前进的那个人，他的胸襟抱负，在这些灯盏的明灭下，镌刻成了永恒，也屹立成了不朽。

连同他身边那个叫葛鹅的女子，也有了别样的神采和故事，成了文武双全的巾帼英雄，不仅可以与他并肩战衣戎马，还可以与他对饮脉脉含情，并在这里修筑了赵南长城，所以多情的广平又被称为鹅城。

有他们在，广平的历史之悠长足以说明，不用再去可以追溯，在这里行走的每一步，都踏在厚厚的史册里，环顾四方，历历在心。

鹅城，葛鹅的鹅，天鹅的鹅，一样圣洁，充满灵气。于是我们开始逐水而游，在广平的环城水系乘坐游船，暖风熏人，恍惚间，竟如一叶小舟凭水渡，只疑此身下江南。

水面清波荡漾，岸旁植被繁茂，不知水深多少，也不问行至哪里，就这样悠哉着，贪婪地看着每一幅诗情画意的景，这风致，这精巧，分明就是江南风雅，而落入其中的人，也宛若画中人了。

导游说，广平本就多水，河流纵横，苇荡丛生，荆山毓秀，千佛凌空，这都是广平天赐的优势，所以有天鹅生活在鹅城不是附会这个字，而是真实的存在。

低徊无那送客愁，欲洗劳心赋达游。入年秋声非是雁，鹅城何日不闻秋。古诗里记载的这里，桃李芬芳，牛羊成群，鱼肥荷美，是丰衣足食的好地方，同时还有舟运之利，熙熙攘攘的客商多，吟诗填词的雅士也多，盛唐的诗仙李白就曾在这里留下了一首长诗。

古时有广平八景，包括漳江烟雨、紫荆毓秀、逸丽金堤、逸丽金堤，而现在大都难觅踪迹，想来不免惹人伤怀唏嘘，太多的时光已然成了过往。多少变迁轮回，多少寒暑枯荣，如今的广平人经过一番努力，重塑着昔日盛景，打造着更稳固的家园。

你看鹅浦秋声就在面前，凌霄雁塔，千佛凌空也即将穿越，这些寓景于情的诗篇又生出了新的枝叶，就在这环城水系上，连接着过去与未来，让人憧憬，让人深刻。

一个地方有了水就有了灵气、清气、静气、雅气，总之就润了，像有了脉络，动静之中全是盎然生机。

环城河里没有天鹅，天鹅另有一片更广泽的栖息地——东湖水上公园。湖里的天鹅悠然从容，气定神闲，不怕人似的，也或者是与人相处得久了，早已能看懂来人的欢喜和善意。

这里不但有优雅高贵的白天鹅，还有忧郁孑然的黑天鹅，因为它们，我固执地不肯再去逛公园，就蹲在水边，贪婪地抓拍天鹅的姿态。此时斜阳西垂，天鹅的影子映在水面上，它们或独行，或双双，或成群，各自浮游。

忽然觉得，天鹅与人们在同一个空间里，却有着平行平等的领地，彼此陪伴，互不打扰，一同让这个小城美得如童话，而且比童话更相信会有美好的生活和明天。

一只黑天鹅在离我不远的水面上扎猛子，偏偏又不像捕鱼觅食的样子，我只当它是在玩耍，便趁它游过来的时候扯了一根身旁的草叶，而后伸长胳膊冲它递过去。它是一时好奇吧，看着我这个奇怪的人，倒也没犹豫就游了过来，还张大了嘴巴当真来啄草叶子，朋友在一旁兴奋地拍照，我只静静地与它对视，我想在那一刻，我们是认识彼此的，也能记住彼此。

晚上尝了一杯赵王酒，与这次的广平之行增一点醇厚，然后借着这点酒引子，让所有的感受都得以在记忆里封存，在意念里发酵，无论何时再开封，都是更迷醉的香气。

与友人聊天到深夜，窗外整个小城都已入梦，此心安处是吾乡，何妨不就此认作故乡？白天还看了现代化的图书馆、高科技的膳食生物工厂，其实我仍然不识广平的全貌，然而虽是浅尝，已被折服，一天的行程太匆匆，我无非是看到了一个封面，三两插图，广平清远深美的这本书，还需静心细读。

相信不久的将来，美丽乡村，农家欢乐，风土闲逸，这里可以解所有人的乡愁，谁都可以来种下一棵桃树，长成一片桃花源，解春风之美，得岁月之妙，结人生之趣。

山高水长，情怀难忘，再念它的名字，广其仁惠，平其政刑，美不胜收，留念心上。

作者简介：风飞扬，青年作家，冰心散文奖获得者，中国散文学会会员，河北省作家协会会员，河北省散文学会副秘书长，河北省文联《当代人》杂志特邀主笔，全国畅销期刊《锦色》杂志专栏作家，写作涉及散文、小说、报告文学、文艺评论等领域，文笔细腻深情、唯美精致、舒旷安宁，已出版《别时花溅泪，回首落红妆》《你可记得我倾国倾城》《青花痣》《不忘初心，一念江南》等个人专著8部。

天鹅湖遐思

霍凤杰

说到天鹅湖，仿佛就在梦里！

梦中的天鹅湖，是神奇而美丽的，总感到是遥不可及，飘飘渺渺的……

没想到，在广平看到了天鹅湖！

对，就在广平，就在这个成为"鹅城"的地方！

2018年春全国百名文化艺术家应邀走进广平。

广平地处冀南大平原，她为何又称"鹅城"呢？听有关部门介绍说，清《广平县志》记载：顺治年间境内河流纵横、苇荡丛生，这里便成了天鹅、野鸭等众多水鸟嬉戏栖息之地，滨水的广平城便有了"鹅城"之美誉。时任知县的高爽曾有诗云："低回无那送客愁，欲洗劳心赋达游。入年秋声非是雁，鹅城何日不闻秋。"

除此处记载外，"鹅城"的来源还有一段更为传奇的故事。民国《广平志》说：在县域西部，原为池沼地带，每临拂晓，当地百姓能听到隐隐约约悦耳的天鹅啼叫之声。民间将此传为：鹅神显灵，天鹅（葛鹅）下凡，探故土、抚苍生、斥妖鹰、退鬼怪。常常上至达官显贵，下至黎庶百姓，纷至沓来，观奇景，闻其声，于是广平名声大震，遂称"鹅城"。

那么这个"鹅神"葛鹅到底是谁呢？这里就有一个更为精美的历史故事了。

据《史记·赵世家》记载，公元前333年，赵肃侯举兵包围魏国战略要地黄城（现在的濮阳），久攻不下，被迫撤军。为防魏国复仇，赵国凭借水系天险，在漳河、滏河修筑一道土长城，即"赵南长城"，构成对魏国的防御体系。赵武灵王才貌双全的武将夫人"葛鹅"，率部修筑了肥乡东南至广平城东黄河口的长城，就是"赵南长城"的最东端，后人称这段长城为"葛鹅城"，也称"鹅城"。年久失修，其城成为高地，后来广平人为避漳河水患，移居"葛鹅城"遗址上，称"鹅城村"至今城内凸起处遗迹可寻。

昔日的自然景观和历史故事交汇在一起，使"鹅城"这个称呼，不但美丽，而且有着深厚的文化底蕴。

"有这么美好的称呼和故事，再真有个像样的天鹅湖就好了。"我感叹道。

"有的，我们采风的安排中就有参观广平天鹅湖的项目。"当地负责接待的同志说。

我虽然有点喜悦，但没有继续问下去，我想可能是些象征性的一些实施吧，这里能有多大的景观呢？所以对所谓的"天鹅湖"也没有抱多大的期望。本来我们来广平的目的就是对该县的美丽乡村建设、"精准扶贫"教育工作和工农业发展进行考察采风的。

广平是全省精准扶贫连续四年考评第一的先进县，"贫"的概念就在我脑海里，想看一看广平县怎么"贫"的、这里的县领导又是怎样"扶"起来的。

第二天中午，县委书记、县长、政协主席亲自带我们下乡考察。

我们坐在大巴里沿路前行。刚出县城，便感到一片清新的景色扑面而来。路旁一排排林带映入我们的眼帘，一株株树木上吐出新绿，在明媚的阳光下闪着点点亮光，璀璀璨璨。林带外麦苗青翠苗壮，田畴毗连，一片无际的绿海，宛若翡翠，醉人心田。加上田中间隔的果园，枝上星星点点的花朵，像缀在绿云上的珍珠，鲜亮耀眼……这景色一下子把所有人的心带入一幅优美的图画中。这怎么看也不像曾经的贫困县呀！

车子在一个叫南阳堡的地方停下了，领导带我们看这个地方的美丽乡村建设和植树活动。在这里，我们看到这里的村民正在紧张地劳动修建广场和园圃，栽花植树、布置景观，非常忙碌。他们在为建设自己美好的家园挥洒汗水……

书记激动地给我们介绍了这个村的情况和县里的宏观规划、前行的困难和他们的决心、责任及使命感。

车子又在前行，我们又走上一条正在建设中的公路（由于才开工，虽然宽阔，但还是有着坑坑洼洼的一条土路），车行过去尘土飞扬，有些艺术家问道："我们为何走这样一条路呢？"我好像有些领悟地说："这是让我们看看广平发展一定有起步的艰难，一定有美好的前景。这需要开拓精神吧！"陪我这一辆车的广平艺术家说："对，这是一条打通南北交通线的路。这条路的修建的确费了领导很多心血和这一条路所经过的沿途人民的奉献。他们把自己的土地奉献出来，是为了更好地发展。舍小家为大家呀！"

舍小家为大家，是要经历阵痛的，我们走这样的路，是要体会到广平发展并非一帆风顺，需要经历坎坎坷坷，需要胆略，经历牺牲，需要奉献呀！到路的尽头，我们又参与一所国际化连镇学校奠基。在彩旗飞扬中，我感受到：他们将智慧的种子洒向一个曾经的穷乡僻壤，为将来的发展培养栋梁之材，极富战略眼光。

我不得不佩服广平领导和人民的远大目光。

下午，我们参观科技创新园，参观了赵王酒厂建设项目，为广平引进大型项目、创新开拓发展经济的大手笔感到欣慰。赵王酒厂结合赵国建筑风格打造企业文化，既有现代企业精神，又有文化品位，还是一个旅游景点，也算一种创新吧。把扶贫工作与发展经济结合起来，才能真正达到脱贫目的，"问渠那得清如许，为有源头活水来"呀。

接着，我们游览了环城水系。泛舟河上顿觉心旷神怡。环城河宽阔畅顺，碧波粼粼中偶见鱼儿跳跃嬉戏；两岸蒹葭苍苍、垂柳依依；浓浓的树荫里，一重重新建的民居鳞次栉比，倒映入水；一个个沿河公园人影起舞，花香鸟语。荡漾其中，赏此美景，犹如身至江南水乡、人间天堂……，

接下来，我们参观城内文化工程"三馆"建设，欣赏了反映广平建设成就和美好家园的摄影展和著名油画家王凤国作品展，艺术家们不住地为这些文化设施建设成就和艺术品的精彩啧啧称赞。

我们走进精准扶贫的冯营村，就像走进了一个画廊，这是一个从被扶贫走向美丽的典型村落。我们在这里看到精美壁画——冯生与辛十四娘的故事，传说原型就在此村。我们参观党建和廉政展馆，看到了党员干部在扶贫攻坚打造美丽乡村中的模范表现；看到了留下的贫困旧屋子和现代化美好庄园的对比，深切感受到扶贫这项工作带来的巨大变化。眼前的一幕一幕使我们激动不已。

我们带着这份感动又来到该城一个靓丽的地方"鹅城牡丹园"，这是一个美丽的景点，正逢春酣时节，这里的牡丹正生机勃勃竞相开放，姚黄、魏紫、白玉五彩缤纷，争奇斗艳，使得这几十亩大的花园春意盎然，众多观赏者串流其中使这里形成花海人海。

我不由在其画室泼墨铺纸，挥毫画出数幅写意牡丹，聊表情怀。

这时，我对"鹅城"已经由"观望"转向"敬仰"了，感到不虚此行。

谁想，我们真到了天鹅湖——广平东湖。天鹅湖边，园道开阔平展，沿湖亭廊殿阁毗连而建，上映白云蓝天，下映清澈湖渠，春树葳蕤、春花烂漫、春风和煦、春水涟滟，时而，春莺交鸣，清脆婉转……真是一幅春光明媚的图卷！

走上一座白玉般半圆形拱桥，眼前临湖又是一座高阁。三层高阁凌空飞起，碧空中盎然挺立。我兴致盎然地登上高阁，心境豁然开朗，向西一望，啊，天鹅湖展现在眼前。粼粼的碧波中，竟真有一对对、一群群天鹅悠然地浮游在水面。真不愧是天鹅湖啊，竟有这么多的天鹅！黑色的、白色的，有的戏水，有的起舞，

有的相互追逐，有的两情依依交颈而歌……这是多么美好的佳景啊，真像走入梦境，啊，梦中的天鹅湖……

再环顾四望，东面渠河纵横，田野青远；南面湖岛葱葱，那是天鹅栖息的家园；西面崭新的高楼摩天耸立，是现代民居；向北，一座现代化的拉线长桥矗立在水际云端，洁白雄伟，醒目养眼……这又是一只白天鹅呀！

我不由地联想，广平的每一个村落、每一个项目建设，每一项远景规划，不就是一只只天鹅吗？

我仰目遥望远方，遐想联翩：广平就在葛鹅精神的鼓舞下奋斗呀！在这片沉浸着历史文化底蕴的美丽土地上，广平人在用自己的智慧和汗水在奋斗着，建设自己美好的家园。广平就是一只美丽的天鹅，在祖国这个大的天鹅湖中，向着梦的地方，正展开双翅飞向蓝天……

啊！美哉，天鹅湖！美哉鹅城！

大美广平，一路向前……

作者简介：霍凤杰，中国国画家协会理事，河北美协会员。作品入选中国美协、书协"中亨杯全国书画大赛"，"全国诗人、书法家、画家诗书画大赛"后者获佳作奖等。文化部文化艺术人才中心全国大展中获三等奖，中国电影家协会等单位"中国电影百年书画大展"获佳作奖，中巴国际邀请展获银奖等。收入多部画集，被中央电视台书画院，中国美协等单位和海内外人士收藏，在《美术报》《中国书画报》上发表并绘制大型壁画。诗歌散文散见多种刊物。

霞光里的东湖

杨子

人间四月，桃红李白还在吐露着芬芳，而广平的东湖依然恬静，湖面的微风如少女的气息微澜着恋人的胸膛。东湖的岸上、杨柳依依，似乎在窥探东湖的神秘。一枚树叶蓦然飘落在静腻的波心，惊得畅悠悠的白鹅扑棱了一声，它抬头望了望湖心，忽然眉眼如妖地看着黑鹅，直羞得黑鹅躲进了湖心深处。此刻的东湖，被一缕霞光镀得迷离又辉煌，霞光里的东湖，拉开了故事里的历史画卷。

白鹅对天而谈："我就是战国中后期赵国君主赵武灵王夫人葛鹅的化身，我修筑赵南长城的时候，便热爱上了东湖的灵动。我一呆就是几千年，年年岁岁与东湖同呼吸共审看。"

而我这个江南的女子，带着丁香花一样的忧愁，坐在广平东湖的岸上，聆听白鹅的轻声细讲。我说江南的花事过了一场又一场，真不知江南的春色落入华北的东湖上，我不喜欢杨花落尽子规啼，我喜欢你对东湖的执着，一跟从就是几千年。你坐在东湖上，不加粉饰，就是一幅绝美的画卷。

黑鹅慢慢地浮出水面，他悄无声息地推出前尘往事，他一如既往地守护着岁月里的忧伤。他说我凭栏望月，望着阴晴圆缺，望着烟笼湖心，望着时光的窗帘子慢慢垂下，我千等万等的爱情还在湖的上方。我穿越了时光隧道，听到了骆宾王对鹅的咏唱，也看到了羲之爱鹅的痴狂，我嫉妒李白赋鹅、杜甫题鹅、承恩画鹅的模样，他们都赢得了白鹅的青睐与赞赏。于是在一个夕阳西下的傍晚，我从小鸭变成了天鹅。我久久地站在东湖的广场上，看着东湖里白鹅的舒展。趁着夕阳未下，霞光普照，于是我对着白鹅呼唤：我不是跟你萍水相逢，我不是萍，你也不是水，请时光为我们作证，繁花为我们做媒，让我们唇齿相依，幸福地在湖面上荡起双桨。

我看着春风衔带着一片花瓣而来，轻轻落在台阶上。我踮起脚来细细探望，看到了白鹅的脸——红一阵子白一阵子。其实她思念茂密，生机如斯，两翼的翅膀优美的舒展。

我轻声对白鹅讲：人间四月芳菲尽，柳絮飞落，春的蹄音已渐行渐远。你何苦在东湖上守望几千年？与其独孤守望，不如接受蜜意般的温暖。

于是，霞光里的东湖渐渐变得越加温暖，湖面上酝酿着爱意呢喃，红霞半湖羞涩半湖明。在脆脆的流水声里，我不敢偷窥那蜜意里的温柔，那一声极细极柔的呼唤，是人间四月最美的绝唱。我知道那一刻的静腻就是永恒。霞光越过湖心，拎着一个蝴蝶之梦。风儿轻轻，我忽然秒生一个念头，这念头也许在心底长久住着，也许是突然应景蹦出来的一句声响：水、等抚琴之手，而我在等你。夕阳很快就要西下了，霞光里的那一丝通透、那一手轻盈似茶香萦绕在手指头。我为这一句心底的声响红了明眸。我在等什么？在等东湖的明净与无尘的爱么。是的，我在等，我要在东湖的霞光里写一副完美的情景画卷，画卷里有鹅的爱情以及我的思恋。

可夕阳终归要西下的，如解人意的夕阳啊，请你西下缓慢一些，我要掬一捧东湖之水——滋润我的诗囊，我要藏几声鹅的呢哝——温暖我的心房，我要借一个词牌酣唱——暂别离不彷徨。

作者简介：杨子，原名陈素华，浙江温州人，诗人、作家、剧作家。中华诗词学会会员，浙江诗词学会理事，温州鹿城影视家协会理事，中国国际文化促进会文化交流发展委员会秘书长。作品散见各种国家级刊物，出版诗集《青木集》《大江卷雪》《蒲江吟草》、赋集《中国百城赋》，大型电视系列纪录片《弘一大师》编剧撰稿。独立创作完成十五部电影剧本。

回车巷前的遐思

王长宗

两次赴广平县文化采风，笔者都曾同时参观邯郸市的一条老街回车巷。面对鳞次栉比的古建筑，笔者的脑海里浮现出两千多年前将相和的感人故事。故事歌颂的是团结，提倡的是以大局为重，主张的是光明磊落，要达到的目的是干好国家的事。正在二次创业的广平，到处都是撸起袖子实干的热潮，笔者也强烈地感觉到团结干事的氛围。

笔者参观了赵王集团，这是一家有影响力的民营企业。在这家企业，领导层和员工打成一片，董事长关心员工的生活和健康，员工以敬业精神和苦干实干劲头干活，出精品，出效益，嘉瑞生物科技公司，汽车装备制造和新型建材等公司，都是红红火火，上下同舟共济、共克时艰，为办好一流企业、创出一流业绩而同心同德地创业。

笔者参观广平县的精准脱贫，看到固店镇雀庄村的残疾人邵书军在县委扶贫干部和民营企业家、社会人士的帮助下，依靠编织汽车坐垫走向小康路，感到社会阶层之间团结、关爱的氛围。

笔者参观冯营村及其他乡镇的美丽乡村建设，看到那里基层党组织和村民团结一致，改变落后面貌，振兴农村、建设家乡，实现文明富裕的坚实脚步，整齐漂亮的新民居、宽敞畅通的村街道、绿化美化的村环境、丰富多彩的村民生活，告诉人们美丽传说今天已变为幸福的现实。

笔者参观县城的东湖公园和环城水系，看到游人如织、徜徉湖畔、水系舟船往来、杨柳扶风，看到了广平县城乡群众团结在县委周围，建设经济强县、美丽广平的真实画卷。

在文化采风的间隙，笔者都要和县委的陪同干部攀谈，和路边的行人聊天，随机采访，了解真实情况。笔者处处强烈地感受到改革开放大潮中广平干部群众在中央、省委、市委、县委领导下追梦、逐梦、再起、创业、践行社会主义的核心价值观、撸起袖子干的团结奋斗脉动。县城在变高变美、农村在变富变美、企业在变强变美，百姓的生活文明更美，相信广平的明天幸福更美。

　　作者简介：王长宗，《河北日报》社退休干部，曾获中国新闻奖一等奖和其他国家级新闻出版奖项。出版多部新闻、杂文作品专著，参与《中国杂文鉴赏辞典》和《中国随笔小品鉴赏辞典》的组稿和编纂，获中国优秀图书出版奖。最近撰写的冀南文化采风散文《我与天鹅合影》在《河北日报》《党报人》《河北文化产业》等报刊发表，被河北日报改革开放40年征文采用。

广平的诗意行走

周寿鸿

这个春天，我从江南来到冀南。

走进了广平，就走进了北方江南，走入了精彩之中。

县名广平，我解读为"广袤的平原"，她也是一个形容词，我读出了生命的味道和力量。在"全国百名作家、艺术家看广平"采风活动中，广平的遍地风流，让我深深领略了冀南之春的美丽、热烈与豪放。

这是一次诗意的行走。我想以脚步为笔，以灵魂为墨，写一篇关于广平的春天笔记。

向上的力量

我喜爱广平的树。我的灵魂已在广平站成一棵树，一颗春天里向上的树……

是的，就是曾被茅盾先生礼赞的白杨树。

在燕赵大地，白杨树是最平常也是最壮观的风景。杨树的品种有很多，这里的杨树作"河北杨"。河北杨是耐干旱、抗病虫害能力强的树种，在水资源紧缺的华北地区，它们生命力顽强，傲然耸立，不屈不挠，那种姿态、那种气势，一如燕赵儿女。

我还看到一树树泡桐花，在茂密的白杨林中粲然绽放，满树的花瓣在风中摇曳。在江南，泡桐也是常见树种，暮春之际，泡桐花掩映着村落，花枝压得很低。而广平的泡桐树，却高大挺拔，所有的枝丫都攒着劲儿向天生长。

还有柳树，也与南方迥然不同。舟遥遥以轻飏，风飘飘而吹衣，杨柳千丝万缕，是江南的代表景物。而广平的柳树，竟然与白杨、泡桐一样，也是向天生长的，树干散发冲冠，柳枝旁逸斜伸，不肯向下低垂，好似与风做着抗争。

行走广平，我在问自己：为什么这里的树木都高大挺拔，为什么它们的枝丫都向天伸展？我想到了唐代李贺《野歌》中所咏："男儿屈穷心不穷，枯荣不等嗔天公。"

从广平的树，我感受到了向上的力量。

广平县地处晋冀鲁豫四省交界，面积 320 平方千米，人口 31 万。这个曾经的国家级贫困县、河北省贫困县，脱贫之路筚路蓝缕。近年来，县委县政府因地制宜，决胜脱贫攻坚，全县农民人均纯收入由 2013 年的 4956 元，增长至 2016 年底的 10700 元，贫困人口基本全部脱贫，在河北脱贫攻坚考核中连续四年蝉联第一。今年 4 月，广平彻底摘掉了贫困县帽子，提前 3 年实现脱贫目标。

在广平，我看到了一个个"二次创业、广平再起"宣传牌。全县以推进人文生态景观产业党建闭合圈建设为契机，又展开了乡村振兴的新画卷。

一方草木的禀赋，也是一方人物的精神啊。

广平看水

上善若水。而华北缺水，河北尤甚。

广平看水，成了当地的新名片，这让我感到意外。黄河、漳河已然远去，广平之水何处来？

广平曾是泽国，在清康熙之前，这里是中原两大主干水系漳河和古黄河的交汇地和黄金水岸，苇荡密布，水草丰茂，成为天鹅、野鸭等众多水鸟的栖息之地。故，广平又称鹅城。

然而，随着生态变化，也由于工农业用水大增，地下水严重超采，致使水资源紧缺以至长期干旱。这个曾经河流纵横、有"广平八景"之美的富庶之地，从此变成了旱洼。

岁月如流，广平处涸泽而思沧海。

真正的大美似乎总会蕴含着隐忍与壮烈。传统文化滋养激励着勤劳朴实的广平人民，孕育着广平更加强壮的血脉。

"引黄济邯补淀"工程，让"鹅城"重新与水结缘。

广平县利用黄河水过境的历史机遇，建设了 22.5 公里环城水系，疏通了 142 公里农村水网，实现了全县七个乡镇地表水全覆盖。环城水系工程由"两湖""五河""一园"组成，形成了"河湖相通、城水相融、水清岸绿、人水和谐"的生态新环境。

我们从凌霄雁塔景点乘船，泛舟环城水系。清风徐徐，柔软温润，一切都是那么鲜活、生动而迷人。游船划出粼粼波纹，河水又迅速涌来轻轻抚平。极目水天，春风含笑，杨柳夹岸，粲然若烟。

在利用东风渠打造而成的东湖公园，又是一番情致。我们从东部景区入园，开阔清新的水域扑面而来。走过单孔桥，登临八角重檐凉亭，漫步橘子洲，流连湖心岛，长堤春水绿悠悠，桃花浅处不胜舟。天鹅又回来了！湖里，一群白天鹅、黑天鹅正在自在地游弋，这份恬美安静，让我恍如回到了江南。

想来，300多年前的"广平八景"：鹅浦秋声、漳江烟雨、逸丽金堤、紫荆毓秀……景致恐怕也不过如此罢。

广平看水，实至名归。水，是广平的活力之源。水，也是我们灵魂的家。

为乡村画像

广平是美的。所有的一切都在这里绽放美。

如今，他们把乡愁歌吟，为乡村画像，正在描绘农村嬗变新画卷。

从去年起，广平县创新思路，推进人文生态景观产业党建闭合圈建设，计划通过2—3年努力，打造具有北方风貌、冀南风格、广平风俗、鹅城风韵、田园风情的美丽乡村。

我们在广平时，恰逢全县闭合圈建设现场会，于是一路跟随参观。

在南阳堡镇，在东张孟乡，在一个个闭合圈建设现场，我们看到来自各单位的干部职工植树正忙。那一片片党建林里，悬挂了责任人和树名的标牌。今年，广平通过路林、城林、村林等六大工程，计划植树百万余株，新增绿化面积万余亩，净增森林覆盖率1.9%。

树是生态，树是风景，树也是广平乡村振兴的希望。

美丽乡村建设，让广平实现了从脏乱差到洁净美。如今的广平，已成为省级园林县城、国家级生态建设试点县，打造出了北刘村、后南堡、大庙、小魏庄、烟屯、南寺头、冯营等一批精品美丽乡村，南刘村和临河堡还被评为河北省美丽乡村；培育了安居采摘休闲美食庄园、牛庄食用菌产业园、富硒樱桃采摘园、双庙村万亩梨园等沿线特色产业。

我想，过不了多久，"鹅城"广平将会多一个名号——冀南绿城。

胜营镇冯营村，是广平美丽乡村建设的精品村。"城南花园，冯生故里"，《聊斋志异》里冯生与辛十四娘的爱情故事，被演绎成乡村旅游景点。漫步在村街上，浓浓的冀南风情，勾起我久远的记忆，耳边回荡起辘轳头边吱呀吱呀的摇水声。走过赏花亭，走过鸾凤泉，走过悠长的风车巷，也走进了美丽的乡愁。

幸福都是奋斗出来的！类似的乡村蝶变，在广平大地生动地演绎。为乡村画像，画出了广平人民的一张张笑脸。

在冯营村的广平脱贫展览馆，一幅幅众志成城、精准脱贫的图片，让我记住了"广平故事"。

诗和远方，如酒如歌

一杯赵王酒，可以慰风尘。

河北有衡水老白干，这次来到广平，品尝到另一种名酒，入口绵甜爽净，回味悠长，我不禁多饮了几杯，微醺之中记住了赵王酒。

唐天宝十一年，李白于广平郡饮赵王酒小醉，走马六十里遍览古赵景色，痛快淋漓，潇洒自由。如今，我饮赵王酒，想起了一代雄主赵武灵王，想起了诗仙李白，也油然而生慷慨高歌之情。

这种感受，在参观赵王酒文化产业园时，有了现实的对照。走进古色古香的仿古城楼，我仿佛穿越时空，来到了风啸马嘶的古战场，一列列雕像擐甲持戈，一座座宫殿高大巍峨，一个个蒙古包如同征场……这是赵王集团旗下的嘉瑞生物科技有限公司二期项目，企业将古赵文化融入了生产经营，正在打造河北省首家5A级工业景区。

在广平，我们还参观了安居·居业风情小镇。这个乡村旅游、乡村振兴和特色小镇的"三重综合体"，有教育板块、温泉度假中心，还将建设河北省第一个国家农业主题公园。

北京德青源公司扶贫项目，也是广平产业振兴的希望。这家全国最大的蛋品生产企业、全世界蛋品第一标杆龙头企业，把360万只养殖基地，还有生物研发、有机肥、饲料、屠宰、蛋制品、肉制品等八大中心都放在了广平，难怪被当地人誉为"金鸡产业"。

作为国家商品粮基地县，广平以嘉瑞公司、德青源公司等一批特色产业为龙头，让精准脱贫成为现实。当贫困县成为历史名词，广平又吹响了"二次创业，广平再起"的新号角，着力打造新型建材、新能源汽车、体育用品、家居制造、绿色食品等十大产业。

喜看麦菽千重浪，赵王美酒传奇香。一路行走，我的心里回荡着《在希望的田野上》这首歌的旋律。

广平采风，一次诗意的行走。

有机会，我还会再来广平。来看树，看水，看美丽乡村，追寻广平的诗和远方。

作者简介：周寿鸿，江苏高邮人，《扬州日报》社编委、《扬州时报》副总编辑，《散文选刊》签约作家。新闻从业20多年来，采写新闻作品300多万字，30多次获省级以上好新闻奖。文学作品散见于《雨花》《海外文摘》《散文选刊》《杂文选刊》《火花》《华夏散文》《澳门月刊》《侨报》（美国）等百余家报刊，曾获首届范仲淹散文奖、第三届华夏散文奖、2017中国散文年会"十佳散文奖"等。

回归北地的灯光

蒲田广隶

去年 6 月 15 日去河南新乡市参加"全国百名杂文作家新乡采风活动",今年 4 月 16 日又去河北邯郸的广平县参加"全国百名文化艺术家走进广平"的采风活动。笔者这样一个渐近耄耋之年的老者,何以会如此这般仍然热衷于此类活动?其实,这里面所透露的,正是他心中那一缕回归北地的灯光!

河南新乡一带,曾经是古老的殷商部落活动的地方,多少年之后,河北的邯郸更是成了战国时期赵国人的都城。而在更加遥远荒古的年代,那些地方恰恰属于蚩尤部落占据与活动着的,并且同样在努力建设的家园。那么完全可以放心大胆地去做如此的一种想象与猜度了,那些由黄河母亲日日夜夜将黄土高原上的泥土搬运到下游来填海所形成的广袤的华北平原,现如今那堵高墙一样巍峨的太行山,不正好就是洪荒太古时候的海岸线?不管需要花费多少艰辛以及消耗多长的时间,流水的逻辑与力量总是要把岩石蘦化,把山峁涮为平地。沧海桑田,这不正是大自然在体现其造化神力的巨大功能嘛。就这样,中华民族终于寻找到如此一块风水宝地,然后依附在黄河母亲的怀抱之中得以生存、生活与生长,并且逐步发展壮大。

蚩尤部落早早地遁迹南逃了,去长江流域、珠江流域,甚至更加遥远的澜沧江流域重新寻找生存发展的机遇,以至于在岁月的沧桑之中,最后形成我南方诸多的少数民族。但是不管相隔多少遥远,他们的心中也依然带着一缕不屈的回归北地的灯光!那就更加不要说我们这些由数百年,至多上千年之前,同样地因了战乱和杀戮而被迫南迁的炎黄子孙了。在他们的心里自然更加会存有一缕回归北地的灯光。总之,甭管蚩尤部落的后人,还是炎黄部落的后人,最终形成各式中国南人的心中,其实都不乏一缕回归北地奇妙的灯光。

邯郸在哪里?不清楚,因为笔者还从来没有去过那个地方,广平县在哪里就更加不要说了。只知道,邯郸曾经是古老赵国的都城,是一个历史沉积非常厚重的地方,那里曾经发生过许许多多动人的故事,最著名的譬如廉颇与蔺相如闹矛盾的故事,以及后者曾如何不畏强暴、大义凛然地保卫和氏璧的故事,以至会有这么许多古老而有趣的成语都出产于斯地，譬如负荆请罪，譬如完璧归赵，譬如邯郸学步，譬如纸上谈兵，等等……。不过，在自己的脑子里倒是还希望到了那地方，特别是到了广平县之后能够在那里的乡下农村，有机会看到一棵曾经在梦中见过的大槐树，真那样的话，便总算是让我找到了当年的祖宗先人被迫南逃时挥泪诀别的地方。其实在并非太过久远的时候，那里广平有水，古漳河之水应该就在那块地方汩汩流淌，或许还完全有可能在局部地方形成众多的湖泊与沼泽，那里芦苇丛生，水中游鱼浮动，水边自然也有绿树成荫，甚至不乏一些大小不一的树林子，特别是在老百姓聚居的村子的周围，树木就会显得愈加葱茏苍翠，宛如一片江南水乡的光景。中国人历来讲究的风水，其实也即讲究人居的环境了。而在这一广二平，没有山峦的地方，所谓的风水，自然主要便指的是周遭的树木与相关的水流。

到了广平，发现此地与鹅似乎有一种特殊的关联。晚上住的白天鹅饭店就别去说了，连发的那只蓝色资料包上也赫然印着一个白天鹅的标识符。有鹅的地方自然就得有水，而且还必须是干净无污染的水，有诗云：鹅、鹅、鹅，曲颈向天歌，白毛浮绿水，红掌拨清波。甭管是家养的鹅，还是从遥远的西伯利亚飞来的天鹅，它们吃的食物一律都是新鲜的青草，而需要畅游的，则必须是清爽明洁的水。鹅者，实堪为一种特殊的、与水草湖泊最相关联密切的飞禽鸟类。广平县城之所以被称为"鹅城"，显然与历史上从这里曾经出去的那位葛鹅妃有关，地由人成嘛，恰如老家诸暨通常会被人称云"西施故里"一样。但是这也至少说明了，彼时的斯地水草丰盛，湖泊也许不少，总而言之，是一块适宜于南飞的大雁们歇脚停留的地方，以至于又有人会想方设法去将其驯化而成了家禽。那么就完全有可能，当年的这位聪明美丽的葛鹅王妃，小时候正是一位经常在水边的青草地里牧鹅的姑娘也未定哩。

千里迢迢来到中原，这次正式采风活动的时间其实只有17日一天，车子在田野上奔跑，满眼所见的尽是一望无际绿色的麦地。心里倒是在想，这既广又平的地方，才真正可以喻之为广袤了嘛。同时也在为山多地少的江南老家觉着惭愧，乃至有些汗颜。记得老家地方曾有这么一句堪称自豪的民谚流传：诸暨湖田熟，天下一餐粥。意思是说，只要诸暨的湖田丰收了，那么天下人就能吃上一餐粥。可是诸暨的湖田究竟有多少呢？了不起就浦阳江沿岸两侧那区区几十万亩的水稻田吗？当然，那时候的天下人口也不知道究竟有多少。总之与眼前所见的这一片堪称广袤的麦田来做比较，就难免让人觉得有些可笑，乃至于汗颜。当然，种田吃粥早已属于过去的事情。那些曾经稀罕的水稻田，现在已经陆陆续续地用来建小区、建厂房了，造高速公路、高速铁路了。没有建造的那一些也都差不多全都荒芜了。

最后，二车子的人马来到了一处彩旗飘飘的场所，原来今天这里有县委书记亲自主持的一次植树活动，拟在建造一个类似于老家地方的村级公园。这位县委书记显然属于一个既有文化内涵又有理论修养的高人，特别是说话时候的那种坚定的鼓动力。我站在那里的太阳底下，认真听取董书记最为重要的一句话就是，——如何落实到人，也就是我们的党员干部了，如何样子保证所种的树能够成活，并且长大。

接续下来，我们又乘车到了一个学校的施工现场，去参观一场开工的奠基仪式。在那里，同样地也是彩旗飘飘，同样地也有县政府领导的参与、发言和重视。接着，还参观了美丽乡村冯营，应该说，这就是此次采风活动所安排的主要内容了。

19日这一天的行程安排得十分饱满。不仅参观了牡丹园，还乘船观赏了城河，又游览了天鹅湖，特别是在东湖让我近距离看到了天鹅，不仅有白天鹅还有黑天鹅，犹如白人与黑人组成的家庭，后面还跟随着四只毛色嫩黄的小天鹅。记得前年去欧洲旅游的时候，曾有幸在瑞士的布里恩茨湖畔近距离看到过天鹅，却是从来也没有看到过这出生不久的小天鹅。虽说它们与一般家里的小鹅崽一个样，但这情况恰巧说明湖里的那些天鹅们已经在此安家落户不走了，而并非如笔者这样的暂留客人。说实在话，像广平县城这样一个人造的天鹅湖，在全国的县级城市应该是颇有些难得的了。有兴询问导游，湖水从哪里来？答云，引黄。其实，我们乘船游的那条城河里的水，也同样属于引黄。那么，那些田里麦子需要的水呢，除了天降甘霖，以及不断抽取的地下水，想必也只能是引黄了。多少年来，这是一份多么厚重的让人感激不已的恩赐唷，黄河母亲！但是孩子应该长大，不能永远依赖母亲，甚至于去无限制折腾母亲，想必由此才有了前些年发轫的南水北调工程。

19日下午，乘火车离开邯郸返杭。车上的我有意打听当地房价，答云，市区二万。而接着在邯郸火车站候车的时候，我竟意外地发现了一群真正的赵国人，——几个外出打工的农民。他们一个个黑黝的皮肤，中等个子，显得坚细而精干，瘦削的面孔上一对大而明亮的眼睛，挺鼻梁，小耳朵，以及标志男性特征的喉节明显。不知道为什么，我一看就认准他们属于真正的赵国人。当年长平之战失败后，被秦将白起活活坑杀的那数十万赵国的降卒就应该是这一副模样。——相信他们当年并非不会打仗或者缺乏拼杀的精神，而十足是因为带兵指挥的那位将领赵括存在着大问题。我点头试问，外出打工吗？没想到他居然以腼腆一笑来作为回答。

凑巧得很，车上对面的那位胖小伙子以及我上铺的一位姑娘，都是邯郸周边的当地人，而且都是去终点站杭州的。小伙子在做装修生意，去永康订购铝合金门窗，姑娘是陪老爹去游西湖的，老爹由其妹相伴从北京出发，而她则从老家邯郸出发，去杭州会合。下车之前，我特意告知小伙子，去永康乘高铁是在火车东站，他说知道，地铁不几站就到。又告知姑娘，下车之后可买个杭州地图，她也说知道，其实我妹夫就是杭州人。

感觉回来时候这十七、八个小时的卧铺比去的时候五、六个小时的高铁要舒服得多。毕竟，一个再快也需要一本正经地坐着，一个再慢也是横躺着的嘛。

笔者并非社会学家，也并不是经济学家，对于一个地区的经济发展，实可谓无能为力，要说的话也不可能真正说到点子上。至于空洞的吟唱和赞美，那就更非一个杂文作家之可以随便作为的了。不过笔者的心里却确实时时都在关心北地故土的重振，也即古老的黄河流域地区，什么时候能够重新青春焕发，犹如赵国历史上赵武灵王的那次胡服骑射的变革一样，今后如何从单一农耕经济的格局中脱颖而出。

历史上的黄河流域曾经长期繁荣发展过，接下来又改变为长江流域、珠江流域的繁荣发展了，再接下来，当然又得促动黄河故土的再度发展。因为发展才是中华民族的梦想，属于一条实实在在的硬道理嘛。只不过，发展脱不开自身条件的考量，发展更不是一种简单的模仿，东施效颦、邯郸学步应该就是古人对此最好的领悟了。而且，发展也绝不可能是一种冒险，而是需要有充分的理性与智慧，需要千方百计去发现与迎合市场经济本身的客观规律性。

最后，北地归来的笔者，满心只希望广平的老百姓，也即吾人遥远的乡亲们能生活得更加美好，更加幸福与滋润。

　　作者简介：蒲田广隶，本名詹苗康，浙江诸暨人，毕业于浙江大学电机工程学系电气自动化专业，原浙江省耀江建筑设计研究院高级工程师，国家首批注册电气工程师，诗歌与散文业余爱好者，出版有诗集《红蜻蜓》，系浙江省杂文学会副会长，浙江省作家协会会员，中国大众文学学会理事会员，中国大众音乐学会会员，中国音乐家俱乐部终生会员。

"党建闭合圈"推动农村全面振兴

周志鹏

前一段时间，笔者随全国各地的百名文化艺术家，就重点精准扶贫走进广平县实地考察学习，切实感受到了该县近年来的新变化，但所到之处听得最多也很陌生的一句话就是"党建闭合圈"，"闭合圈"这个概念原是《物理学·闭合电路》中一个枯燥而专业的术语，可在广平县的党员干部中却成了个很温馨的热词，听起来也仿佛嗅到了一缕泥土之芳香！

不怕没出路，就怕没思路。广平县地处河北省南部，紧邻邯郸市区东郊，辖4镇3乡、169个村，总人口30万，是国家级生态建设试点县、省级贫困县。要解决村与村之间发展的不平衡、不充分问题，关键就要着重解决城乡收入差距和城乡社会保障非均衡的问题，比如说乡村道路、基础教育、公共卫生、医疗等，尤其要加大扶贫开发的力度，大力消除贫困。广平县委、县政府按照十九大精神和习总书记对扶贫攻坚的要求，勇于改革创新，创建"党建闭合圈"这个好的体制机制，找准了"党建＋产业培育、生态改善、脱贫攻坚、文化建设和乡村治理"的精准路子。广平县委书记董鸣镝介绍：打造基层"党建闭合圈"，总体考虑就是把全县169个村全部"串连"起来，全县域规划、全要素投入、全方位提升，统筹推进基层党建阵地建设、队伍建设，以党建为统领，产业培育、生态改善、脱贫攻坚、文化建设、乡村治理等各项事业"一体化"推进，实现全县域农村工作整体提升，推动农村全面振兴。因此，笔者认为：在现在乡村振兴战略推进的征程上，广平县找到了破解当前农村经济发展的有效途径，这是新时代在落实乡村振兴战略过程中的生动体现。

在十九大报告中，有一句最核心的话是关于基本矛盾的重新阐述。这当中有两个关键词："不平衡""不充分"。报告对基本矛盾的重新阐述是为中国的经济、社会、政治重新把脉，重新开了药方子。习近平总书记，在论述脱贫攻坚问题上反复强调：脱贫攻坚要取得实实在在的效果，关键是要找准路子，构建好的体制机制，抓重点、解难点、把握着力点。越是进行脱贫攻坚战，越是要加强和改善党的领导。各级党委和政府必须坚定信心、勇于担当，把脱贫职责扛在肩上，把脱贫任务抓在手上。广平县委、县政府着眼大局，反复调查研究论证，找准制约农村、农业和农民发展的瓶颈及问题症结，找到了当前如何破解决村与村之间工作不平衡、不充分，党建与中心工作融合不到位等问题，果断做出了构建"党建闭合圈"这一具有深远意义的农村改革创决定。具体实施路径主要是制订和推进党建闭合圈三年行动计划，做强、做大、做好闭合和融合这两篇大文章，要求每半年打造一个闭合圈，三年覆盖全县 169 个村。构建"党建闭合圈"无疑是广平县的独辟蹊径，是乡村振兴战略和美丽乡村建设的重要载体，具有鲜活可操性及借鉴指导价值。

乡村振兴战略必须要推动更多的各资源要素优化配置到农村去，要破除不合时宜的体制机制的障碍，推动城乡要素自由流动，平等交换，促进公共资源在城乡之间均衡配置，建立城乡融合发展的体制机制和政策体系。按照"党建闭合圈"的总体创建规划和乡镇专项规划，每个闭合圈根据地理方位，选定 30 个村左右，各村连接起来形成一个闭合线路，中间不隔村，村村相贯通。每个村突出一个特色主题，依托全县水网、路网、林网"三网合一"和旅游带、景观带、产业带"三带共建"，实现点面结合、全域覆盖。闭合圈建设是广平县美丽乡村生态闭合圈由"四区一线"组合而成，贯穿南阳生态大道片区等四个精品片区，集人文景观、自然生态、乡村民俗为一体，充分涵盖和展示全县美丽乡村、工业园区、生态农业园区、农田水利、林带和绿化景观、历史遗存、红色文化、扶贫攻坚、乡村旅游等建设新成果，这就迫切需要通过打造"党建闭合圈"，来激活各部门之间的联动机制来完成。

打造基层"党建闭合圈"，总体框架是以党的建设为主线，坚持党建与中心工作融合推进，闭合圈建设重要节点任务重点推进，突出标准化建设、一体化打造、整体化推进，充分发挥基层党组织的战斗堡垒作用和广大党员干部的先锋模范作用，积极探索推行以"乡镇党委书记星级化、农村党组织书记专职化、农村党员精准化、农村优秀青年系统化"为主要内容的四支队伍及村级组织活动场所标准化建设，并把产业培育、生态改善、脱贫攻坚、文化建设和乡村治理五大项目深度融合在一起，打造出若干各具特色的"闭合圈"，覆盖全县，带领广大农民脱贫致富，快速发展，一个都不能掉队。

十九大报告要求推动农村一二三产业融合发展，发展农村的新产业新业态，让农村在耕地之外能为农民创造更多的就业机会。乡村振兴战略"深刻内涵就是要从农业产业化和粮食安全、农民组织化、乡村治理、乡村生态环境、农村扶贫开发、乡村文化建设和伦理建设等方面，全方位地构建一个新的乡村。去年以来，通过全县上下党政全力打造"党建闭合圈"构建，推动了农村全面振兴，出现乡村旅游热，催生了观光、休闲、餐饮、住宿、特色小吃、购物、手工艺品等新增产业节点，为农民提供了新的就业机会，美丽乡村实现了串点成线、连线成面，勾勒出了美丽广平的乡村新貌。截至目前，全县已重点打造两个闭合圈，覆盖了69个村，其中原来党建后进村就有8个，现已全部转化，党支部和党员作用得到有力加强，一跃成为美丽乡村和党建工作示范村。现在，产业兴旺、生态宜居、乡风文明、治理有效、生活富裕的乡村振兴总体成效已初步显现。

作者简介：周志鹏，男，河北省邯郸市，中国管理科学研究院人文科学研究所特约研究员，河北省思想政治工作研究专家。曾获全国星火带头人、河北省新长征突击手，省广播电视系统先进标兵，"青年文明号"优秀号长等荣誉称号。近年来，撰写的各类政论文章及调研成果一千多篇在全国和省、市报刊杂志及网站刊载，有近百篇获奖。邯郸日报开设《志鹏说理儿》及《观点》专栏，著有《乡土》《乡略》《乡情》等。

用心血浇灌的美丽之花——记广平县"美丽乡村"建设

常文凤

　　走进广平，宽阔平坦的水泥路、柏油路，两侧各色花草树木点缀其间，放眼望去绿树成荫、花团锦簇；鸟语花香的文化广场上，几位老太太带着孙儿，悠闲地唠着家常；迎宾门上悬挂的彩旗随风招展，热情欢迎远方的客人……

　　广平是一个普通县城，经过几年的努力，建成了一个城市化的美丽县城与乡村，给人突出的影响、感觉就是干净整齐、绿色生态、乡愁浓浓。有一位城市来的文学专家说："呀！广平这么美，比大城市强多了，在这里住一辈子也不烦。"如果你想品味文化古韵、体验乡愁，就请到环境优美、鸟语花香的广平县走一走，看一看。广平是人们向往的美丽家园。

　　这些成果离不开县委、县政府的指挥与布置，基层干部的苦干与努力，广大村民的拥护与执行。从绿化开始，打造特色乡村，挖掘文化底蕴，依凭乡土风情、地域特征等条件，争创省级文明县城、美丽乡村，用心血浇灌出一枝美丽之花——广平县。

　　参观时，见到小树上挂牌，就问管理人员，他说：挂牌是为了责任到人，牌上有编号、树种，实行包浇、包活、包管理，彻底改变过去植树不见树的现象。从这一点看出广平的实干劲头。

　　县委书记董鸣镝介绍了建设美丽乡村的经验。美丽乡村建设不是简单的修路种树，涵盖了环境美、生态美、精神美、产业美等多个方面，基于此建设美丽乡村有三难：一是思路难。既要比谁建的新，还要比谁建的旧；既要留住乡愁，又要融入现代化元素；既要谋划壮大村集体经济，又要考虑增加群众收入。没有科学的思路，就会劳民伤财，得不偿失。二是执行难。美丽乡村建设涉及每家每户，如何调动群众参与建设，激发群众建设热情，没有强有力措施去落实，一切都是徒劳。三是资金难。美丽乡村工程是个系统工程，需要庞大的资金支撑，在能否挣钱还是个未知数的情况下，谁甘愿冒险去垫资？在困难面前，县委、县政府多次召开会议，去外地参观，初步统一了建设美丽乡村思路。充分发挥自身五大优势，即交通优势得天独厚、村庄规划整齐规范、基础设施比较完善、园林绿化初具规模、上下干部团结一致。稳步推进五大工程，即绿化工程、基础设施工程、路灯工程、墙体立面及老宅改造工程、标识工程。会议气氛点燃了干部干事激情，与会同志热血沸腾，一致同意该思路。

通过摸着石过河，一边施工一边摸索，全县逐步形成了"有人出点儿，有人干活儿，有人垫钱儿"的优秀团队。县委县政府创办了每月17日"基准开放活动"日，在这一天对重点项目，进行实地查验，现场办公。在打造期间，全体干部把时间和精力都投入到了美丽乡村建设中。

在美丽乡村项目建设方面，采取与现代农业融合，与旅游产业融合，与艺术创作融合的模式，成功地创建了南下堡葫芦村、荷塘民宿南刘村、养生文化西胡堡村等一批省级美丽乡村。打造了具有冀南风格广平风韵的南堡彩绘村、知青故里谢南留村、冯生故里冯营村等一批特色乡村。扩建了具有广平特色的东湖公园，展示鹅城八景。同时，工业生产蒸蒸日上，日新月异。

建设美丽乡村，继续围绕"生态乡村、文化乡村、智慧乡村、艺术乡村、产业乡村、金融乡村"等六个方面去打造。

生态乡村，重点打造环城环村成景观林，按照一水一带两路五区去布局。五区：多彩苗木区、蔬菜种植区、果木区、花卉区、采摘区。改造垃圾坑塘，污水处理循环系统。利用光伏发电充分使用太阳能，保障公共照明用电、景点节点亮化效果。

文化乡村，采用文化墙彩绘的形式，大力推崇"仁义礼智信"这些传统文化精髓，让人与人之间和睦相处，尊老爱幼，明确是非标准，培塑良好的道德。丰富群众娱乐文化生活，县宣传部、文广新局、电视台建立合作关系，搞文艺演出，用群众喜闻乐见的形式引导群众形成正确的价值观。进一步弘扬社会正能量，通过评选最美家庭、优秀党员、最美婆媳等活动，移风易俗，树立新风。挖掘"鹅城"历史，牢记乡愁。

智慧乡村，现在是互联网时代，互联网影响着每个人，我们要学会运用互联网。首先要建立公共WIFI，这是个吸引人气的好办法，哪里有网那里就能留住人，使用智能手机的人通过关注微信平台组建成共同体，将好的政策、动态第一时间推送到每家每户，鼓励头脑灵活的村民开淘宝店，做微商。

艺术乡村，一方面挖掘本村的艺术人才，在手工、建筑、书法、绘画等，给他们施展自己才华的舞台。另一方面引进本县比较有名的艺术人才，比如剪纸、根雕、玉雕、麦秸秆工艺，成立艺术家工作室，让每个外来游客都能欣赏到县城农村的艺术文化。

产业乡村，美丽乡村建设需要帮扶但不能一直靠帮扶来维持，自己要有造血功能，实现造血功能就要依靠产业创收入。立足县情、镇情、村情实际，依靠产业最终实现壮集体经济，增加群众收入。

金融乡村，实施金融下乡服务，在各村设立银行服务点，方便群众取款存款。实施金融贷款服务，现在宅基地和耕地都在确权，用这些作为担保申请贷款，扶持群众搞特色养殖和特色种植。

作者简介：常文凤，男，1947年生于河北成安，中共党员、高中肄业。爱好文学创作，并在全国多家报刊上发表通讯报道及文学作品。现为成安县作家协会、地方文化协会理事，邯郸市作家协会、影视协会会员，河北省作家协会会员。2008年长篇小说《黄金缘》由中国文联出版社出版，并制作成电影；2015年出版《乡村故事》；主编《田园放歌》。

鹅城真的有天鹅

于文岗

　　龙城有龙吗？鹰城有鹰吗？麒麟城有麒麟吗？凤凰城有凤凰吗……我说的鹅城，却真的有天鹅，白的，黑的，很多。

　　在"鹅城"广平——这个被《广平府志》称为"古汉郡也"的地方采风，深深为这里的历史人文、美丽传奇所迷恋和陶醉。

　　据考，鹅城最初是指"赵南长城"的东端部分。岁月在漳河水的咆哮肆虐中静静逝去，"赵南长城"早已失去昔日雄伟，成为一道不规则的岗阜。躲避水患的人们纷纷移居"葛鹅城"遗址上，从而形成了一个自然村，称鹅城村。1369 年（明洪武二年），此前"规制未备，迁徙无常"的广平县治所移定鹅城村。从此，鹅城就成了广平县城。

　　突然有一天，鹅城有了鹅声。民国《广平志》曰：在县城西部，原为池沼地带，每临拂晓，当地百姓见凌空如海市一般，热闹非凡，并能隐约听到天鹅啼叫。民间将此传为：鹅神显灵，葛鹅下凡，探故土，抚苍生，斥妖魔退鬼怪。越传越神也越远，从此广平名声大震，成了名副其实的"鹅城"。

　　传说归传说。依我看，实情八成是漳河长期分四支流过广平境，河流纵横、苇荡丛生，这里便成了天鹅、野鸭等众多水鸟的栖息之地。顺治年间，时任广平知县高爽所作"八景诗"之一《鹅浦秋声》有诗句："入年秋声非是雁，鹅城何日不闻秋，"就描绘了每天群鹅叫声如秋天过往雁鸣的情景。再加上秋天来临，南飞的天鹅路过广平小憩暂住，与这里的鸟伴儿们玩一玩，"鹅浦秋声"就被放大。这不仅让鹅城的人们找到鹅城的存在感，也陡增了鹅城的神秘感。然而，这一景象必然随着新中国成立后工农业用水大增，华北水资源紧缺以至长期干旱，池沼湿地相继褪去而风景不在。

　　严酷的现实挡不住人们对美好生活的向往。"引黄济冀"穿过广平的历史机遇，让"鹅城"的当家人决定投资 1.75 亿元，建设环城水系，打造美丽生态县城。水系工程由"两湖""五河""一园"组成，"五河"全长约 22.64 公里，建成后可形成 1500 亩的水面。水系工程共分三期，2014 年初开工建设，2015 年 12 月

14 日全线贯通通水，2016 年"五一"开通环城水系 12.64 公里游船航线。

黄河水滋润了鹅城，鹅城有了灵气，接上了仙气。一个清朗的秋日，我们采风到此，从"凌霄雁塔"码头乘游船，观赏一水环城、八景点缀、十桥飞架，自然联想起桂林"两江四湖"游的情景，几分"甲天下"的意味涌上心头。

精彩最是东湖公园漫步。公园入口处，九根关于天鹅故事的浮雕石柱巍然屹立，彰显着鹅城美丽古老传说的文化底蕴。蓝天，绿地，红叶，碧水，白鹅。远处，鹅桥展翅亭榭秀姿；近水，树影婆娑天鹅闲嬉。岸边的几只，见我们靠近竟毫无胆怯，曲项还做出"?"的经典姿势，像是"有礼了"——好一幅鹅湖秋景图。

环城水系，让鹅城唤回了它的精灵，让天鹅迷恋上它的故乡，让东湖变成了"天鹅湖"。这些精灵们冬天也不走了，还引来了鄱阳湖鸳鸯鸭等水鸟互伴同嬉，与这里的亲们，共享鹅城的美好生活。

这正是："鹅浦秋声"今又是——厉害了，广平！

想吃天鹅肉的人

汪金友

一说想吃天鹅肉，很多人都会想到癞蛤蟆。其实在我们的现实生活中，也有很多想吃天鹅肉的人。比如河北邯郸的广平县，就有一个人，为了尝尝天鹅肉的味道，乘着夜深人静，偷偷到湖里抓了一只天鹅。而当他正盘算着蒸着吃还是煮着吃的时候，派出所的人来敲门，直接把他送进了拘留所。

广平县在邯郸东部，历史上称为"鹅城"。传说赵武灵王的夫人葛鹅，曾在此主持修建了"赵南长城"，所以人们便把这里称之为"夫人城""葛鹅城"。《广平县志》记载：明清时期，城西原为池沼地带。每临拂晓，当地百姓见凌空如海市一般，热闹非凡，并能隐隐约约听到悦耳的天鹅啼叫之声。民间将此传为："鹅神显灵。天鹅（葛鹅）下凡，探故土，抚苍生，斥妖魔，退鬼怪。"

于是，各地到广平聆听天鹅鸣啼之潮，如登泰山观日出一般，人山人海，川流不息。上至达官贵人、文人墨客，下至黎庶百姓，纷至沓来。有的是神奇观景，有的是求神拜仙。"入年秋声非是雁，鹅城何曰不闻秋"，这也成为历史上广平县境八景之一的"鹅浦秋声"。从此广平声名大震，成了名副其实的"鹅城"。

广平"鹅城"的美誉，主要来自于独特的地理环境。北宋时，黄河流经广平。金时变迁离境，但漳河却有四个支流，长期流过广平境内。由于河流纵横、苇荡丛生，这里便成了天鹅、野鸭等众多水鸟栖息之地。每当夏秋之际，当地人就在河边的叉荡口，看芦苇茂盛，听天鹅啼鸣。

令人惊讶不已的是，2017 年 10 月，我们到广平采风的时候，竟然真的见到了天鹅。不是一只，而是上百只；不是一种，而是几种；不只有天鹅，还有鸳鸯、野鸭等多种珍禽。它们栖息在广平县城东侧的东湖里。白天吃湖边的草，晚上在湖水里睡觉。

听这里的工作人员说，广平东湖共有四种天鹅，即大天鹅、小天鹅、疣鼻天鹅和黑天鹅。大天鹅是世界上最大的天鹅，小天鹅是叫声最洪亮的天鹅，疣鼻天鹅是最漂亮的天鹅，黑天鹅是世界上最具观赏价值的天鹅。

可能在每个人的内心深处，都有一种天鹅情结。所以一见到天鹅，一群人就都追过去欣赏和拍照。而这里的天鹅，一点都不害怕，不躲也不跑。甚至你一招手，它们还会冲你游过来，你愿意怎么看就怎么看，愿意怎么拍就怎么拍。

我笑问："这里有没有人想吃天鹅肉？"带我们参观的一位广平县领导回答："有啊，前几年天鹅刚到这里栖息的时候，就有一个单位的职工，喝醉了酒之后，偷偷地抓了一只天鹅，准备拿回去吃肉。可他并不知道，为了保护天鹅，我们在这个东湖的周围，都装了摄像头。他的一举一动，全都被拍了下来。公安机关顺蔓摸瓜，很快把他抓获归案，然后拘留罚款。天鹅肉没有吃到，反倒成为人们街谈巷议的一个笑话。"

我们都笑了，笑这个职工没有文化。所谓"天鹅肉"，比喻的是一种美好而且常常是可望不可及的目标，怎么能够真的到湖里去抓天鹅？不过他这也属于"醉抓"，如果血液中的酒精含量大于或者等于80mg/100mL，就什么傻事、丑事、糊涂事，都可能干得出来。

《百度汉语》中说，"癞蛤蟆想吃天鹅肉"这句俗语，出自施耐庵的《水浒传》第101回。有个副排军王庆，闲来无事，到玉津圃游玩。发现十来个干办、虞候、伴当、养娘人等，簇着一乘轿子。轿子里面，坐着一个如花似朵的年少女子。那王庆是个好色之徒，见了这般标致的女子，把个魂灵都吊下来，于是就上前献殷勤。他不知，这美貌少女是蔡京的孙媳妇。跟随的一个虞候，认得排军王庆，见他调戏自家少主，劈脸就打了他一掌。王庆抱头鼠窜，一口唾，叫声道："啐！我直恁这般呆，癞虾蟆怎想吃天鹅肉！"

有一位老师，出了一道歇后语的填空题："癞蛤蟆想吃天鹅肉——"，后边是什么？结果学生们有的答"异想天开"，有的答"痴心妄想"，有的答"不自量力"，有的答"不知天高地厚"。老师说这些答案都对，因为"癞蛤蟆想吃天鹅肉"的解释，就是比喻人没有自知之明，一心想谋取不可能到手的东西。

但"癞蛤蟆不能吃天鹅肉"的传统和规律，也逐渐被新时代的观念和实践所打破。在现实生活中，有很多曾经的"癞蛤蟆"，都吃到了美丽的"天鹅肉"。不信你看看自己的周围，一些长相很丑的人，却娶到了漂亮的老婆；一些本来很穷的人，却摇身一变成为富豪；一些出身底层的人，却飞黄腾达成为显贵；一些旮旯里的无名鼠辈，却一夜走红成为明星。

有首歌中唱道："有梦想谁都了不起，有勇气就会有奇迹。"不想成为元帅的士兵不是好士兵，不想吃天鹅肉的癞蛤蟆也不是好蛤蟆。只是要想吃天鹅肉，第一自己要努力，第二要经天鹅同意，第三不能破坏社会的规矩。

诗词

郭伟摄影

天鹅湖

冰洁（一等奖）

天水相依连成一片
浪花敞开博大情怀
澄澈透明的湖面
收藏着
光的潋滟与四季的花色
星辰白云
时常潜入湖底畅快滑行

踏遍万水千山
看到你那神秘的尊严
托起一个完美的大自然
我才知道
水滴落在波光里
更需要
一种忠贞与不渝
从水中站立

和煦的风
送来一缕缕阳光
洁白的芦花
含着微笑点头相迎
四周
是坦荡的群山
你的生活里
蝶飞蜂舞　花开正艳

你的生活里
苇荡广阔　水美鱼鲜

是谁
朝霞里一同飞出
夕阳里一起回归
用足尖踏着浪花
诠释了舞蹈的真谛
带来温情吉祥

我很神往诚皈于你
循着天籁
以爱相沐　纤尘不染
和你
心相印影相随

　　作者简介：冰洁，著名词人，代表作《幸福赞歌》《回家过年》《嘀格调》《相约快乐》《幸福赞歌》《你是我阳光》《师魂》。多次获得各种奖项。其励志故事《词作家冰洁：让梦想开花》，已编入课外阅读教材《初中语文（漫阅读）》（八年级上册）。

广平精准扶贫赋

刘丽云（一等奖）

　　太行东麓之广平，隶属邯郸之县。滥觞于春秋战国，蕴蕴兮三千年。一方骏概，脉长渊远。鹅城别名，历代相沿。广阔无垠，一望无边，四野辽夐，如鉴平坦，此乃域名之始端。近临京广、京九铁路干线，高速公路南北纵贯，邯济铁路横穿。县域人口近三十万。

　　美邑鹅城古有毓秀千般，怎奈漳流移迁，八景荡然不见。广野茫茫兮贫根难剪。今幸逢盛世，喜有机缘。英明习总，湘西考察而提精准；扶贫兴邦，天下为先。广平县委县政府，紧跟党中央，精准定向扶贫，寻找贫困根源：中壮劳力远走，老人妇孺守天。辛劳依然困顿，四季躬耕无闲，不是百姓慵懒，而是缺少外援。致贫原因多样，有的放矢方能解难。扶贫不是神仙，须精准踏石攻坚。

　　广平县委县政府，成立扶贫工作组，夙夜在公兮精心谋划；对症施治兮凝心聚力，谋划扶贫之良策。扶贫先扶德，扶贫先扶志。扶德与政策并举，干部与群众并力，攻坚拔寨，决胜小康，其事大定矣！

　　壮哉，广平！号令一声，上下同谋，党员有爱，贫者无忧。争朝夕而催民富，强举措以消困愁。对口帮扶，成效以显；挂图作战，实绩而收。产业加就业，推进龙头。专业合作社与贫困户联手。加快脱贫步伐，取得巨大成就。坦途连万户，净水畅千流。新绿绕农舍，硕果挂田畴。民生之根基永固，国梦之道路长修。鱼可授之，只无一时之馑；翅若振之，则有浩空之游。建美丽中国之大略，圆民族复兴之宏猷。精准铺开，脱贫增速；广平崛起，河北最优。

　　美哉，鹅城虽古览无存，新八景更胜：嘉瑞二期打造新型旅游工程，骋遐思於环城水系看千佛凌空。美丽乡村游园飞英，清漳、牛庄等，村村碧青。满园多常绿之宝树，终年有芬芳不凋零。凌霄塔云蒸霞蔚，天鹅湖水影波光滢滢。

　　嗟乎！今逢盛世，春风骀荡。百花烂漫，撒幽播香；今日之广平，农兴商茂，精准首当：扶贫扶志，自立自强。好儿女家乡奋斗，志犹未央。抬眼望万里朗宇，盈瑞呈祥。俯首观广平大地，郁郁苍苍。亘古鹅城，堪称燕赵之美丽农乡；现代广平，必将造就中原大地新篇章！

作者简介：刘丽云，邯郸市人，现任邯郸27中学特色办兼语委办主任。2017年荣获河北省宣传部、文明办授予的"才女星"称号。河北省国学学会书画艺术研究院副院长；省书创会副秘书长；省国学学会"青少年国学教育中心"常务副主任；邯郸市国学研究会青少年国学教育委员会副主任兼秘书长；邯郸教育文联诗词楹联协会秘书长。创作的大量古典诗词在《邯郸晚报》《河北国学》等杂志和网络媒体上发表，还出版了大量的教学论文论著等。

广平走笔（组诗）

高伟（二等奖）

广平牡丹

在广平　牡丹不需要洛阳的神话
不需要菏泽的传说
还有昆明四季如春的应许
照样长得比豆腐还嫩　比幻想还娇艳
肥美的青春期　广平牡丹一点不需要
长得比理智清瘦　不需要修饰成网红脸

在春天　广平牡丹是要来奔赴一场恋爱的
轰轰烈烈的那一种　要开
就无法无天地开　喷泉一般地开
广平牡丹有点恃美行凶

用赴死的力量去开
仿佛生命只有今天那样去开
广平牡丹率领一个兵团的血液
把恋爱谈得如火如荼
牡丹的言情剧在人间的朋友圈爆屏

就没打算来日方长　这又怎么样呢
此时此刻　天恩与世仇合一
生与死合一

对着广平牡丹　我喃喃

爱情本身就是一个身体
爱情本身就是一个身体的灵魂事件
爱情本身就是一个灵魂的身体事件
爱情　就像穿在身体上的衣裳一样的
广平牡丹

广平天鹅

广平的天鹅　小杨树一般的颈
比小提琴的腰还美
那是一种摆脱了人尘世约束的高贵
这高贵源自一种不属于物的优雅
这当然是我的虚构　广平天鹅是不知道的
不知道的天鹅比美更美　一只一只
像一个一个诗中的汉字
在水里洗

帮我洗洗浑身上下那一身红尘的浊气
藏在内里的那假装成和气的狰狞
满耳的噪声　黏稠的人际
都帮我洗一洗
让我堂堂正正一会儿　在广平

我在人间走了半辈子路
这地球上的尤物　我只在广平见到
这首席的优雅　让这个四月的回味才貌双全
天鹅徐徐转动　小杨树漂移
我被美灼伤　随时都幸福
生命里的那些感动　把它们请出来
就是我的力量

黑天鹅只是黑　白天鹅只是白
都是好天鹅　都是神灵的孩子
没有人间的黑天鹅事件
没有分别心
如果风吹得再大些　广平就更静了
时间慢下来　心就慢下来
翻书那般徐徐地慢
我一个人从青岛去广平　一点也不与世隔绝
我只想让自己无用
带着热爱阳光的心热爱此生此世
在幸福结束之前　做一个幸福的人

冯生与辛十四娘

爱让冯生在蒲松龄笔下永生
冯生才有冯生故里
冯生故里在广平

爱要有妖的决绝　人的缠绵是不够的
聊斋也是　聊的都是妖的斋
人的斋是聊不美的
爱要像妖一样执着　孤注一掷地去爱
爱得鱼死网破　爱得前言不搭后语
像堂吉诃德热爱风车那样较劲地去爱

爱要有妖的简单　复杂的人是不够的
比如冯生与辛十四娘　在广平
几百年前　就痴痴地爱过一回
爱得生死不分　爱得把自己的命搭进了深渊

辛十四娘　白衣仙仙

蒲松龄笔下的狐妖　美得不像话
也痴迷得不像话　妖不知道人有多坏
人的坏因此对妖是肤浅的
不疯魔不成活　也许或者会没有也许
也许或者会感染了用人心做成的肉身
比如冯营村里的冯生　那人心中柔软生动的部分
冯生用来爱了辛十四娘

红尘中最本质的好　爱与生命
人的缠绵是不够的　那人与妖爱成的恋意
妖总是比人投入得心碎　妖不懂得算计
妖才能够粉身为火　化火为蝶

我高高地举起诗歌　连同被损害的美的低声呜咽
除非爱到很深　深到恨不得我也是狐妖
有力气背负着自己的罪过
我愿意像辛十四娘那样
在尘世上来一场蝴蝶一天那么长的爱情
蝴蝶一天那么长的爱情
胜过一万回肉体的寻欢作乐

爱是漂亮而困难的问题　要获得爱
必须把自己变成妖　像辛十四娘
我弱小到只有进攻
我天真到只有无邪　东邪西毒的邪
万剑穿心　习惯就好

作者简介：高伟，女，山东夏津人，编辑记者，就职于《青岛晚报》社。中国作家协会会员，青岛市作家协会副主席，青岛市作家协会诗歌委员会主任，山东作家协会委员。散文、诗歌见于《作家》《文学自由谈》《诗刊》《星星》《杂文选刊》《中华读书报》等。出版诗集《玫瑰 蝴蝶 梅花》《风中的海星星》；出版随笔集《她传奇》《他传奇》《爱传奇》《生命从来不肯简单》《每一次破碎都是盛开》《包扎伤口还是包扎刀子》等近20部。

广平赋

杨子（二等奖）

　　夫广平者，广其仁惠，平其政刑。择太行东麓而居，延冀晋而连鲁豫。燕赵肇始于春秋，为赤狄之胜占据；刘聪兵杀于曲梁，又高齐隋开皇初。广平地杰人灵，王气臻存——曹孟德围邺，魏郡建此；窦建德固城，屯军贵处。故福地文香武盛，风雅于共。忆漳南书院，书风盛浓；葛鹅戍乡，千年相从；赵南长城，旧迹有踪；凌霄雁塔，呼啸葱茏。昔河流纵横，苇荡丛生；荆山竞秀，千佛凌空；商贸云集，富贾相拥。王孝莆（王世扬）为官，誉满朝中；吴元珪（宰相）爱民，事必亲躬。文状元李齐、忠贞不移；武状元蜀锦、技压群雄！夫长河绵延，平原广袤，毓就英才；复胜迹接踵，史章妙录，润泽文脉！噫嘻：人不在显，有志则灵；斯是偏地，奋起则名！

　　春风推澜，捧出鹅城之清明；黑白鹅戏，听得妩媚之呼鸣；霞光万丈，雀台熠熠生丽景；临漳旧事，尽诉幽幽冯生情；鬼谷子地，云气蒸腾显圣名。紫气降临，美丽乡村伴丰盈。三馆两中心，开时代之璀璨；数十万生民，掌致富之风帆。壮志铿锵，耀我家邦！紧步跟从，赢得兴旺！牡丹灼灼，吐淡淡之沁香；连翘隐隐，待来年之盛妆。嘉瑞二期，筑旅游之美乡；成安人文，散蕴蕴之芬芳——徐秀才断案，啼笑皆非；大姑庙事迹，前尘可追；县寇准靴子，民念心随；赵家店猪蹄，美食首推。

　　世事变迁兮，旧史可鉴；开疆扩土兮，霞光翩跹；八景再造兮，韵味更玄。鹅城名响兮，东湖思恋；广野贫瘠兮，力挽狂澜。敢为人先兮，绿色扶贫；众志长城兮，植树造林。旅游观光兮，文史宣扬；治贫怡德兮，官民泰昌；攻坚克难兮，赢得辉煌；铁肩担当兮，造福一方！嗟呼！祝晴风十里，阡陌丰收；商旅万千，来往兴悠；广平游船，畅谈跟投；亘古鹅城，再胜一筹！改革诗章，厚载春秋！

自度曲

杨子（二等奖）

春润花红，烟传凝碧，小园正斗芳菲。广平邀约，生态也杨眉。
云蔼蔼、桃开李绽；风淡淡、燕舞莺飞。
销魂处，天鹅戏对，缱绻水之湄。

且偷闲半日，踏青觅丽，真个痴迷。
两三黛绿，映照罗衣。
阡陌里，暖香细细；河岸上，兰芷离离。
虐欢喜，留恋往返，不负探花期。

作者简介：杨子，原名陈素华，浙江温州人，诗人、作家、剧作家。中华诗词学会会员，浙江诗词学会理事，温州鹿城影视家协会理事，中国国际文化促进会文化交流发展委员会秘书长。作品散见各种国家级刊物，出版诗集《青木集》《大江卷雪》《蒲江吟草》、赋集《中国百城赋》，大型电视系列纪录片《弘一大师》编剧撰稿。独立创作完成十五部电影剧本。

七绝　赞广平天鹅湖

宋领（二等奖）

七绝　赞广平天鹅湖
镜湖暖水漾云波，
白鹄翩翩依岸多。
若让故人游此地，
邀来诗客赋春歌。

游广平感怀
春到鹅城绮梦牵，
小桥流水陌生烟。
轻舟缓缓风儿醉，
疑是桃源在眼前。

作者简介：宋领，中国楹联学会理事，中华诗词学会会员，河北省楹联学会常务理事，邯郸市诗词楹联协会副主席，成安县文联秘书长、成安县诗词楹联协会主席。

喝下这杯赵王酒

书涵（三等奖）

牡丹盛开的四月
循着赵王的足迹
走进邯郸

在这座历史悠久的文化古城
四处飘来一股柔和醇香的酒味
透过牡丹花香的家园
漫溢缭绕

这就是广聚天下酒师
配方独特酿制精湛
在那个群雄争霸的时代
一度成为赵国外交王牌的
赵王酒

近距离与它接触
酒未饮　身已醉
打开一坛深呼吸
扑鼻而来散发的诱香
勾起人想起那个
"鲁酒薄而邯郸围"的传奇故事
因酒醇厚而能招致无端祸事
非赵王酒莫属了

不愧为经年久酿　双重窖藏

既采用滏河古道传承的原始菌落群
又结合现代科技精酿而成的赵王酒
三千年无断代的传承
已在时光的隧道里
凝结成了一缕绵绵沉香
馥郁悠长

喝下这杯赵王酒
卸下旅途的疲惫
在齿颊留香的韵味间
一曲新词酒一杯
淋漓尽致地去豪饮
赵王曾亲自督造美酒的佳话

让邯郸之行
成为不枉此行的回味
留这份情怀在心中
继续畅饮饱含主人深情的
赵王酒

作者简介：书涵，原名刘红燕，籍贯甘肃。毕业于天津南开大学，中华诗词文化传承人、甘肃省作家协会会员、天津市作家协会会员。现为《冰洁诗刊》《中外华语作家》签约诗人和任职新加坡华文外教老师。有若干诗歌、散文、小说发表于国内外报刊，个别作品获奖。

来了，就舍不得走

田淑伍（三等奖）

这里有老土地 老房子 老风光 老人
还有古老的故事
永远留下来的传说

我来了
带着对古老土地的敬畏
带着对神秘传说的向往
走近你
与天鹅起舞
共朝霞做伴

来了　就舍不得走
我漫步在天鹅湖畔
云随我走
桥随我走
天随我走

夕阳的余晖
映照着波光粼粼的天鹅湖
天鹅在水中游弋
我在霞光里陪伴天鹅的翅膀

白天鹅　黑天鹅
还有绒球似的小天鹅
在大天鹅的周围嬉戏

一如人间的天伦之乐

如果说
湖水有几千年的历史
那么
这里就有历代人的奔波
鹅城
童话般的城市
涅槃重生
丑小鸭变成了白天鹅

来了
就舍不得走
我想听赵王的故事
想听古镇的传说
更想听
一代代人
在这片古老的土地上
开凿　打磨　耕耘　收获

于是
古老的土地
有了新的故事　新的风景　新的开拓

我来了
逛逛牡丹园
闻一闻花的芳香
赏一赏花的秀色
牡丹园繁花朵朵
白的　蓝的　紫的　红的
我在群花包围里

醉了

白牡丹高洁娇羞
风中摇曳
紫牡丹高贵冷艳
不惹尘埃
……
还有呢
游览的人群
花丛中啧啧赞叹　沉迷流连

来了
就舍不得走

走进广平
喝一杯赵王酒吧
把深厚土地的豪气
孕育心间
而后
行走在古镇街口
聆听古老的歌谣

饮赵王酒醉
再去田野里
看　大片大片的果苗儿
稻草人儿低语
缠绕的风铃
见证了种植的快乐
待到果树结果儿
风铃清脆
稻草人风中挥舞手中的红绸

惊起鸟雀纷飞

来了
就舍不得走

听到了吗
私塾里
是谁在诵读
《诗经》
关关雎鸠　在河之洲
窈窕淑女　君子好逑
……
不　不是私塾
是国际学校的朗朗读书声
把古老的文明传承

来了
就舍不得走
喝一杯赵王酒吧
而后在夕阳西下
天鹅湖畔
尽兴成舟！

作者简介：田淑伍，女，河北省唐山市滦南职业教育中心高级教师，唐山市先进教学工作者,《中国当代诗词精选》主编，清风世界文学主编。作品多在《中国诗百科》《中国关雎爱情诗》《中国新诗百年》《世纪诗典》等杂志上发表；曾十次在全国诗歌大赛中获奖。小说《狐媚君心》签约飞卢小说网并发表。

致广平

黄玉龙（三等奖）

燕赵大地
一道柬讯
分娩
梦中已久的想象

走进华北平原，四月
春风呼呼
一如
老友爽朗的问候扑面

我花白的发丝舞飞鹅城
拔响东湖
秀色天籁
古老而又年轻悠扬的鹅鸣

千年广平
迎来百名文人骚客
墨香熏醉
依依杨柳

红黄蓝
三原色
泼、描
冀南热土

一行行文字，游走
如绢如绣的水乡村落
我的诗行走进晚霞
点燃夕阳

广平的脚步
沉睡的葛鹅无法丈量追随
借赵王酒，一醉
红颜欣慰

百闻不如一见
邯郸学步桥上
我
先迈左脚，还是右脚

作者简介：黄玉龙，男，安徽人。中国诗歌学会会员、世界汉诗国际一级诗人、安徽省作家协会会员、香港诗人联盟、香港诗人报社永久会员。中国诗歌会安徽分会会长《当代文学艺术》微刊副总编《冰洁诗刊》《文学与艺术》签约作家（诗人）。作品散见于国家省市报刊及网络微刊平台，作品多次获奖。

天鹅湖

黄志（三等奖）

在飘飞的
雪花中
我看到 你转了转身
春天就来了

天鹅湖
水天相连
你被四月的风
拉开帷幕

湖水清澈
将孕育出的
童话
故事在这里分娩

近距离地走近你
让我看清
湖泊中的小草儿
花瓣儿和坐在湖边的人儿
一样
安静地躺在湖面

天鹅
像浮出水面的
芦苇

我清晰地
看到　你在水中波动时的
身影
和腾飞时奋力向上的
每一个细节

这渐次打开的
湖面　不再与我
心与心之间
隔着一层晨雾
一层薄冰　不在与我心与心之间隔着
鲜花和绿草向我吐露的
心声
和向苍天的呐喊
以及她们在挺胸抬头之前
走过的
漫长的冬季

湖水
被大片大片的鲜花和绿草围着
我总是喜欢
把你
和阳光下一步步
向我走来的
春天　联系在一起

　　作者简介：黄志，笔名诗耘。上世纪 60 年代生于北京，全国公安作家协会会员。中国诗歌学会会员。诗歌发表在《文艺报》《绿风》《神剑杂志》《诗探索》《诗东北》《北京作家》《公安文艺》《人民公安报》等杂志、报纸。作品多次获奖。

广平采风楹联十六副

杨立欣（三等奖）

1 题冯营村容村貌
锦绣村庄，皴亮文明生态；
丹青田野，描红烂漫春天。

2 题冯营村冯生故里
凄美传说，五百更迭，绝笔佳篇传后世；
离奇鬼怪，三千爱恋，情迷意乱醒今人。

3 题东湖公园（1）
天鹅迷醉湖中水；
过客恰当景里人。

4 题东湖公园（2）
鹅城拳状威名广；
京畿衢通财路平。
【尾嵌"广平"】

5 题单树福主席
夜不寐，食不安，脚步匆匆，
忙为广平通富路；
心在初，气在壮，胸怀荡荡，
苦于全县绘宏图。

6 题广平扶贫干部
漫漫扶贫路，廿载栉风沐雨；

悠悠爱党情，一生实意诚心。

7 题三馆两中心
以文立根，善谋善举，胆具卓识存远见；
凭义交友，重义重仁，心容大量有宽宏。
【指重视文化基础设施建设，广纳各方艺术人才】

8 题牡丹园（1）
驱动创新，且看鹅乡添国色；
含苞吐蕾，欣闻洛邑送天香。
【洛邑，洛阳别称】

9 题牡丹园（2）
蜂至蝶涌成景色；
墨泼笔畅做文章。

10 题莱克国际学校（1）
引教招商置下千秋业；
荫今福后铭及万代恩。

11 题莱克国际学校（2）
引商引智引学引莱克；
兴教兴文兴业兴广平。

12 题嘉瑞生物科技公司
敢撩纤道面纱，一探健康真谛；
且看微观世界，百求生命本源。

13 题广平美丽乡村建设
化雨春风，乡村隆起青山景；
登程骏马，项目做成产业群。

14 题党建示范园
舍前植杏李，党建园林挥赤帜；
人后听议论，民评窗口刻芳名。

15 题广平重视文化、重视人才
底蕴深掘施教化，文以载道，
道之安邦，民心方顺；
贤才广纳承担当，智能兼德，
德可信众，事业才兴。

16 题赵王集团
醉卧鹅城，英豪义气；
惊呼霸业，工匠精神。

作者简介：杨立欣，中国曲艺家协会会员，中国群文学会会员，唐山市民间艺术家协会理事、民间文学协会副主席，现任滦南县文联主席。在国家省市报刊发表过千余篇新闻宣传稿件，多篇获奖；创作曲艺作品200余篇、大型剧目6篇，并在央视戏曲频道荣获优秀演出奖，荣获首届唐山文学奖，河北省影视奔马奖二等奖。多篇文化类论文在省市获奖。主编和参与编写图书与音像制品十多部。

读城

李真理（三等奖）

春日
又一次朗照广平了
又有美丽的梧桐花绽放一片执着了
那淡淡的紫
那淡淡的香
于无声处
小艳唯唯争春时
悄然引凤落绿枝

请允许我
就这样
静静地
以仰望的姿态
读你
你是一首诗
一行行
写满了如酒的陈年
冯生的爱情传奇
赵武灵王的胡服骑射

一页页
密密麻麻记忆着风雨忧喜
当天国的光辉照耀在你的额际
劳动的号子再次响起
春风大雅

秋水文章
记录着你脱贫攻坚的点点滴滴

就这样
静静地
以仰望的姿态
读你
你是一幅油画
色彩浓郁
白色的雪莲黑色的乌缎
是天鹅湖精致的亮点
而一抹粉一丛绿芳香了国色牡丹园
一弯水一条船灵动了古朴平原小镇
相得益彰的盎然生机姹紫嫣红了油画特有的线条、色块的寓意
你的意境你的深邃你的温润你的清纯
宛若天成的少女

就这样，
静静地
以仰望的姿态
读你
你是一棵树
枝枝蔓蔓写满了别样的道路
从众志成城林的连翘
到职教英才林的红心
从脱贫路上不掉队的残疾人邵书军
到嘉瑞生物的高端科技展现
让二次创业再次雄起的广平
以树的姿态矗立在中华大地精准扶贫的最前沿
爱民富民的暖心举措
让三十万人感受

在进取中快乐

在快乐中进取

读你

就是阅读一个惊喜

广平人用意志把信念高高托举

读你

读出了豪迈读出了铿锵

读出了此刻太阳正辉煌

此时广平正鲜亮

作者简介：李真理，笔名李妮、雨微、滦县文联副主席、唐山作协理事、河北省作协会员、中国散文家协会会员。曾出版小说集《爱或者沉默》《草堂雨微》，纪实文学《杏林春早》《岁月留痕》。中篇小说《苦楝花开》在《鸭绿江》发头条。有小说、散文、报告文学在各级报刊杂志发表。2017年10月报告文学《杠上一个荣誉》获得河北文联、《当代人》等十七家期刊联盟举办的《讴歌祖国、礼赞英雄》征文二等奖。

辉煌广平

张明银

广平
眼前竖起赵国
一条河
护着鹅城
一个窈窕淑女
脱胎换骨成黑天鹅

麦苗连接村庄
鸟的话语夹着歌声
北方
长方形的庄稼地
大雁熟悉的故里
稻草人得意的肩膀
担子前后挑起的都是村落

青苗抽紧初期的穗香
微风
做旧了春天的婚礼
与四月签约的仪式
春雷声催开梨花的玉带
碧水浣纱

日月不歇息
怀着暮色
把每一个季节攥在手心

星星的棋盘也做算盘珠
把吉祥的黄历叠起
滋养春夏秋冬

富足
总有脚下的路
光阴迈着轻盈的步履
把艰辛踩碎
以人为本谋略上策
打造绿水青山的信念
坚守崛起的金山银山

初遇广平
挥毫的墨迹
添加邯郸的华章里
妙语里创新科技
垦一方沃土
栽种诗情画意
鹅城的辉煌
撰写灿烂

作者简介：张明银，女，笔名雨露，云舒。天津市人，祖籍山东省东平县。天津市作家协会会员，中国网络作家协会会员，中国诗歌学会会员，中国散文学会会员，天津市梁斌研究会会员，中国诗歌网会员，天津市桃花堤诗社会员，天津市海河文学社副社长。任多家微信平台顾问，编辑，著有《雨露诗文集》一书。作品曾在《天津日报》《城市快报》《中老年时报》《河北省农民报》多家报刊发表，入选多部书籍，多次获文学奖项。

放歌广平

穆大伟

波纹潋滟的东湖
闪烁着朦胧
黑白天鹅嬉戏
喧闹出燕赵神奇

铺一地新绿
扶贫昭示苍天
黄土地绽笑脸
放歌广平
唱响开镰乐章

浴火中淬炼
锦鸡和鸣
规划帮扶蓝图
精准到位
环城碧波奏曲
弹拨农耕春潮

风雷悦耳
灵气贯长虹
一朝蔬果满地
纵横奏凯华夏

作者简介：穆大伟，天津市人。笔名山人，银行退休，天津市作家协会会员，中华诗词文化传承人、中国诗歌学会会员、中国散文学会会员，海河文学社副社长、微刊平台顾问、副主编等，著有《大伟文存》一书。曾在《天津工人报》等征文比赛中获奖，散文、诗歌被《天津工人报》《中老年时报》《海河文学》《河北农民报》等报刊发表。

广平环城水

沉鱼

自古源头天上水，而今环绕古鹅城。
画船涌浪金光耀，烟柳倾城隐碧声。
寻梦虹桥添锦绣，解空雁塔落晴明。
人间仙境何须觅，已醉身心在广平。

注释：

千佛凌空——古时广平不仅有优美的自然风光，还有一些历史悠久的人文古迹。据县志记载，城东有座唐时始建的千佛寺，寺院占地四十多亩，不仅有五重大殿，还有几十尊高约两丈八尺的佛像。楼台高耸的佛寺，不仅是当时广平人精神上的殿堂，也是人们游玩的好去处。直到清初，千佛寺还很昌盛。高爽诗云：突兀楼台插碧霄，佛天无地不岧峣。登高四望遥闻偈，疑向寒天夜听潮。

凌霄雁塔——古时千佛寺内还有一座镇寺古塔，据传与西安大雁塔相似，由于年代久远，此塔详貌不清，但高爽诗中作了这样的描述：露形今已久归空，毕竟须思未有同。若使有无国一信，铃铎何日不摇风。

　　作者简介：沉鱼，本名宋燕琳，女，居北京。《中外华语作家》签约作家，《世界诗人》签约诗人。《清风世界文学》2018年签约作家。诗歌、散文等作品散见于《有书共读》学员作品集、《中国亲情诗典》《中国当代经典诗集》《新诗百年——中国当代诗人佳作选》《中华诗词品大辞典》（下卷）。《中国当代诗歌大辞典》及《新时代诗典》《中华福苑诗典》第二卷。多次获得各种奖项。

广平觅情

向翔

一

刚毅的风走在路上，亘古的蓝天飘落在冀南平原的大地。

梧桐正开着紫色的花，瘦瘦的风中等一场雨信。

一排排笔直的杨树，从根生出发，向天空刻写生长的脚印。

高指苍穹，长高一寸，让大地抬高一尺。

漳河在地心深处漾动，坚实的韧性在挺拔中张扬。

古老的土地，几千年的燕赵文化，抖落了的烟尘时空。

以王的风骨，壮士之歌穿越而来。

气概与豪莽，江山里的风光，如诗如剑。

一方活着的水土，历史的光芒与青春。

水从很远的异乡走来，带着生气，泛着绿蓝，

把天鹅湖的潋滟写进了镜白之上，逐水而歌。

走出千年风雨，切开冰冷的沉寂，以飞翔的姿态。

去追逐星光，追逐梦想。

让生动的景致，一点点落进幸福的画面。

收获阳光雨露，吐纳日月星辰。

二

走在乡村的路上，风带来远古的信笺，皈依勤劳与善良的人。

一肩风霜长在树上，追着远方一起跑。

无垠的平原，几千年的洗礼，古朴与韶光，丰满了一座不老的城。

人的精神，城市的气质，泛蓝的光芒，古铜色的久远。

在冀中大地，铺呈宜居、生态、人文、风景之美。

张扬扶贫攻坚的旗帜，不等不靠，不屈的信仰。

践行国旗下的诺言，滋养着这片深情的土地。

在最美的季节里种下长青的种子，拔节成参天大树。

把对未来最真切的期盼，在舞絮撩波的风里荡漾。

写意幸福广平，人居之城，醉饮着古老与文明。

追赶生命的风景，在时光之巅重现。

当晨曦初照，梦想已经走在路上。

仿佛抬头看见星光，滴露的蓝褪尽沧桑。

俨了醇香的赵王酒，只品一口。

浓烈卷迭，抵达人心的醉。

三

国色天香，高贵了一城暗香盈动。

牡丹放开了妖娆与芳华，丰美而绰约。

把一代传说填写成阙词，妆扮了半城清远，半城风流。

古老与文明，相互交织的故事，在广平传颂。

像涌动的旗帜，一次次在风里飘动，扬起远航的风帆。

守住对人民的承诺，对誓言的忠诚，让前行的步伐。

留下了一处处的风景，一道道安居的笑脸。

在小城的每个角落，水色风情，景致高远。

写下了发展的篇章，未来的锦绣。

以一湖环城灵动盛开的莲，莹光千佛，凌空流水。

透亮了一城风光，让暖色的回忆一路走来。

在神性的梦里高飞，智慧与淳朴，深养了花朵与果实。

云朵之上的日光被一次次浆洗了几回。

今夜，谁穿越了一城风景，把灵魂典当给了广平。

聆听挽留智慧的足音？

四

走进广平，一座城镶嵌在冀南平原，像一只沉默的雄鹰。

似乎拔翅而飞，倏忽间远走了天涯，去看世界的广阔。

头顶一片蓝天，脚下一片热土，散放故乡气息的噙吸。

自由的天鹅飞，图腾精神家园的翱翔，捧出传说中的阳光。

为美好祈祷，让旷野里的林木举手欢呼，欢腾张扬。

足下的土地是那么的伟岸，奇迹般地平坦坚实。

像极目起伏的太行山脉，苍花云树，千百年不息的绵延。

让黄河之水流进了大地，滋养一方草木五谷，王的家园。

摒弃燕赵古典的沧桑，一缕清风摇翅，无限攀升。

叩击曾经的贫困，以赴赴救国烽火，点燃一方温暖。

在山与树之间，传遍广平大地。

还原黛青的山峦，迭放的绿色，宽阔苍茫的河流。

看片片挺直翠绿的党建林，枝头绽放生命的恩宠与芳华。

以一点神灯朗照，万象纷纷走出。

迎立庄严的洗礼，承受阳光新生。

让氤氲相绕的幸福，在云梦里次第翩飞。

作者简介：向翔，本名万长正。现居扬州，江苏省散文诗学会会员，扬州市作协会员，扬州文艺创作研究会诗歌创作专业委员会副主委。有300多篇首散文诗等文学作品刊登于《诗选刊》《意林美文》《散文诗世界》《散文诗作家》《春风文艺》等报刊，并入选多种中国散文诗年选版本，50多首作品被中央人民广播电台等电台散文诗专辑播诵，先后荣获散文诗等文学大赛奖项。

走进广平、走进美丽乡村（组诗）

谢伟

走近麦地
走近麦地
走近多年绿色的心情
再次遇到你
在春天麦苗里
有勃勃生机
在百花争艳的季节
唯有你以单一的颜色
意趣盎然的姿态

暖风一股股
吹过波浪起伏的麦地
吹往一个明亮的方向
青绿的麦苗
在太阳下闪烁光辉

走近麦地
祖先曾沉睡的田头
金黄的泥土
麦苗一浪接连一个浪
春风吹来
农人守望希冀的土地

春天里
天气晴朗

田野空旷
伸向远方
无边无际的地平线

一花一树一世界
一朵花
占有多大空间
一棵树
会有多大天空

我看见
一朵朵含笑迎春的花
在原始生态土地上
开发成植物药材品种
展望致富蓝图的新世界

我看见
一棵棵生芽的果树
在黄泥土地上
焕发勃勃生机
为美丽新农村建设
大展宏图

东湖，天鹅栖息的地方
美丽的天鹅
清澈的湖水
从大河奔流而来
流向广平东湖的仙境

白天鹅
黑天鹅
戏水在湖水中

游荡在护城河

绿水青山
就是金山银山
习主席的话
永记心头

在东湖公园
石桥巍峨美观
坐在游船木椅上
我领略到广平这块土地
人间佳景

白天鹅
黑天鹅
伸长弯曲脖颈
游戏湖水中

美丽的天鹅
在湖水中
那是来自天堂的大鸟
栖息广平这人间的仙境

鹅城牡丹园
在广平
有一个好听的名字
叫鹅城
我拿什么喂养你
以饱满的心血嘛
万紫千红的花朵

鹅城盛产牡丹花
红色粉色白色的品种
三百余种
二十余万株
为广平增收新的效益

红色牡丹像鲜血
白色牡丹像雪花
召来采蜜的蜂蝶
翻飞在童话般美丽的境界

鹅城牡丹园
即盛产花朵，也盛产药材
占地一百余亩
为广平创造着经济财富

作者简介：谢伟，男，现居北京。在《燕山油化报》《燕山企业文化》《房山报》《燕都》《燕鼎》《北京文学》等报纸杂志发表诗歌三百首。公开出版诗集《你是我一生一世的阳光》一本。曾获各类诗歌奖项 20 余次，现为北京燕化公司文学协会理事，房山区作家协会会员，房山诗歌学会理事。

百位文化艺术家缘至广平

李建东

七律·百位文化艺术家缘至广平

千里同乡百业春，悠悠热土故园人。
情开墨韵鹅城秀，手执佳书驿路新。
昨日家山桃李子，今番异域冠名身。
窗前明月闲愁寄，嫁与清风结善因。

题鹅城牡丹

一
清风送韵携春晚，道是徽声起一家。
和畅心扉添翠气，陶情共赏牡丹花。

二
水润鹅城付晚春，风光一脉故园新。
相看翠苑丹青色，鹿韭余香正洗尘。

　　作者简介：李建东，笔名杨柳东风，河北广平人。现供职于河北邯郸交警支队广平大队。系中国诗歌学会会员、中国诗词协会会员、人民艺术创作员、人民艺术诗社副秘书长、河北作协会员、全国公安文联会员、河北公安作协理事、河北采风学会会员、邯郸作协会员、邯郸公安文联会员、广平县政协常委、广平县作协副主席。著有文集《诗心》《心之曲》。作品散见于各类报刊杂志和传媒，多次获奖或入选不同版本图书。

鹅城牡丹园

冯东海

用一缕暖暖的四月风
洗去心头的纤尘
才能听到牡丹园里
花开的声音

在这个清香弥漫的午后
我把自己装扮成一只蜜蜂
翻过一道弯弯的篱笆
靠近一朵绽放的牡丹
用纤细的手指
去触摸牡丹鹅黄的心事
雍容华贵的牡丹
发出的每一声战栗
都加快了我的心跳

园子里春色烂漫
游人如织
我避开拥挤的人流
掬一棒牡丹的花粉
匆匆返回蜂房
酿出一种甜甜的花蜜
去一口一口地喂大
乡下的春天

作者简介：冯东海，男，45 岁，中共党员，教师，广平县作协副主席，邯郸市残联文学书画院副院长，河北省作家协会会员，中国乡土诗人协会会员，中国残联作家联谊会会员。曾被评为"感动邯郸教育十大人物""燕赵最美乡村教师""河北省首届教育追梦人"。在《诗刊》《诗神》《星星》《西湖》《中流》《河北日报》《邯郸日报》等 40 多家报刊、电台发表作品 600 余篇（首），在全国性大赛中十余次次获奖。

冀南，那一枚枚青铜纽扣

茆卫东

所有的故事　燕赵之地的
风与雪　诗与民谣
一律掘地百尺
记忆的根须　整齐排列

曾经　倒伏的金戈铁马
依然怀着一颗英雄的心
振臂高呼
高呼的手臂　英雄的声音
从来没有停止
顶破泥土　向上生长
生长成　尽管只是一指长的麦苗
却恣意涂绿出　一个泪流满面的季节

一直站立的王侯将相
呼啸着
望着西北方向
一路奔跑　奔跑成太行的山脉
再也不能回头
章回体传记中的那扇城门
已经安插在时间的背面

也罢也罢　漳河
白浪苍茫的漳河水
瘦成一支芦苇

虽然干桔又满　怎么看
都像掺杂着一嘴尘土的传说
在广平的一个云朵上
在临漳的一支草尖上
来回飘扬
吐露不尽

铜雀台的目光　是弯曲的
孤独的
忧郁的
布满动人情节的一部古籍
谁也翻不动
不是沉重　是一种敬仰
敬仰如同顶额的太行

赵王城　一直在寻找一把钥匙
踏着晨露　追逐余晖
时不时地　歌唱一番风的过往
风的遗忘
城脚下的一垒石头 因此
也像植物一样
盛开大捧大捧　久远的光芒

正如麦苗之下
一枚青铜的纽扣
一旦被太阳照亮　燕赵的日月
尽现这一刹那的平原大幕
裹着风与麦子的潮水
由下而上地咆哮

冀南　清贫的冀南

忠厚的冀南　一草一木的冀南
仅与黄河
与生她育她的母亲
触手可及的一枚枚青铜纽扣
日夜怀念着一条大河的穿越

直到一个冬季结束
又一个美丽的春天　欣欣向荣地开篇

　　作者简介：苗卫东，扬州市文联委员、江苏省作家协会会员、中国电力作家协会、扬州作家协会理事，电企文学社副社长、秘书长。先后在《人民日报》《文艺报》《扬子江诗刊》《南方周末》《扬子晚报》等报刊发表诗歌、小说、散文等文学作品700多篇（首），作品多次获奖；出版中篇小说单行本《呼喊的火焰》，另有《黄小米的大院》《运河的街道》等7篇中短篇小说发表于《文艺家》《东海岸》《环球地理》等杂志。

东湖抒怀

李瑞霞

栖 居

桥下
水草正绿
听虫鸣　蛙鼓　鸟啼
鱼儿的天堂
诗意的栖居
湖岸
花香扑鼻
有孩童的欢声笑语
林列的高楼
闪烁的虹霓
天高　云淡　风轻
这个春天
在讲述一个传奇
建设者的脚步
铿锵有力

鸟 瞰

崛起　一座新城
哦　她已有千年历史
只是　她换了容颜哟
由单调变得多彩
由贫瘠变得丰饶

由冷清变得繁荣
由落后变得超前
鹅城　我的家乡
正在这片广袤的沃野上
振翅翱翔

湖光·天鹅

携一缕清风
走进你心深处
池水漾了　花儿香了
你的世界因我的存在
鲜活而明艳
扯一弯彩虹
走进我心深处
阴云散了　星星亮了
我的世界因你的存在
充盈而欢畅
你拥有我
我拥有你
你的山林因我而静谧
我的岁月因你而美丽

作者简介：李瑞霞，河北省广平县平固店镇东丁庄村人，现在广平县南阳堡镇中心校任教。邯郸市作家协会会员，河北省散文学会会员 ，河北省采风学会会员，作品散见于《散文百家》《中国教师报》《四川散文》《河北科技报》《邯郸日报》《邯郸文学》等报刊，多次荣获省、市、县文学赛事奖项。

诗词三首

谷学华

话鹅城
七律 · 新韵

三面荷花八面柳，
绕城河中鲤鱼肥。

迁移白鹭来回复，
久住天鹅永不归。

阔邸檐牙交皓月，
疏篱雅苑伴蔷薇。

广平滨水经千古，
纸上能闻骇浪威。

东湖赏月
七绝 · 新韵

白鹅游碎一湖月，
绿柳扶风荡碧波。
岸有双双鸳伴侣，
怕惊它梦绕弯多。

采桑子·鹅城新貌

流莺户外声声啭，鹅白翩翩。
鸥鹭闲闲，见浣纱榴裙岸边。

檐牙阔邸交明月，微翠流丹。
绿滴枝端，柳绿花红蝶更欢。

作者简介：谷学华，女，笔名谷芷若。中国楹联学会会员、邯郸市作家协会会员，邯郸市诗词楹联协会会员，河北省采风学会会员，河北省诗词楹联协会会员，先后获得十几次大奖、2017 年被河北省采风学会评为银奖作家、艺术家。

忆江南词八首

张跃霞

1
鹅城美，
最美是晴空。
一片幽蓝如海覆，
几团洁白似棉融。
画卷自然成。

2
鹅城美，
最美是湖山。
灿灿奇花穿曲径，
茵茵芳草接长天。
不似在人间。

3
鹅城美，
最美是东湖。
环水桃夭春雨润，
依山柳碧暖风梳。
好幅出河图。

4
鹅城美，
最美是天鹅。
戏水衔花交颈舞，

踏沙振翅向人歌。

醉了一湖波。

5

鹅城美，

最美是明沙。

水月光中尘不染，

辘轳山上净无涯。

仙舍二三家。

6

鹅城美，

最美是金堤。

迤逦清波浮棹去，

参差碧柳隐莺啼。

恰似武陵溪。

7

鹅城美，

最美是乡村。

绿树芳华迎远客，

诗廊画壁醉行人。

梦里亦欣欣。

8

鹅城美，

最美是民情。

待客真诚如皓月，

对人友善似春风。

心是玉壶冰。

（词林正韵）

　　作者简介：张跃霞，网名风中话、兰气玉神，河北广平人，中学高级教师，邯郸市教学能手，现任教于广平二中。中国楹联协会、诗词协会会员，曾任国粹、联都、漫天雪论坛版主，草堂首席版主。作品多次刊发或获奖。

鹅城牡丹吟诗六首

常忠魁

羞与春芳次第红，心怀希冀蕴初衷。
节操怎为皇家改，浴火重生孰与同！

嫣红笑靥望如霞，缕缕清馨惹画家。
彩蝶因何追墨客？笔香源自牡丹花。

纷飞蜂蝶采花忙，一路丹红一路香。
幽径芳菲熏客醉，却疑佳丽过身旁。

望野群芳凝作尘，花魁始发续阳春。
惊容飞燕彤云醉，倾国皇妃美酒醇。
蜂蝶衔香编锦梦，骚人舞墨濯心神。
冠名富贵污风雅，孰晓涅槃焦骨贫。
（注："飞燕"指赵飞燕。"皇妃"指杨贵妃。）

犹如圣女落凡尘，丽影琼姿羡煞人。
踱步方知馨韵在，无风自有蜜蜂亲，
天香妒主离京兆，国色倾城夺晚春。
尊贵难移焦骨志，芳魂偏爱向黎民。
（"妒主"指遭武则天嫉妒。"京兆"指长安。）

幽幽花径柳丝牵，鱼戏波心鸬鸟穿。
鹅逗粼光云彩醉，风吹芦曲翠莺翩。
静观皓首垂红日，悦赏蛾眉濯碧莲。
一览东湖新景美，最怜绿水映蓝天。

　　作者简介：常忠魁，河北省作家协会、河北省诗词楹联学会会员。作品主要发表在《美文》《千高原》《散文百家》《夜郎文学》《邯郸文学》《中原诗词选刊》《新建安诗刊》等刊物。2014 年出版散文集《尘封的记忆》和诗词集《三春诗集》。2016 年荣获河北省采风学会十佳作家奖和河北散文三十年优秀创作奖。2017 年《蔿里行》获全国"张骞文学奖"，"纪念建军 90 周年"诗词征文，荣获全国金奖。同年荣获河北省采风学会金牌作家称号。

我要去广平

高秀云

我要去广平
带上我的憧憬
只为把那里的香美　问候

我还要带上昌平
和我弟兄的叮嘱
拾回　码头举给的所有风景
紫荆毓秀　千佛凌空
凌霄雁塔　鹅浦秋声
辘轳明沙　逸丽春堤
漳江烟雨　拳壮朝宗

也曾烟雨三月下江南
油菜花黄　粉了杜鹃
左手执把油纸伞
右手笔下翩翩然

今朝偏爱广平走一走
只为那的码头八景　是独秀
只为昌平广平是弟兄
只为那曾经的曾经
那有个昌平的身影
还因　广平环城河水时时的呼声
陶醉了我一梦

脚步匆匆　不可以停

只为一早赶往

如雨似烟的广平

与那跨河大桥　一起坐坐

看一看　轩窗游船怎个情调

审视风犁碧波　水怎个欢畅

问一问　黑白天鹅是否安然无恙

听一声广平人民演奏的

鱼米之乡　中华大地又锦绣

我要去广平

把那丰饶尽收

北京昌平开往河北广平

直达的列车载着满满激动

还有一声烈马的嘶鸣

广平　请你侧耳细听

备好浪花　为我接风

作者简介：高秀云，女，北京人。1955 年出生，1977 年北京师范大学毕业。曾做中学教师、机关干部，政工师职称。2015 年开始创作，有小说、散文、诗歌发表。已创作诗歌 600 余首。作品风格自成一体。2016 年获世界感恩节海内外华语作品大赛银奖。2017 年北京市昌平区"喜迎十九大　共话昌平美"征文大赛二等奖。2017 北京市"文荟北京"文学成果散文三等奖。

鹅城春景

王连荣

悠悠广平情
依依垂柳风
潺潺碧水波
桃李花香盛

菜籽黄花艳
十里飘香浓
景幽田园绿
清幽数鹅城

人美情真诚
行走如画中
微风轻拂面
疑似苏杭景

作者简介：王连荣，女，汉族，河北省邯郸市广平县十里铺乡后堤村人。广平县作家协会会员，广平县小说学会会员，擅长散文、诗歌、小说等多种文体的创作，作品散见于《邯郸日报》《邯郸晚报》《河北法制报》《河北科技报》《鹅城文学》《广平报》《向天歌》等多家知名报刊杂志。

走进鹅城牡丹园

范晓燕

小时候
在老祖母的年画上仰望过你
在爷爷的老家具上抚摸过你
在外婆的嫁妆盒里偷窥过你
还在画着你的橘红色床单上
跳来跳去
牡丹　你是儿时温馨的回忆

长大了才知道你还绽放
在字字生香的唐诗里
在丰腴贵妇的云鬓间
在动人的神奇故事中
更绽放在
繁荣昌盛、美好幸福的盛世

今天第一次面对真实的牡丹
面对着一园的牡丹
花香彩浪间
丹霞满眼　美不胜收
是在人间，又不似人间
与一朵牡丹花对望之间
一眼千年
我忆起那年的洛阳花会
我着对襟的罗衫和曳地的长裙
怀里抱着盛开的牡丹
轻轻地走在唐朝的小巷

　　作者简介：范晓燕，河北省邯郸市大名县王村乡人，建筑工程质量监督员，现在广平县住房和城乡建设局工作，河北省采风学会会员，作品散见于《精短小说》《邯郸晚报》及在场、当代汉诗平台、中诗报等网络平台，多次荣获省、市、县诗歌赛事奖项。

题广平环城水系

邵志强

冀南广平，人杰地灵；别号鹅城，六合时邕。
古有漳河，流灌纵横；天鹅栖息，美景灵动。
李白驻足，感慨繁荣；挥毫泼墨，诗兴汹涌。
知县高爽，触景生情；赞誉八景，世代传诵。
沧海桑田，化为幻境；昔日八景，常萦梦中。
改革春风，惠及广平；经济腾飞，百业兴隆。
昨日鹅城，尽展新容；城乡巨变，昭示奇功。
引黄环城，最堪称颂；蓝图绘成，气势恢宏。
八景点缀，妙趣横生；水边再现，靓若惊鸿。
十桥飞架，别致新颖；一桥一景，魅力无穷。
游园依水，彰显个性；千娇百媚，倒映水中。
名贵树木，汇聚群英；奇花异草，四季峥嵘。
鸟鸣树梢，碟飞花丛；百态岩石，映衬苍松。
路沿两岸，隐约现形；穿梭绿荫，酷似盘龙。
曲径通幽，漫步骑行；百转千回，不知西东。
亭台古朴，别具造型；楼榭典雅，巧夺天工。
岸边垂钓，修心养性；天人合一，道契神通。
锣鼓响处，琴弦和鸣；南腔北调，乡音浓浓。
鱼翔浅底，游动轻轻；野鸭戏水，悠闲从容。
蛙声连连，河水盈盈；候鸟迷恋，忘情唱咏。
晨歌暮舞，修身怡情；方式各异，皆有推崇。
游船轰鸣，轻盈穿行；水起涟漪，波翻浪涌。
水草丛生，沐雨舞风；遥视比邻，出水芙蓉。
夜幕未降，灯火已明；两岸辉煌，照亮夜空。
彩桥华灯，交相辉映；琼楼玉宇，宛若天宫。

玉树临风，倜傥天成；游人如织，沉醉其中。
信步徜徉，人间仙境；欢歌笑语，其乐融融。
幸福鹅城，开放广平；溯古思今，感慨种种。
历史源远，文化厚重；加快发展，上下心同。
二次创业，一声号令；广平再起，立志荡胸。
今日奠基，明日称雄；振翅腾飞，笑傲苍穹！

　　作者简介：邵志强，邯郸市广平县第二中学高级教师，县作协会员。工作之余码字自娱，作品散见于《河北日报》《河北农民报》《工人日报》《邯郸日报》《邯郸晚报》《邯郸广播电视报》等报刊及网络。

东湖雪景二首

尹志安

采桑子·东湖初雪

银装素裹东湖好，
剔透冰清。
蝶舞风迎，
曲径回廊人罕踪。
兰桡楼榭悠悠静，
松挺梅红，
高岭银龙，
水阔风疏柳纵横。

采桑子·东湖大雪

冰清玉润东湖好，
琼絮飞天。
冻水微澜，
缥缈人寰疑似仙。
松青蒲槁天鹅戏，
瑞雪丰年。
了却心牵，
唤醒东风莫等闲。

　　作者简介：尹志安，出生于河北省广平县，在广东省深圳市工作。业余爱好古典诗词，作品在《深圳日报》等多家报刊发表。

颂广平诗三首

王卫军

广平

号声吹起振广平，摘掉贫穷脱困情。
绣水青山新面貌，天鹅高傲驻雄城。

鹅城美

霞光映水荡轻舟，岸漫柳烟紫燕游。
展翅天鹅伏胜境，徜徉嬉戏作长留。

鹅城春

春城秀水醉天鹅，紫燕衔诗我唱歌。
国泰民安臻盛世，广平崛起驾长车。

作者简介，王卫军，男，53周岁。网名凤舞九天。河北成安县人。成安诗联协会会员，中国楹联协会会员。楹联有在全国性征联大赛中得奖，诗、词、联作品在各地多种刊物上发表。

鹅城诗两首

盘福

鹅城颂

人杰地灵鹅城首，精准扶贫处处优。
村村风景画中游，美不思蜀乐悠悠。
辛勤劳作茶饭后，庭院信步赏花头。
党恩惠民心意够，奋发图强康庄佑。

鹅城首府

鹅城美景代代传，文人墨客有遗篇。
雄才大略今世展，首府八景惊史艳。
环城水系梦中恋，东湖九柱神人羡。
鸟语花香春满院，宜居小城尽欢颜。

作者简介：盘福，本名申保国，男，河北省广平县第二中学教师，1995年毕业于河北师范学院，现在教育一线从事化学教育教学工作，业余爱好写诗词，从不强求，往往因感，因情，因事而作，对诗歌情有独钟。

相约鹅城（歌词）

沉鱼

鹅城好，鹅城美，
美丽传说惹人醉，惹人醉，
葛鹅戍乡抚苍生，引来了天鹅绮梦追。

鹅城好，鹅城美，
两园一水新桥美，新桥美，
东风牵引漳河水，醉了楼船清流回。

鹅城好，鹅城美，
一望平畴似绿翡翠，绿翡翠，
白杨荫地钻天立，党建园林映春晖。
鹅城好，鹅城美，
美丽乡村令人醉，令人醉，
留住乡愁情怀美，扶贫花开幸福归。

为什么家园这样好？
为什么家园这样好？
为什么广平这样美？
二次创业，广平再起。
二次创业，广平再起。
科技攻坚不可摧。

为什么家园这样好?

为什么家园这样好?

为什么广平这样美?

二次创业，广平再起。

二次创业，广平再起。

鹅城展翅再腾飞。

谁不夸咱广平美（歌词）

田淑伍

谁不夸咱广平美
这里有山又有水
蓝天白云风景秀
天鹅湖畔绿柳垂

谁不夸咱广平美
古镇传说饮酒醉
赵王名酒天下扬
游客流连不愿归

谁不夸咱广平美
特色经济土地肥
喝上一口广平水
人杰地灵沁心扉

哎
谁不夸咱广平美
古老的文明永相随
一代一代来传承
广平的经济在腾飞

物质丰厚在创新
文化繁荣人荟萃
瓜果飘香传千里
桥下轻舟彩云追

哎
谁不夸咱广平美
古老的文明永相随
永相随
永相随

广平啊，美丽的广平（歌词）

黄志

广平啊，广平
美丽的广平
天鹅湖的湖水载着我的梦

广平啊，广平
美丽的广平
牡丹园的花朵里把我美的
心境抬升

广平啊，广平
美丽的广平
三十万优秀儿女的双手
装点展翅腾飞的鹅城

广平啊，广平
美丽的广平
你身边铁路的大动脉和祖国的心脏
一起跳动

广平啊，广平
美丽的广平
你富饶美丽的土地聚集起党心和民心
你富饶美丽的土地托起了一片光明
你富饶美丽的土地种下了人民的梦想
你富饶美丽的土地承载着奋发向上的精神

相约鹅城

毕斯惠（歌词）

沐浴着明媚的春阳
相约鹅城
走进心灵的故乡
我们在爱和美中徜徉
有一种甜蜜在春风中荡漾

沐浴着明媚的春阳
走进鹅城
幸福的广平人
奋发图强、众志成城
大美广平
变幻了沧桑的模样

沐浴着明媚的春阳
遇见鹅城
遇见了富饶的广平
精准扶贫、文化独创
千年鹅城
物质精神更谱华章

沐浴着明媚的春阳
又见鹅城
又见灿烂的文明
悠久的历史、深厚的积淀
如今的广平

百姓富足、文化繁荣
改革发展之花熠熠绽放

沐浴着明媚的春阳
让我们摇起双桨
幸福随着碧波悦动
岸边柳绿花红、水秀山清
眼前牡丹争艳、天鹅徜徉

沐浴着明媚的春阳
走进鹅城
我们看到广平今日的靓丽新装
我们看到广平明天的大好前程
我们看到"奋进"镌刻在广平人的心灵
我们看到幸福写满广平人的脸庞

大美鹅城
大美广平

醉在广平（歌词）

穆大伟

那里有世外桃源
那里有人间仙境
扶贫号角已吹响
实现中国梦

那里有淳朴善良
那里有一地希望
不忘初心齐努力
欢乐在鹅城

燕赵古地书写故事
太行余脉奏响新歌
啊
看金黄遍野
姹紫嫣红
笑看天鹅嬉戏
醉在广平

秀丽鹅城（歌词）

张明银

广平土地承载着历史
鹅城的水啊荡碧波
从古流淌思富足
盼来党扶贫的恩泽

黄土地写初心
撸起袖子齐奋进
牢记使命感
一带一路的旗帜闪烁辉煌

党爱民
冲破贫瘠
走幸福之路
改写贫困的历史

撸起袖子卷起裤腿
让贫瘠的土地生金
奋进的广平
未来秀丽的鹅城

书画、摄影

郭伟摄影

王凤国书画作品（一等奖）

作者简介：王凤国，男，河北省临漳县人，1962年出生，大专文化，自幼酷爱美术，勤耕不辍。油画作品多次在国家和省市美术大赛中获奖。并在多家报刊上发表，油画作品还被美国、德国、法国、新加坡、韩国、台湾、香港等友人收藏。获得中国美术家协会河北省分会理事、河北书画诗词艺术研究院院士、国家一级美术师、德国柏林中国文化中心艺术顾问等荣誉称号。出版《乡情》《乡韵》油画作品集。

刘砚军书画作品（二等奖）

作者简介：刘砚军，男，河北文安人，书法笔名大清河人。上百万字的诗歌、散文、游记、报告文学等作品散见于《中国改革报》《中国文化报》《工人日报》《光明网》等各大主流媒体，并荣获多个奖项。书法作品多次参与省部级以上专业职业大赛、国展、中国当代书画名家代表作品展，亦曾摘得金奖、银奖、铜奖等多个奖项。笔墨翰香的座右铭：放不开眼底乾坤，何须登斯楼把酒；吞得尽胸中云梦，方能对仙人吟诗。

一溪云

一溪云百啭云帽莺莺由
人去春山青鹧鸪飞西陵
雁么

錄浙江词句 大溪间人书

卷似泅由身云记是一深
二月云郎云涯浸是更
方多方岁江帽波白
马马

錄春帖所宗大溪间人书

郭锦龙书画作品（三等奖）

　　作者简介：郭锦龙，笔名飞渺，号颍荫山人江南布衣，男，汉族，安徽黄山徽州人，定居北京。书画研究员，文化部中国艺术研究院文研中心书画委员会评委，美术评审，中国国际文化促进会交流发展委员会副会长，国文书画院副院长。书画作品多次获奖。其中，作品《桃源拾旧图》《幽壑清晓图》在中国近现代书画邀请展中获金奖，被中国历史博物馆、国家博物馆收藏，入选《中国近现代书画名家经典》《中国书画名家精品集》，并作为邮票印发。

林国福书画作品（三等奖）

作者简介：林国福，笔名霞峰，山东栖霞人，汉族，1947 年出生，现任中国国际文化促进会传统文化艺术委员会副会长，中国国际文化促进会国文书画院副院长，中国国际文化促进会烟台分会常务副会长，华东文化艺术副经理，中国书法美术家协会会员，高级画师。

多次参加书画展并获奖，入编多部书刊。代表作有：《大吉图》《当代书画家福寿作品大观》等。

李学普书画作品（三等奖）

　　作者简介：李学普，河南省书法家协会会员，新乡市硬笔书法家协会理事，新乡县书法家协会副主席。2012、2013 年获得河南省群众书法展优秀奖。2014 年获得中国廉政行为研究会举办的"2014 中国廉政文化书画展"优秀奖。2017 年获得中国共产党中共新乡纪律检查委员会廉政书画大赛二等奖。2017 年获得第五届"丰庆杯"全国书画艺术展优秀奖。

扬之水白石凿凿素衣
朱襮从子于沃既见
君子云何不乐扬之
水白石皓皓素衣朱绣
从子于鹄既见君子云
何其忧

扬之水白石粼粼
之令不知从众生人
戊戌小满学书

霍凤杰书画作品（三等奖）

　　作者简介：霍凤杰，河北省美术家协会会员，王雪涛花鸟画研究会副会长。自幼临摹历代名家画作起步，从形似到神似，再到逐步脱离前人藩篱构筑属于自己的笔底意象，终有所成，形成了师法自然，笔墨灵活多变的艺术风格。书画作品多次获奖，入选书画精品集。举办画展多次，作品被多家单位和海内外人士收藏。同时，文学作品有散文和诗歌《古寨锁梦》《雪兮。梅兮》《登黄鹤楼》《西湖遇雨》《岳庙》《飞来峰》《橘子洲抒怀》在多种刊物上刊载。

情洒鸯城
戊戌年日为鸳鸯城耐心画展盛会 赵泂

天鹅起舞祥云端

鹿城广平蕙番平原历史文化深厚
人民淳朴勤俭 精准脱贫奔康程
二次创业志高弥坚 展望乡村振兴
画卷流淌城似林园虎跃群 一心筑梦
看群鹅起舞飞旋 祥云海天
为�ム赵看花艺萌南窗画道广平龙市写真泂之戊戌忠

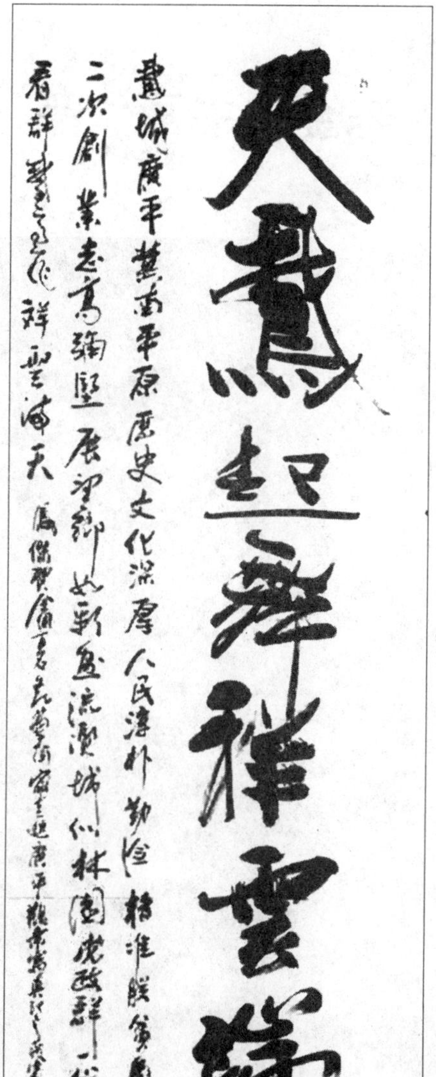

陈金广书画作品

作者简介：陈金广，男，生于1963年，现居北京。书法家、评论家、鉴赏家、文化学者，中国国际文化促进会副主席兼文化交流发展委员会会长，国文书画院院长。钟情金石甲骨，追慕秦篆汉隶，楷学钟王颜欧，行学赵褚苏米，草学旭素孙黄，涉临古今名家碑贴，尤勤古今草书法贴，形成了大气磅礴、庄严雄穆的个人书法艺术风格。多次参展国际国内及中国书法家协会主办的书法大赛及展览，获金银铜奖及入选入展二百余项次。

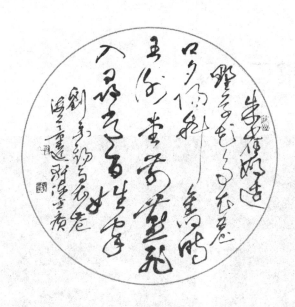

袁洪智书画作品

　　作者简介：袁洪智，笔名醉侠，北京人。国家一级美术师，中促会国礼书画院副院长，中国国际文化促进会文化交流发展委员会副会长兼促进会国文书画院副院长，中国书画院院士。自幼习画，主攻写意花鸟，喜欢诗词曲联及音乐。追求诗中有画、画中有诗的田园境界。多次在国内外展赛中获奖，许多作品被国内外人士及博物馆收藏。2017 年 11 月，作品《花好月圆》作为国礼赠给乌干达总统约韦里·穆塞韦尼。

朱福信书画作品

作者简介：朱福信，字含春，号龙门山人。汉族，1968年生于山东省莱阳市，现任烟台新闻摄影学会会员，电视专题宣传片执业撰稿人，电影制片人，中国国际文化促进会国文书画院副院长、烟台分会副会长，中国艺术研究院特邀书画创作员。7岁学书，初拓村驻地民间墓碑描红，后临颜体《多宝塔感应碑》。被中国艺术研究院艺术市场研究中心聘为特邀书画创作员；多部书法作品入编精品集，并被著名博物馆收藏。

發心求正覺　忘己濟羣生

戊戌年春

任和平书画作品

作者简介：任和平，男，字世安，号拒焗翁。1962 年 11 月生，河北省成安县人。现任邯郸广播电视台编委、高级记者、邯郸职业技术学院新闻专业客座教授，河北省作家协会会员、河北省书法家协会会员、邯郸市书法家协会副秘书长等。书法作品多次在全国、省、市入展获奖。主攻草书，篆隶楷行草五体兼擅。在国内外多次举办个人书法作品展，培养出众多成人和大中小学生书法学生。

書中乾坤大
筆下天地寬

洪濤行無極
揚帆但信風

张福堂书画作品

　　作者简介：张福堂，男，1955 年出生，河北临漳县人。邯郸市毛体书法协会党支部书记、河北省毛体书协会员、中国先秦史学会鬼谷子研究会会员、河北省《党史博采》杂志理事、市委宣传部和丛台区特色宣讲员。在国家、省、市多家媒体上发表作品 150 余篇。2016 年在中宣传部《党建》网发表《井冈山上听党课》《说说我的心里话》等文章。并受到中宣部《党建》杂志社时任社长刘汉俊的赞扬。

孙海波书画作品

作者简介：孙海波，男，河北工程大学书画研究院，院长兼秘书长，1957年出生，出版三本著作，二十余几篇论文，长期从事党史、毛泽东思想、邓小平理论、政治理论研究，担任思想政治课的教学工作，参加省、市学术研讨会多次，河北省自然辩证法研究会会员，邯郸市毛泽东思想研究会会员，邯郸市书法协会会员，中国国际书画研究会会员，参加过省、市书法展览，经常下基层做义务献爱心活动。

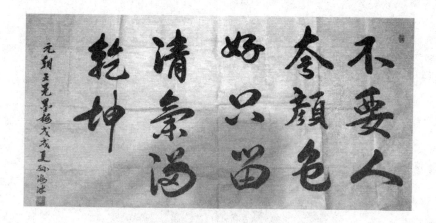

郑龙飞书画作品

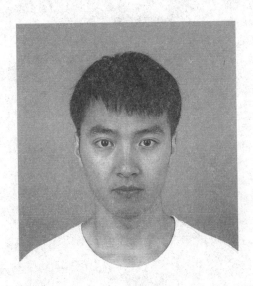

作者简介：郑龙飞，男，出生于 1990 年，河北省邯郸人，现就读于云南师范大学硕士研究生。绘画作品多次入选国家省级展览。2017 年美术作品《队与型》在中国高校美术作品年展中荣获三等奖。2017 年美术作品《卖肉·买肉》在中国高校美术作品年展中荣获优秀奖。2017 年美术作品《懒散系列 2》在中国高校美术作品年展中荣获优秀奖。

田玉山书画作品

　　作者简介：田玉山，唐山劳动日报社《唐山劳动日报》书画专项记者、书画院副院长，河北省美术协会会员，河北省文艺评论家协会会员，中央电视台书画频道唐山特约记者。书画作品多次参加全国、省、市美术展览，获得多个奖项，并应邀在新加坡、日本、台湾、北京等各地展出。文学、新闻、美评等稿件 500多篇，在《中国书画报》《书法报》《美术报》等报刊网站发表。

風光無限東湖美
秋浦聞聲是所期

戊戌四月志進廣平田玉山書

鵠浦秋聲　田玉山寫

谷学华书画作品

　　作者简介：谷学华，女，笔名谷芷若。中国楹联学会会员、邯郸市作家协会会员，邯郸市诗词楹联协会会员，河北省采风学会会员，河北省诗词楹联协会会员，先后获得十几次大奖、2017 年被河北省采风学会评为银奖作家、艺术家。擅长工笔牡丹，书画作品多次获奖。

王建东书画作品

作者简介：王建东，男，1962年生。喜翰墨，好诗文。现任乐亭县教师进修学校校长，乐亭县文联副主席，乐亭县诗词协会会长。系中华辞赋社会员，河北省诗词协会会员，河北省书法家协会会员。作品多次获得全国大奖。有诗词集《野调无腔》，散文集《杂花乱开》刊行。

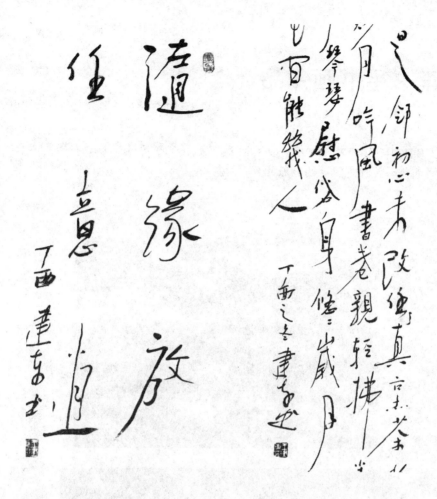

随缘
任意放改

丁酉
孟夏
建高书

李书平书画作品

　　作者简介：李书平，中国书画函授大学，工笔画初次参赛。工作单位为河北省邯郸市邯山区汽车客运西站派出所。

周敬书画作品

　　作者简介：周敬，女，中共党员，籍贯河北省邯郸市。2017年在中国国际文化促进会举办的"迎国庆暨十九大召开"书画大赛中荣获"创意工笔"一等奖；散文《留住乡愁》获《成安文化》年度优秀奖；在第十二届中原民间艺术节获"优秀志愿者"称号。现于成都大学读研。

刘天翔书画作品

　　作者简介：刘天翔，河北成安县人，河北美协会员，邯郸市美协理事，县美协主席，曾在省美协举办的大奖赛中多次获奖。

任富强书画作品

　　作者简介：任富强，邯郸市美协会员，成安县美协副秘书长，其作品在省市美术作品大赛中获奖。

邱少龙书画作品

　　作者简介：邱少龙，字凌云，号爱山草堂主人，生于1954年，祖籍山东新泰，1974年参加工作，1986年毕业于吉林艺术学院美术系绘画专业，2008年毕业于文化部中国艺术研究院研究生院、中国美术创作院研究生班，2017年为中国人民大学画院汪为胜工作室画家。河北美术家协会会员。现为文化部高级美术家，中国水墨画研究院研究员，中国书画名家联合会副主席，中国国画家理事，中国书画艺术发展协会副主席，北京厚德豪书画院副院长。

胡松涛书画作品

作者简介：胡松涛，河北省邯郸市馆陶县人。1969年出生，自幼酷爱绘画艺术，尤擅长写意花鸟。现为清华大学美术学院王奇寅新水墨花鸟画工作室专业画家，河北省美术家协会会员，河北省书法家协会会员，馆陶县美术家协会主席。

于兴海书画作品

作者简介：于兴海，字龙涛。现年69岁，中共党员，退休干部。河北省邯郸市馆陶县人。1970年参加工作，2009年退休。曾任馆陶县供销社业务科长，基层供销社理事会主任，县社监事会主任。河北省书法协会会员，曾获全国书法赛金奖。

王晓峰摄影作品

作者简介：王晓峰，1962年6月生，男，汉族，成安县人，统计师。1976年9月参加工作，曾任成安县对外经济贸易合作局局长。中国民俗摄影协会会员，新华社签约摄影师，河北省摄影家协会会员，现任邯郸市毛主席纪念馆联谊会副会长，成安县摄影家协会副主席秘书长，成安县地方文化研究会副会长秘书长。主编《成安人文》旬刊、《成安风采书画摄影集》《大美武吉》《魅力成安》等书。

郭伟摄影作品

　　作者简介：郭伟，笔名古船、古船印象，河北邯郸人。国家高级摄影师、中国摄影家协会会员、中国民俗摄影协会会士、中国摄影旅游网总部副主席、邯郸市摄影家协会理事、河北省作家协会会员。摄影作品多次在国际、国内摄影比赛中获奖，并刊登于各大新闻媒体及杂志、网站。2011年、2014年荣获邯郸市优秀摄影家称号，2015年评为中国摄影旅游网十大感动人物。